데스마치에서 시작되는
이세계 광상곡
17

루루
쿠보크 왕국 출신.
아리사의 언니.

아리사
쿠보크 왕국의 옛 왕녀.
전생에 일본인.

사토와 함께, 왕도를 만끽!

**사토**
이세계를 헤매고 있는
서른 줄 프로그래머.

**리자**
주황 비늘 종족의 소녀.

**미아**
말수가 적고 음악을 좋아하는
엘프.

조각 체험이나

타마
고양이 귀 종족의 소녀

나나
무표정한 호문쿨루스

그림연극에 열중—!!

포치
강아지 귀 종족의 소녀

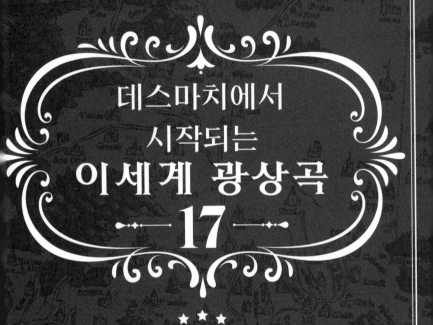

# 데스마치에서 시작되는 이세계 광상곡

## 17

★★★

### 아이나나 히로

Death Marching to the
Parallel World Rhapsody
Presented by Hiro Ainana

# CONTENTS

# 서훈

"사토입니다. 훈장이라고 하면 전쟁에서 활약한 군인이 수여 받는 것을 떠올립니다. 일본에 있을 때는 가까운 곳에 받은 사람이 없었던 탓인지, 무슨 픽션 세계의 소도구라는 느낌이 드네요."

"사토 펜드래건 사작의 용맹한 공적에 대해, 시가 왕국 창익 검 훈장을 내린다."

"삼가 받들겠습니다."

괜히 넓고 장엄한 알현의 방에서, 우리는 「계층의 주인」 토벌 공적에 대한 훈장을 받고 있었다.

물론, 옥좌에 앉아 있던 국왕은 처음에 칭찬의 말을 한 마디만 하고 끝이었다. 그 이후로는 군무 대신 직위를 되찾은 케르텐 후작이 길고 길게 축사나 훈시를 한 다음, 「계층의 주인」을 토벌한 두 집단의 대표인 나와 「붉은 귀공자」 제릴 씨에게 각자 무거워 보이는 훈장을 가슴에 달아 주었다.

"그리고, 『적룡의 포효』가 이끄는 영걸들 및 『펜드래건』에게 는, 그 공적에 따라 시가 왕국 홍익검 훈장 혹은 시가 왕국 적 검 훈장을 수여한다."

케르텐 후작이 그렇게 고하자 국왕의 역할이 끝난 건지, 진행자가 독특한 억양으로 국왕의 퇴실을 선언했다.

"국왕 폐하, 퇴실."

우리는 다시 한 번 몸을 숙이고, 국왕이 퇴실하는 것을 기다렸다.

국왕 뒤에 늘어선 몇 명의 왕비들이나 왕자 왕녀들도 그 뒤를 따라 퇴실했다.

왕녀들 대부분은 미남자로 유명한 제릴 씨를, 왕자들은 「계층의 주인」을 쓰러뜨린 미스릴 탐색자들을 보러 온 모양이다. 다들 잘 꾸민 데다가 흥미로운 기색이었지만, 한 명만 모르쇠란 태도를 숨기지 않는 왕녀가 있었다.

머리에 왕녀의 신분을 나타나는 세련된 티아라가 올라가 있다. 단단히 틀어 올린 주황색에 가까운 금발에 달아둔 차분한 느낌의 은과 다이아 머리 장식이 흔들리며, 그녀의 특징인 은테 안경에 닿아 딸랑딸랑 시원스런 소리를 연주하고 있었다.

바다라인은 나이 찬 왕녀들 가운데에서 가장 슬렌더하며, 여기 있는 미혼의 왕녀들 중에서 제일 연상이다.

AR표시에 보이는 그녀의 이름은 시스티나. 시가 국왕의 여섯째 딸이고, 21세. 레벨은 17이고 스킬은 「예의 범절」, 「산술」, 「연성」, 「술리 마법」, 「소환 마법」 다섯 가지가 있었다. 꽤 재주가 많네.

칭호에 있는 「금서고의 주인」을 보고, 「별종」이라는 소문을 들었던 왕녀라는 걸 깨달았다. 렛세우 백작의 적자와 혼약이 백지가 됐다는 소문도 살롱에서 들은 적이 있었지?

왕족의 마지막을 걷는 그녀에 이어 왕가의 호위를 맡은 시가 8검 쥬레바그 씨와 근위기사 일부가 퇴실하자, 알현의 방에 문이 닫히는 소리가 울렸다.

나머지 시가8검이나 수많은 기사들, 그리고 궁정마술사로 보이는 20명쯤 되는 로브 차림 마법사들은 나가지 않는 모양이다.

물론 시가8검이 선 줄 안에 비스탈 공작 저택 습격에 참가한 고우엔 씨의 모습은 없었다. 처자식을 인질로 잡혀서 공작에게 반역을 강요 받았던 고우엔 씨는 왕성 부지 안에 있는 레벨이 높은 귀인을 투옥하기 위한 특수한 이궁에 유폐되어 있을 것이다.

"이제부터 시가 왕국 홍익검 훈장 수여를 행한다."

케르텐 후작이 둥그런 체형에 어울리지 않는 굵직한 위엄 있는 목소리로 선언했다.

시가 왕국 홍익검 훈장을 받은 것은 제릴 씨가 이끄는 「적룡의 포효」와 함께 싸운 각 파티의 리더들과 중핵 멤버를 아우른 10명과 우리들 팀 「펜드래건」의 동료들 7명 전원이다.

험상궂은 탐색자들도 위엄에는 약한 건지, 아니면 장엄한 알현의 방 분위기에 밀리는 건지, 대합실에서 부리던 위세를 잊은 것처럼 옆모습이 긴장으로 굳어져 있었다.

그런 그들의 훈장 수여가 끝나고, 동료들 순서가 돌아왔다.

"『펜드래건』, 『흑창』의 리자."

"네."

예복을 차려입은 늠름한 표정의 리자가 일어섰다.

알현의 방 좌우에 배치된 성기사들과 근위기사, 합계 600명

사이에서 술렁거림이 일어났다.

"저 자가 『흑창』의 리자?"

"여자였나?"

"아직 소녀 아닌가!"

"저렇게 가녀린 아인 소녀에게……."

리자가 시가8검 필두 「부도」의 쥬레바그 씨에게 승리했다는 이야기를 들은 자들이, 그녀의 젊음이나 성별이나 종족을 보고서 놀란 모양이다.

리자가 씩씩한 움직임으로 걸어서 나아간다.

목덜미나 손등부터 팔까지 나 있는 붉은 비늘은 예복의 옷깃이나 소매로 가려져 있지만, 자랑스럽게 흔들리는 꼬리는 알현의 방에 내리쬐는 햇빛을 반사하여 반짝반짝 빛나고 있었다. 마치 그녀의 내면을 드러내는 것 같았다.

그녀의 트레이드 마크인 마창 도우마는 국왕이 임석하는 알현의 방에 가지고 들어올 수가 없어서 지금은 그녀 손에 없었다.

겉으로는 알기 어렵지만, 그녀의 발걸음에서 긴장이 전해졌다.

"귀공의 무훈, 훌륭하도다."

"황송합니다."

리자의 군복풍 드레스는 훈장을 달기 쉽도록 옷자락이 짧은 재킷이 세트가 되어 있어서, 그것에 훈장을 달아주었다.

"정숙하라!"

케르텐 후작이 몇 번인가 반복하여 외치자, 드디어 알현의 방에 정적이 돌아왔다.

어흠. 헛기침을 한 케르텐 후작이 수여식을 계속 진행했다.

"『펜드래건』, 『폭염공주』 아리사."

"네!"

들뜬 말로 대답한 아리사가 우아하게 걸었다.

꺼림칙하다고 여기는 옅은 보라색 머리칼은 금발의 가발로 숨겨서 보이지 않는다.

참고로 「폭염공주」라는 별명은 대합실에서 그녀 자신이 붙인 것이다.

그녀의 앳된 모습에 놀란 자도 많았지만, 리자 때 정도의 놀라움은 없었다.

아리사의 드레스에 훈장을 달면 천이 늘어져 버리기 때문에, 훈장을 달기 쉬운 착탈식 케이프를 두르고 있었다. 이것은 다른 애들도 마찬가지였다.

"『펜드래건』, 보르에난 숲의 미사날리아."

"응."

총총 평소 같은 걸음으로 아리사가 걸어가자, 트윈테일로 묶은 옅은 청록색의 머리칼이 리드미컬하게 흔들리며 후드를 뒤로 밀어내고 엘프의 특징인 조금 뾰족한 귀가 엿보였다.

훈장 자체에는 흥미가 없는 것 같지만, 동료들과 함께라는 포인트가 심금을 울려서 서훈식에 참가할 생각이 든 모양이다.

"보르에난 숲이라면, 엘프 현자 토라자유야 님의 출신지 아닌가?"

"그럼, 저 조그만 애는 엘프인가?"

"저게 엘프군. 처음 봤다."

그런 미아를 보고 기사들 사이에서 수군거리는 소리가 들렸다.

왕도에는 자리잡고 사는 엘프가 없으니까 보기 드문 거겠지.

"『펜드래건』, 『방패공주』 나나."

"긍정."

금발 거유 미녀인 나나가 일어섰다.

언제나 무표정해서 알기 어렵지만, 방금 그 딱딱한 목소리를 들어보니 꽤 긴장한 모양이다.

그것도 어쩔 수 없는 일이다. 겉보기에는 고교생 정도 되지만, 마법적인 인조생명체 호문클루스인 그녀는 아직 0살이니까.

"『펜드래건』, 『고양이 닌자』 타마."

"네잉."

하얀 단발에 고양이 귀 고양이 꼬리를 가진 어린 소녀 타마가 뽕, 일어섰다.

뒤에서 리자가 「대답은 『네』라고 하세요」라고 주의를 주자, 「네」라고 고쳐 말했다.

언제나 마이페이스인 타마치고는 보기 드물게 긴장한 모양인지, 오른손과 오른발이 동시에 나서고 있었다.

그녀의 고양이 닌자라는 별명은 대합실에서 아리사가 아이디어를 내고, 타마가 채용한 것이다.

"『펜드래건』, 『강아지 사무라이』 포치."

"네, 네. 인 거예요!"

다갈색 머리칼을 보브컷으로 정돈한 강아지 귀 강아지 꼬리의 어린 소녀 포치가 긴장이 지나쳐 큰 소리를 내며 일어섰다.

타마보다도 뻣뻣하고, 역시 똑같은 방향의 손발이 나가는 데다가 눈이 빙글빙글 돌아가는 느낌이었다.

그래도, 어떻게 중간에 패닉을 일으키지 않고 무사히 훈장을 받을 수 있었다.

본래 장소로 돌아와서 안도의 한숨을 쉬는 포치를, 타마와 리자가 자애로 가득한 눈으로 칭찬해줬다.

그리고 마지막은―.

"『펜드래건』, 『메이드왕』 루루."

"네, 네!"

일본풍 미소녀 루루가 일어서자, 그녀의 검은 머리칼에서 사랑스럽게 빛이 흘렀다.

오늘은 몇 시간 전부터 정성스레 스킨 케어나 화장을 했으니, 평소에도 경국지색인 미모가 별이나 은하는 물론이거니와 개념마저도 기울어질 것 같은 기세였다.

긴장하여 표정이 딱딱하지 않다면 어느 정도 아름다울지 상상도 못하겠다.

"이어서, 시가 왕국 적검 훈장을 수여한다."

여기서부터는 우리들하고는 상관없으니, 제릴 씨 일행과 함께 싸운 미스릴 탐색자들의 훈장 수여를 마음 편하게 지켜보았다.

전부 합쳐서 20명 정도가 적검 훈장을 받는다.

그래도 제릴 씨가 「계층의 주인」 토벌에 도전하여 살아남은 멤버의 절반 정도다. 나머지 멤버는 보조적인 역할이라서 훈장이나 작위 수여 대상이 안 되는 모양이다.

마지막으로 케르텐 후작이, 작위 수여 의식은 연초이며 작위 수여가 예정된 자는 가문명을 생각해두라고 한 뒤에 훈장 수여식이 끝났다.

이 다음에 다른 방에서 점심을 먹은 뒤, 낮 2각— 지구의 감각으로는 3시 반쯤부터 우리들을 주빈으로 하는 무도회가 열릴 예정이었다.

◆

우리가 안내 받은 500명 정도가 들어갈 법한 식당에서 열리는 점심 식사는, 상당히 본격적인 코스 요리였다.

"벚연어의 왕국풍 뫼니에르입니다."

집사 같은 차림을 한 사람이, 우리들 앞에 고상하게 플레이팅된 그릇을 놓으며 설명을 덧붙였다.

벚연어는 이 계절 왕도에서 잘 먹는 제철 생선으로, 출세나 성공을 부르는 것으로 여겨 왕도의 귀족이나 민중에게 사랑 받고 있었다.

"포치, 갑자기 포크로 찌르면 안 돼. 타마도, 나이프를 써야지."

"이 정도라면 한 입에 먹을 수 있는 거예요?"

"나이프 없어도 괜찮으이~?"

"그러니까, 괜찮다거나 그런 게 아니라니까!"

포치와 타마에게 매너를 가르치는 루루와 아리사가 힘들어

보인다.

평소에는 동료들하고만 식사를 하니까 둘에게 제대로 된 테이블 매너를 가르친 적이 없단 말이지.

포치랑 타마에게 가정교사를 붙이는 편이 좋을지도 모르겠네.

"나나, 식기가 몇 개씩 있는 것은 어째서일까요?"

"그것은 요리마다 가장 적합한 식기라고 고합니다."

"가장 적합, 한 건가요? 귀족의 식탁은 어려운 거군요."

리자가 작은 소리로 나나에게 질문했다.

가정교사를 부를 때는 리자도 동석을 시켜야겠군.

그것을 힐끔 보면서, 우리들 옆에서 뫼니에르를 보고 냉혹한 표정을 짓는 미아에게 말을 걸었다.

곁들인 버섯의 모습은 이미 없다.

"미아도 먹어봐."

"생선 싫어."

"뼈도 발라냈으니까 속는 셈 치고 먹어봐."

"우웅."

미아가 눈썹을 찌푸리며 뫼니에르를 노려보았다.

포크를 물고 웅얼거리는 건 매너 위반이지만, 귀여우니까 지적하기 어렵다.

"미아, 포크."

"응."

조금 감상한 다음에 미아에게 주의를 주었다.

뭐 급사해주는 사람들도 아무 말 안 하고, 무엇보다도 우리들

옆 테이블에서 소란스레 식사를 하는 탐색자가 와일드하니까 딱히 눈에 띠지 않는다.

"맛있지만, 그릇에 담긴 요리가 적구만."

"정말 그렇군. 나는 생선보다 든든하게 고기를 먹고 싶은데."

"술도 컵에 요만큼씩 와인만 담긴 게 아니라, 저키 잔에 넘실거리도록 에일을 따라주면 좋겠군."

근골이 듬직한 탐색자가 「고기」라고 말한 순간 아인 소녀들의 눈동자에 파아아아앗 하고 빛이 번득였지만, 고기가 좋다고 말하기 전에 선수를 쳐서 「다음은 고기야」라고 말해 미연에 막았다.

"자유롭네."

"그러게."

프리덤한 탐색자에 대해 말한 아리사에게 동의했다.

이곳 급사들은 교육을 잘 받았는지, 탐색자들의 프리덤한 태도나 언동에 싫은 표정이나 기겁한 표정을 드러내지 않고 시원스럽게 일을 하고 있었다.

코스의 고기 요리를 즐길 때 듬뿍 담아주거나 「추가는 자유롭게 하셔도 됩니다」라고 속삭이는 등, 게스트를 대접하는 마음가짐이 넘친다.

참고로 옆 테이블에 동석한 제릴 씨 일행 귀족 출신 탐색자는 난 모르는 일이오 하는 표정으로 요리를 즐기고 있었다.

나도 요리를 즐겨볼까.

왕궁에서 열리는 식사라 그런지, 단순하게 맛있는 것뿐 아니라 눈으로도 즐길 수 있게 되어 있었다. 장미 모양으로 예쁘게 데코레이션된 그릇을 비롯하여, 일단 보기에도 맛이 기대되도록 잘 연구한 부분이 군데군데 보인다.

"─맛있다."

씹을 때마다 맛이 퍼진다. 삼키는 것이 아깝게 느껴지는 요리는 처음이다.

과연 궁정요리사로군.

"이것은 재료 손질이…… 아냐, 신선도나 숙성을……."

루루가 요리를 먹으면서 작게 중얼거리는 걸 엿듣기 스킬이 포착했다.

궁정 요리사의 맛이나 기법을 훔치려는 거겠지. 루루는 이럴 때도 열심히 연구를 하네.

하지만 분명히, 이 맛을 우리들이 만들 수 있다면 즐거울 것 같았다.

나는 루루를 본받아 요리 해석을 의식하며 씹어봤다. 최대까지 올린 조리 스킬과 지금까지의 경험이, 요리 하나하나에 무시무시할 정도로 수고가 들었다는 것을 가르쳐 주었다.

하지만 그것과 동시에 필요한 조미료나 요리법을 어느 정도 상상할 수 있었으니, 나중에 루루와 함께 재현해보도록 할까.

◆

"후우, 맛있었어."

대만족한 점심 식사를 마친 우리들은 살롱에서 식후 휴식을

하고 있었다.

이곳은 식당을 부채꼴로 둘러싼 반 도넛 형태의 살롱인데, 수용 인원도 식당과 비슷할 정도였다.

"만족~?"

**"멜린저러스**였던 거예요."

요즘 알게 된 건데, 포치가 말하는 「멜린저러스」는 「딜리셔스」를 잘못 말한 게 아니라 「위험할 정도로 맛있다」라는 의미를 가진 조어인 모양이다.

"그래요. 특히 고기 요리가 맛있었습니다."

리자가 만족한 숨결을 흘리고, 「조금 더 씹는 맛이 있었다면 완벽했습니다만」이라고 말했다.

아무래도 리자가 기뻐할 만한 씹는 맛이면, 다른 사람들이 못 먹을 것 같은데.

"이 다음 무도회가 끝나면, 이제는 연시의 작위 수여가 남았네."

아리사가 다음 예정을 중얼거린 다음 나를 보았다.

"그러고 보니 왕도에는 얼마나 있을 거야?"

"응? 1월 중반에 있는 경매가 끝날 무렵까지일까?"

국왕에게 헌상한 「계층의 주인」 전리품이 경매에서 매각되어, 그 낙찰액을 바탕으로 계산한 포상금이 경매 뒤에 국왕에게 수여될 예정이다.

"그때까지는 멤버들 휴양을 메인으로, 왕도나 그 주변의 관광을 하면서 지내자."

그 다음에는 한 번 미궁도시에 돌아갔다가, 다 함께 전세계를 여행할 생각이다.

"그러면, 생각보다 긴 기간으로 이것저것 할 수 있겠다. 다들 뭐하고 싶어?"

아리사의 물음에 다들 입을 모아 하고 싶은 일을 말했다.

나는 그것을 메뉴의 메모장에 적으면서, 이후 왕도 관광 계획에 보태기로 했다.

"꽤 잔뜩 나왔네. 1개월로 충분할까?"

"그러면 체류 기간을 연장하면 되지."

딱히 서두를 용건도 없으니까.


"무도회까지 꽤 시간이 있네. 뭐하고 있을까?"

아리사가 그렇게 말하며 동료들을 돌아보았다.

"가문명을 결정하는 것이 어떨까 제안합니다."

"가문명?"

"그러고 보니, 작위 수여까지 가문명을 생각해두라고 했었죠."

팔짱을 낀 리자가 진지한 표정으로 수긍했다.

"다 함께 내 가문명을 쓰면 되지 않을까?"

가족 같은 거니까.

"고, **고것**은 프로포즈?!"

개그 만화처럼 놀란 표정을 지은 아리사가 덜커덩 일어섰다.

그 기세에 낚여서 타마와 포치도 일어섰다.

"프로포즈~?"

**"프로로폴리스인 거예요!"**

말 전하기 게임의 결과, 봉교의 그리스식 이름 같은 단어가 됐다.

"주인님—."

볼을 분홍색으로 물들인 루루가 촉촉한 눈동자로 나를 보았다.

무심코 넘어가서 「결혼하자」라고 말할 것 같은 파괴력이다.

"아니야."

이 눈동자를 흐리게 만드는 건 바라는 바가 아니지만, 이대로 방치하면 미아랑 나나까지 참전할 것 같은 분위기라서 짧게 말하며 처음에 착각한 아리사에게 가볍게 딱밤을 먹이고 정정했다.

"가족 같은 거니까, 다 같은 가문명이면 되지 않을까 생각했지."

"에이 뭐야~."

"그, 그랬었군요……."

아리사와 루루가 축 어깨를 늘어뜨리며 낙담했다.

그것과 대조적으로 포치나 타마는 눈빛을 반짝거리며 빛내고 있었다. 「가족」이라는 단어가 심금을 울린 거겠지.

"그러면, 『펜드래건』은 안 되겠네."

기운을 차린 아리사가 선언했다.

"같이가 좋아~?"

"그런 거예요. 다들 같은 게 좋다고 포치도 생각하는 거예요?"

"들어보렴."

항의하는 타마와 포치를, 아리사가 확 끌어당겨서 안고는 소리를 낮추었다.

"처음부터 성이 같은 것보다, 결혼했을 때『펜드래건』성으로 바뀌는 게 더 좋잖아?"

"응, 일리."

"근사한 제안이라고 동의합니다."

"나, 나도 그게 좋다고 생각해!"

아리사의 말에, 미아, 나나, 루루 셋이 작은 소리로 동의했다.

"뉴~?"

"잘 모르겠는 거예요."

"분명히 인간족의 관습 같은 거겠죠."

고개를 갸웃거리는 타마와 포치를 리자가 달랬다.

"그러면, 다들 가문명은 어떤 걸로 붙일 거야? 아리사는 옛날 가문명?"

"우~응, 나랑 루루는 『강제』로 노예 신분에서 벗어날 수 없으니까―."

아리사와 루루는 쿠보크 왕국이 이웃나라에게 멸망했을 때, 궁정 마술사에게 「강제」의 기프트로 「죽을 때까지 노예로 살아가라」라는 명령이 심어져 있었다.

지금은 이 기아스를 해제하려면 「강제」의 기프트를 가진 자가 해제 혹은 덮어씌우거나, 우리온 중앙 신전에 전해지는 문외불출의 「신이 내린 비보」를 이용하거나, 고위 성직자의 기원 마법을 사용하여 명령을 소거하는 것들 중 하나밖에 없다.

미궁도시에 간 목적인 동료들의 레벨 업도 달성했으니, 다음 목표는 둘의 기아스를 푸는 것으로 전환해도 되겠다.

"―이번 작위 수여는 사퇴할 테니까 가문명은 없어도 돼."

"그거라면 괜찮아."

이미 손을 써뒀다.

"호혜?"

"니나 씨를 통해 재상 각하한테 허가를 받았지. 노예 계약 해제나 도시 핵을 통한 『작위 수여 의식』은 나중에 하게 되지만, 제대로 귀족의 권리를 내리게 되어 있어."

여러모로 조건이 붙을 거라고 생각했지만, 무노 남작령 집정관 「철혈」의 니나 여사가 수완을 발휘해준 덕분에 특별한 제약 없이 그런 특수한 일이 이루어졌다.

"과연 주인님이라고 찬사를 보냅니다."

"응, 장해."

"그레이트~?"

"굉장히 굉장한 거예요!"

"다행이군요, 아리사, 루루."

"응, 고마워, 주인님."

"주인님, 고맙습니다."

이 정도로 기뻐해주면 손을 써둔 보람이 있다는 거지.

작위 수여가 곧 노예 계약 해제라는 것을 깨달은 아인 소녀들이 「노예 그대로가 좋아」라고 주장하는 일도 있었지만, 「팀 『펜드래건』은 해산되는 것도 아니고, 지금까지 그런 것처럼 계속 함께야」라고 말하자 순순히 납득해 주었다.

"그래서 가문명 이야기로 돌아가는데, 어떤 게 좋니?"

"어디보자— 아무리 그래도 멸망한 왕가의 가문명을 다시 쓰는건 안 좋을 거고, 전생의 가문명인 타치바나도 이미 있는 것 같으니까 망설여지네."

전에 내 가문명을 정할 때, 니나 여사가 타치바나 사작은 달리 존재한다고 했었다.

그리고 보니 그때 다들 이래저래 가문명을 얘기했었지.

분명히—.

"루루는 와타리라고 했었는데, 할아버지의 성이었지?"

"아뇨, 증조부의 성이에요."

머나먼 나라 출신— 아마도 본래는 일본인이거나 그 자손이었던 거겠지.

"루루 와타리 괜찮지 않을까?"

"으음."

아리사의 말을 들은 루루가 조금 생각한 다음 나에게 물었다.

"주인님, 이상하지 않을까요?"

"딱히 이상하지 않아."

"그러면 가문명은 와타리로 할게요."

루루가 물어보는 뉘앙스가 「이상하죠?」가 아니라 「이상하면 말해주세요」이기에 문제없다고 대답을 했다.

"나나는 나가사키라고 하지 않았었나?"

"전 마스터의 성이라고 고합니다."

나나의 전 마스터인 「불사의 왕」 젠은 본래 일본인이었던 전생자다.

"전 마스터에게서 지금 마스터한테 시집가는 느낌이 나서 좋네."

"그 제안은 찬사를 보내기에 합당하다고 고합니다!"

아리사가 무심코 한 말에 심금이 울렸는지, 나나가 무표정하게 고개를 빙글 돌려 아리사가 놀랐다.

"마스터, 가문명을 나가사키로 하는 허가를 구합니다."

"허가할게."

시집이 뭐라는 건 무시하고, 가문명을 허가했다.

"리자는 키슈레시가르자였나?"

"네, 제 씨족의 이름입니다."

"그러면, 이제부터는 리자 키슈레시가르자라고 할래?"

"그거 좋겠다! 리자 씨가 유명해지면 흩어진 씨족 사람들이 모일지도 몰라!"

리자보다 먼저 아리사가 그렇게 말했다.

"그렇군요."

리자가 여러모로 감개를 담은 말을 중얼거리고 고개를 끄덕였다.

"주인님, 제가 리자 키슈레시가르자라고 이름을 밝혀도 될까요?"

"그럼, 물론이고말고."

망설이는 기색으로 묻는 리자에게 즉시 대답했다.

"타마랑 포치는 뭘로 할래?"

"우우우움~?"

"난문인 거예요."

타마와 포치가 눈썹이 빙빙 돌 것 같은 표정으로 고민했다.

"차라리 리자 씨랑 같은 가문명으로 해서 키슈레시가르자 세

자매면 어때?"

어쩐지 색이 다른 레오타드를 입고 밤의 거리를 패션할 것 같은 이미지가 떠오른다.

"다 같이~."

"포치도 같은 게 좋은 거예요!"

"그러면, 타마 키슈레시가르자랑 포치 키슈레시가르자로 정해졌네!"

술술 정해지는군.

"아리사는~?"

"어떤 가문명인 거예요?"

"우~웅, 타치바나란 성에는 애착이 있지만, 달리 타치바나 가문이 있으면 안 좋을 거고—."

타마와 포치의 물음에 아리사가 고민했다.

"루루랑 같은 가문명으로 안 하는 건가요?"

리자가 신기한 기색으로 물었다.

"그것도 그렇네. 아리사 와타리— 나쁘지 않아. 괜찮을까? 루루 언니?"

"응, 나는 아리사랑 같으면 기뻐."

"와타리 자매구나."

아리사와 루루가 마주보며 웃었다.

—어라?

아까부터 미아가 이야기에 끼어들지 않는다 싶더라니, 혼자서 안뜰이 맞닿은 발코니에서 밖을 보고 있었다.

미아에게는 보르에난 성이 있으니까 새로운 가문명이 필요 없다지만, 다른 애들 가문명 고르기 화제에 끼어들지 않는 건 그녀답지 않은데.

"왜 그러니?"

"사토."

가까이 다가가자 미아가 돌아봤다.

"불러."

미아가 안뜰 너머에 보이는 커다란 벚나무 「왕벚」을 보고 있었다.

"왕벚 뿌리 근처에 가고 싶니?"

"응."

미아의 표정이 전에 없이 진지하다.

"아리사, 미안하지만 담당자가 부르러 오면 『원거리 통화』로 연락 부탁한다."

"오케이. 주인님 옆에서 자는 거 한 번으로 해줄게."

"······알았어."

"에~이. 농담이야."

씁쓸한 표정으로 승낙하는 미아에게, 아리사가 쓴웃음을 지으며 말했다.

따라오고 싶은 기색의 애들을 두고서, 나는 미아만 데리고 왕벚 뿌리 부근으로 갔다. 왕성의 부지 안을 많은 수로 돌아다니면 혼날 것 같으니까.

◆

"생각보다 사람이 적네—."

미아를 공주님처럼 안고서, 은형 스킬로 숨으면서 왕벚의 뿌리를 향해 이동했다.

중간에 왕벚을 지키기 위해 펜스나 결계를 쳐두고 있었지만, 딱히 방해가 되지 않았다.

우리들은 누구에게도 발견되지 않고 왕벚의 뿌리까지 도착했다.

"저기."

제단 같은 것이 설치된 장소를 미아가 지정했다.

—저건.

제단 옆에 덧없는 용모의 소녀가 있었다.

벚나무 줄기에 몸을 맡기고 핑크 블론드가 바람에 흔들리는 모습은 상당히 환상적인 느낌이었다.

분명히, 저 애가 미아를 불렀다는 벚나무의 정령이겠지.

그렇게 생각해 버린 탓에, 나는 섣부르게도 AR표시로 확인도 안 하고 그 소녀 앞에 모습을 드러내 버렸다.

"안녕?"

"뭐, —뭐 하는 자인가요!"

소녀는 방금 전까지 밤의 어둠에 녹아들 것 같았던 덧없는 모습에서 휘릭 변하더니, 열화 같은 기세로 우리들의 정체를 물었다.

"『벚지기』의 허가 없이 『성앵수』에 다가가는 건 금지돼 있어요."

왕벚의 정식 이름은 성앵수인가 보다.

소녀는 험악한 표정을 지은 채 근엄하게 말을 이었다.

"어느 집안 분인지는 모르지만, 신속하게 돌아가 주세요."

쫓겨나면 미아의 목적을 이룰 수가 없으니까, 연극조의 동작으로 얼버무려볼까.

"실례했군요. 벚나무의 부름을 듣고 찾아왔습니다만."

"무, 무슨─."

내 말을 잘라내려는 소녀의 말이 일순간 막혀버렸다. 그녀가 입을 열려고 하던 때, 줄기에서 떠오르는 것처럼 벚꽃색의 미녀가 나타났기 때문이다.

엑, 진짜 벚나무의 정령이 나와 버렸네.

『미안해, 「벚지기」 아가. 잠깐 잠들어봐.』

줄기에서 나타난 미녀가 소녀를 만지자 한순간에 잠들어 버렸다.

벚나무의 정령이 힘없이 쓰러지는 소녀를 상냥하게 받아내고서 벚나무 뿌리 위에 눕혔다.

그리고 상냥하게 소녀의 머리칼을 정돈해준 뒤, 고개를 들고 이쪽을 돌아보았다.

『어머나앙?』

고개를 갸웃거리는 미녀 옆에 AR표시가 팝업됐다.

─드라이어드?

내가 아는 어린 드라이어드하고는 닮은 구석이 없을 정도로 육감적인 스타일의 미녀지만, 그녀의 종족은 분명히 드라이어드로 표시되고 있었다.

『잘 와줬어, 어린아이야.』

"응."

『그쪽 인간족은 친구?』

드라이어드가 당혹한 표정으로 나를 보았다.

늘 쓰던 「소년」이라는 호칭이 안 나온다는 것은, 이 벚꽃색의 드라이어드는 그 녹색 어린 드라이어드들과 달리 의식이 공유되지 않는 모양이다.

『잠들게 하려고 했는데, 전혀 잠을 안 자네엥.』

AR표시되는 로그에 눈길을 내리자, 「수면」을 저항했다는 표시가 몇 개나 있었다.

어느샌가 상태 이상 공격을 받은 모양이다. 달콤한 말꼬리에 현혹되지 않도록 주의해야겠군.

"괜찮아. ―방울."

미아가 재촉하기에, 벚꽃 드라이어드에게 「보르에난의 고요한 방울」을 보여줬다.

『그러면, 괜찮겠네.』

이 고요한 방울은 엘프들이 신뢰의 증거로 주는 것이니까, 벚꽃 드라이어드도 그것을 보고 안심했다.

경계를 푼 벚꽃 드라이어드가 미아에게 상담을 시작했다.

『어쩐지, 마력의 흐름이 이상해. 왕도의 원천에서도 제대로 빨아들일 수가 없어서 난처하거든. 어떻게 안 될까앙?』

"우음?"

정령시를 발동하여 은색 눈동자가 된 미아가 주위를 둘러본 다음에 고개를 갸웃거렸다.

"사토."

자기는 모르겠는지, 이쪽을 돌아보았다.

나도 정령시나 독기시, 마력시 같은 것으로 둘러봤는데, 지상에는 문제가 없었다.

지맥을 조사하는 마법은 가진 게 없어서 지면에 직접 마력을 흘려보려고 했는데, 마력이 그냥 확산되어 버리니까 왕벚의 뿌리에 직접 마력을 흘려서 조사하는 게 좋겠다.

『―잠깐마안. 오래된 나무니까, 나를 경유해.』

"알았어."

벚꽃 드라이어드에게 조사 방법을 설명하자 그렇게 말하기에 승낙했다.

미녀 드라이어드가 나를 끌어안으려고 손을 뻗었지만, 미아가 그것을 막아 버렸다.

"우음, 파렴치."

『어머? 어린아이가 어른스럽게 질투하다니 귀엽네엥. 어려도 여자구나앙.』

끼어들어온 미아를 끼운 채, 벚꽃 드라이어드가 얼굴을 가까이 댔다.

녹색 소녀 드라이어드가 마력 흡수라도 하는 것처럼 마우스 투 마우스로 마력을 흘리라는 건가 보다.

뭐, 이런 풍만한 미녀가 상대라면 키스 한두 번이야 쉬운 용건이지만 말이지.

"손."

미아가 끼어든 채 손을 뻗어서, 벚꽃 드라이어드의 키스를 막아냈다.

『손? 손으로는 효율이 안 좋으니까 이 아이의 부담이 커질텐데엥?』

"괜찮아."

미아가 「그렇지?」라고 말하는 표정으로 보기에 수긍했다.

"나라면 다소 부담이 늘어도 괜찮아."

『그래? 그럼 손으로 하자.』

벚꽃 드라이어드의 유연한 양손을 잡아서 천천히 마력을 흘려봤다.

『응, 으응…….』

조금 섹시한 목소리가 드라이어드에게서 흘러나왔다.

나는 온 힘을 다해 그것을 의식하지 않도록 주의하면서, 흘려넣은 마력을 통해 경로를 살폈다.

"분명히 마력이 뭉친 장소가 있네."

물리적으로 어디쯤 되는 장소인지 특정하는 것이 귀찮을 것 같다.

마법의 무기나 도구의 마력이 막힌 증상이랑 비슷하니까, 완급을 주어서 마력을 흘리기만 하는 걸로도 청소할 수 있을 것 같았다.

"시험해봐도 될까?"

『그래, 부탁할게엥.』

허가를 받았으니, 얼른 마력 경로의 청소를 시작했다.

『응, 으응…… . 아앗, 그렇게, 아앙…… .』

"웃음?"

미아의 교육에 안 좋으니까, 야릇하게 신음 소리를 내는 건 그만하세요.

정신이 흐트러지니까 벚꽃 드라이어드의 목소리를 의식적으로 차단했다.

생각보다도 간단히 끝날 것 같— 아니, 한 군데만 묘하게 끈질기게 뭉친 곳이 있다. 끈질긴 찌든 때를 지우는 요령으로, 완급을 주어 남은 마력의 태반을 써서 단숨에 밀어내 쓸어버렸다.

—앗.

좀 지나쳤는지, 뭔가 마력적인 테두리 같은 것을 부숴버린 감촉이 느껴졌다.

"미안, 드라이어드. 실수해서 뭔가 부숴버린 모양이야."

『괘아나아~ 소년.』

"드라이어드?"

방금 전까지의 섹시한 드라이어드가 아니라, 평소처럼 녹색 피부를 가진 어린 드라이어드가 있었다.

『우이우이. 소년 덕분에 400년만에 바깥의 나랑 이어졌어.』

들어보니, 400년 전의 주술사가 왕도의 정보를 엘프들에게 알리지 않으려고 주술적인 저주로 마력 경로에 테두리를 친 모양이다.

『딱히 인간족 이야기 같은 거, 엘프한테 말 안 하는데.』

드라이어드는 벚꽃 드라이어드가 분리되어 있던 것에 원망을 품고 있는 모양이다.

『소년 덕분에 올해도 벚꽃을 피울 수 있어. 그렇지, 이거 줄게.』

드라이어드가 나랑 미아에게 벚꽃색의 구슬을 하나씩 주었다.

이 구슬은 「벚꽃 보주」라는 이름인데, 트렌트가 줬던 수령주의 일종이라고 했다. 수령주로서도 쓸 수 있지만, 그 밖에도 꽃을 피우는 특수 효과가 있는 모양이다.

옛날 이야기의 할아버지처럼 마른 나무에 꽃을 피우는 기적을 일으킬 수 있겠군.

『어린아이도 고마워.』

"응."

『며칠 지나면 봉오리가 부풀기 시작하니까 열흘 안에 피기 시작할 거야. 올해도 꽃놀이를 즐겨줘.』

그렇게 말하고 드라이어드가 줄기 속으로 사라졌다.

왕벚에 벚꽃 보주를 써서 밤의 벚꽃을 즐기고 싶은 기분이었지만, 마력을 직접 흘리는 것조차 기피되는 나이 든 대수에 쓰면 벚나무의 수명을 줄이는 일이 될 것 같아서 삼갔다.

◆

"돌아가자."

"그렇네—."

벚꽃 줄기로 사라지는 드라이어드를 배웅한 다음 그대로 물러갈까 생각했는데, 「벚지기」 소녀를 방치했다가 밤까지 눈을 안 뜨면 감기 걸릴 것 같기에 깨우기로 했다.

그냥 가면 수상한 사람 취급을 받을 것 같다는 것도 이유 중 하나다. 우리들의 얼굴을 이미 봤으니까.

아 그렇지. 왕도의 지맥이 이상했다는 정보는 가까운 시일 안에 국왕이나 재상에게 전해야겠군.

"흔들어도 안 일어나네."

"응."

드라이어드의 수면은 상당히 강력한 모양이다.

소녀에게 「마법 파괴」를 사용한 다음에, 말을 걸면서 몇 번 흔들자 눈을 떴다.

"······으응, 나는 대체·····."

잠에 취해서도 주위를 둘러보고, 내가 시야에 들어오자마자 펄쩍 뛰어 일어나더니 뒤로 물러났다.

"눈을 떴나요? 이야기하는 도중에 갑자기 쓰러지셔서 걱정했어요."

"─쓰러졌다고요?"

"지친 것처럼 보이는데, 별로 잠을 못 주무신 것 아닌가요?"

이야기하는 도중에, 그녀가 눈 밑이 거무죽죽한 것을 화장으로 숨기고 있다는 걸 깨달았다.

그러고 보니 처음에 만났을 때도 벚나무 줄기에 기대 꾸벅꾸벅 졸고 있었지.

"아, 아뇨. 그렇지는─."

소녀가 눈가를 가리면서 말을 머뭇거렸다.

"─그, 그런 것보다! 아까도 말씀을 드렸지만, 여기는 성생수의 금역입니다. 우리들 『벗지기』의 허가 없이 다가가는 건 금지돼 있어요. 신속하게 본래 온 장소로 돌아가 주세요."

아까도 생각했는데, 수상한 사람을 붙잡는 게 아니라 내쫓기만 하면 되는 모양이다.

"사실은 길을 잃고서 이곳까지 들어와 버렸습니다. 실례인 건 알지만, 북영빈관까지 길을 가르쳐주실 수 있을까요?"

물론 돌아가는 길은 맵으로 알 수 있지만, 매끄럽게 돌아가면 수상하게 생각할 것 같아서 그렇게 물었다.

"그러면, 북영빈관까지 제가 배웅할게요. 당신 이름을 물어도 될까요? 저는 시가33지팡이 중 한 명, 『벗지기』 아테나 랏홀이라고 합니다."

소녀가 로브에 붙은 문장을 이쪽으로 보이면서 자기소개를 했다.

그리스 신화에 나오는 것 같은 이름의 소녀였지만, 전생자나 전이자 같은 정보는 전혀 없었다. 이름은 우연의 일치겠지. 레벨 35의 흙 마법사이며, 칭호에 「벗지기」나 궁정 마법사의 칭호인 「시가33지팡이」를 가지고 있었다.

그건 그렇고 시가8검도 그렇고, 이 나라 사람들은 숫자가 붙은 칭호를 좋아하는 모양이네.

이대로 가면, 무슨 4천왕 같은 것도 있겠다.

"저는 무노 남작의 가신으로 펜드래건 명예사작이라고 합니다."

내 자기소개를 듣고서, 아테나 양의 정중한 태도가 흐트러졌다.

"뭐야. 상급 귀족의 바보 아들인줄 알고 경계했더니, 손해 봤네."

정중했던 말이 갑자기 털털한 어조로 변했다.

"뭐, 좋아. 북영빈관 근처까지 데리고 가줄게."

"수고를 끼쳐드리게 되었군요."

"사실은 금역에 들어온 사람을 위병 대기소로 연행해야 하지만, 성앵수에 상처가 난 기색도 없고, 너도 기껏 성공했는데 명예사작의 칭호를 잃고 싶지는 않지?"

말은 거칠지만, 제법 착한모양이다.

"그러고 보니, 그쪽 애는 여동생?"

걸으면서, 아테나 양이 물었다.

"아냐."

미아가 휙 고개를 돌렸다.

"미아는 제 동료입니다."

"동료? 그렇게 조그만 애가?"

아테나 양이 미아의 얼굴을 들여다보려고 발을 멈추었다.

"―아테나. 아아, 거기 있었군요."

갑자기 수풀에 가려진 길에서, 안경을 쓴 여성이 시녀 두 명을 데리고 나타났다.

그 안경은 눈에 익었다. 알현의 방에 있던 왕녀님이다.

"시스티나 전하! 너희들, 전하 어전이야. 얼른 무릎 꿇어."

한쪽 무릎을 짚은 아테나 양이 우리들에게도 무릎을 꿇으라고 명했다.

나는 순순히 따랐지만, 미아는 「싫어」 하고 말하며 고개를 돌렸다.

"자, 잠깐! 서 있지 말고 무릎을—."

아테나 양이 당황하여 미아의 봄 외투를 끌어당겼다.

외투가 미끄러지며 미아의 귀를 감추고 있던 후드가 벗겨졌다.

"—어? 엘프?"

"아파."

미아가 아테나의 손을 떨쳐냈다.

"너 엘프구나! 씨족은 어디니?"

"무례."

버릇없는 물음에 미아가 토라졌다.

"아테나, 실례잖아요."

시스티나 왕녀가 아테나 양을 타이르고, 미아 앞으로 걸어왔다.

AR표시에 따르면 그녀를 그림자처럼 따르는 시녀들은 왕녀의 신변경호도 겸하고 있는 모양인지, 레벨 30에 대인 전투에 특화된 스킬 구성을 가지고 있었다.

"보르에난 숲의 미사날리아 님이군요."

엘프에게 경의를 품고 대우를 해주는 건 알고 있었지만, 대국의 왕족인 그녀가 「님」을 붙여서 이름을 부를 정도인 줄은 몰랐다.

"저는 시가 왕국의 제6왕녀, 시스티나라고 합니다."

왕녀가 정중하게 인사를 하자, 미아도 「응」하며 고개를 끄덕인 다음 정식으로 인사를 했다.

"보르에난 숲의 가장 나이 어린 엘프, 라미사우야와 리리나트아의 딸, 미사날리아 보르에난."

"보, 보르에난 씨족이라면, 혹시 엘프의 현자 토라자유야가 있던 보르에난 씨족?"

아테나 양이 작은 소리로 중얼거리는 것을 엿듣기 스킬이 포착했다.

"아테나, 미사날리아 님에게—."

왕녀의 말 중간에 일어선 아테나 양이 빠르게 말했다.

"혀, 현자님과 같은 엘프라고 잘난 게 아니야! 선조님은 져버렸지만, 나는 꼭 현자님을 넘어서는 공적을 남겨줄 거야!"

미아를 손가락으로 척 가리킨 소녀가 선언했다. 그러나 미아는 이야기의 갑작스런 전개를 따라가지 못하는 건지 당황한 표정이다.

"우음?"

아무래도 그녀의 선조와 토라자유야 씨 사이에 뭔가 응어리가 있었던 모양이다.

"나는 태생만 가지고 잘난척하는 엘프가 아주 싫어. 나는 끊임없는 노력과 재능으로 이 궁정 마술사의 지위를 획득했어. 지금은 시가33지팡이의 붉은 띠지만, 언젠가 궁정 마술사장이 되어서 은 띠를 둘러주겠어!"

거친 콧김을 뿜는 아테나 양의 기세에 밀려서 미아가 가볍게 패닉에 빠졌다.

이제 슬슬 끼어들까 생각하는 참에, 시녀들이 먼저 나섰다.

"—적당히 하세요."

시녀 한 명이 따악! 소리가 날 것 같은 기세로 아테나 양의 머리를 두드렸다.

"전하의 어전입니다."

"은 띠는커녕, 붉은 띠마저 반납해도 이상하지 않을 정도의 무례를 저지른 걸 자각하세요."

시녀들이 아테나를 야단쳤다.

격정에 떠밀려 실수한 걸 깨달은 아테나 양의 얼굴이 새빨개졌다.

"죄송합니다."

자기에게 사과하는 아테나 양에게, 왕녀는 「사과할 상대가 틀렸어요」라며 미아에게 고개를 돌렸다.

"방금 전의—."

"아냐."

사과하려는 아테나 양의 말을 가로막고 미아가 중얼거렸다.

"어?"

무슨 말을 한 건지 이해 못하는 아테나 양에게, 미아가 가녀린 품에서 미스릴증을 꺼내 그녀에게 보였다.

아까 「태생만으로 잘난척하는 엘프」라고 말한 것에 대해, 미아는 자기도 노력하고 있다고 말하고 싶은 거겠지.

"그, 그건 미스릴증? 그러고 보니, 이번 미스릴증은 상층과 중층의 주인을 쓰러뜨렸다고—."

그녀는 아까 서훈식에 참석하지 않은 모양이다.

"—그러면, 나는 하층의 주인을 쓰러뜨리겠어."

"무리."

"어째선데! 반드시 쓰러뜨릴 거야."

사과할 참이었는데, 엘프에 대한 대항심 때문에 아테나 양이 또 다시 히트 업하기 시작했다.

그녀의 태도를 본 시녀들이 화난 귀신 가면 같은 표정을 지어서 엄청 무섭다.

"무리니까 무리."

"그렇지 않아!"

미아는 마법사만으로는 이길 수 없다는 말을 하고 싶은 것 같은데, 말이 너무 짧아서 전해지질 않는다.

"우리들 인간족은 너희들이 숲 속에 틀어박힌 사이에도 진보하고 있어! 다음에 궁정 마술사의 연습을 보러 와. 우리들 인간족의 진가를 보여주겠어. 동기 마술을 보고서 주저앉아도 모른다!"

"적당히 하세요!"

"몇 번을 말해야 하나요."

찰싹, 소리가 들렸다. 결국 아테나 양이 시녀 두 사람에게 체벌을 받았다.

"죄송합니다."

눈물지은 아테나 양이 미아에게 사과했다.

굉장히 분해 보이는 표정이니까, 미아를 대신해 오해를 풀어 뒤야겠군.

"발언을 해도 괜찮을까요?"

왕녀가 고개를 끄덕이자 시녀가 대신 「하세요」라고 말해주기에, 아테나 양에게 미아의 의도를 전달했다.

"미아가 방금 한 말입니다만, 당신이나 인간족의 마법사를 업신여기는 의도가 아닙니다. 마법사만으로는 『계층의 주인』에게 이길 수 없다고 하는 겁니다."

"그런 거야?"

"응."

내 설명으로 독기가 빠진 아테나 양이 미아에게 내 말을 확인했다.

미아가 수긍하는 걸 보고 방금 전까지 흥분하고 있던 자신이 부끄러워졌는지, 작게 어깨를 늘어뜨렸다.

"발언은 그것뿐인가요?"

"네."

왕녀의 발언에 수긍했다.

"아테나, 성앵수의 상태는 어떤가요?"

"유감이지만 변함이 없어요."

"그런가요……."

벚꽃 드라이어드가 말했던 「마력 흐름이 이상해」라는 건이겠지.

이미 해결을 했지만, 벚꽃 드라이어드가 그 이야기를 하기 전에 아테나 양을 잠재운 것을 떠올리고 괜한 말은 하지 않았다.

"그러면, 저는 돌아가겠습니다. 당신은 미사날리아 님 일행을 배웅하세요."

왕녀는 미아와 헤어지는 인사를 한 다음 본래 온 길로 돌아갔다.

"—저기가 북영빈관이야."

왕녀와 헤어지고 잠시 지나 우리들이 있던 영빈관이 보였다.

"이제부터는 길을 따라서 가면 도착해."

그 말을 하고서 물러가려던 아테나 양이 몇 걸음 나아가다가 멈추었다.

"저, 저기. 아까는 이래저래 미안해. 하지만, 인간족이 굉장한 건 정말이야! 한 번, 우리들 연습을 보러 와. 꼭이야!"

다시 한 번 사과한 다음, 아테나 양이 부끄러움을 얼버무리는 것처럼 미아를 연습에 초대하고 그대로 얼굴이 빨개진 채 달려가 버렸다.

"웅?"

"재밌는 애였네."

"응, 유니크."

이상한 애지만, 궁정 마술사와 연결고리가 생기게 되었으니 운이 좋다고 생각하기로 하자.

동기 마술이란 것은 나도 흥미가 있으니, 틈이 생기면 미아랑 같이 견학하러 가는 것도 즐거울 것 같다.

◆

"으엑, 드라이어드?"

북영빈관의 살롱으로 돌아가자, 마침 무도회 홀로 입장이 시작된 참이었다.

우리들도 홀로 이동을 하며 왕벚의 뿌리에서 있었던 일련의 일을 동료들에게 이야기했더니, 아리사가 벚꽃 드라이어드 건으로 곧장 반응했다.

"설마, 또 주인님의 입술이 그 치녀한테?"

"괜찮아. 저지."

걱정하는 표정의 아리사에게 미아가 재는 표정으로 자신의 공적을 고했다.

"미아 잘했어!"

"응, 맡겨."

그 두 사람을 못 본 척 하고, 그 뒤를 이야기하면서 무도회 홀로 들어섰다.

먼저 들어온 탐색자들이 천장을 올려다보면서 감탄하는 소리를 흘렸다.

그들에게 낚여서 올려다보니, 탁 트인 높은 천장이 스테인드글라스풍의 색유리로 채색되고, 햇빛을 받아서 환상적인 빛을 홀에 떨구고 있었다. 천장을 지탱하는 아치 형태의 기둥도 정밀한 조각이 되어 있어서 하염없이 보고 있어도 질리지 않는다.

나와 마찬가지로 올려다본 동료들도 입을 모아 감상을 말했다.

"예뻐."

"어쩐지 라라키에가 떠오르네요."

"천장에 바다가 없다고 고합니다."

"하지만, 반짝반짝~?"

"보석 천장인 거예요!"

"꽤나 높은 천장이군요."

루루는 남쪽 바다 섬들에서 탐색한 부유섬 라라키에를 연상한 모양이다.

질리는 기색도 없는 동료들을 지켜보면서 홀을 둘러보았다.

홀 중앙 부근에는 200명쯤이 동시에 춤을 출 수 있을 법한 공간이 준비되어 있고, 그것을 둘러싸는 것처럼 예쁜 테이블 클로스를 덮은 탁자가 잔뜩 놓여 있었다.

친교를 다지기 쉽도록 입식 형식인 것 같지만, 춤추다 지친 사람들을 위해 벽을 따라 여러 개의 소파가 관엽식물에 가려지도록 배치되어 있었다.


"어라? 자네는 분명히 미궁에서—."

돌아보자, 세류 시 미궁의 거미줄에서 구해낸 베르톤 자작이 있었다.

"오랜만입니다. 베르톤 자작. 지금은 무노 남작에게 사관해서 펜드래건 명예사작이 됐습니다."

"—펜드래건?"

베르톤 자작 뒤에 있던 신사 중 한 명이 내 가문명을 반복했다.

AR표시를 보니, 그는 베르톤 자작의 주군인 세류 백작이었다. 백작 옆에 있는 무인 같은 신사는 키고리 준남작이었다. 그는 레벨이 43이나 되는 기사니까, 백작의 호위로서 여기 있는 거겠지.

"아는 사이인가? 베르톤."

"네, 세류 시의 미궁에서—."

세류 백작이 작은 소리로 베르톤 자작에게 나에 대해 물었다.

"펜드래건 사작, 이쪽은 내 주군인 세류 백작이시다."

"기사 헨스나 트릴 문관이 보낸 보고서에 자네 이름이 있었지. 내 부하가 미궁도시에서 신세를 진 모양이군. 귀공의 조력에 감사하네."

베르톤 자작이 백작을 소개하고, 제나 씨가 소속된 미궁도시 선발 부대의 대장 씨 일행의 이름을 들면서 세류 백작이 감사를 표한 뒤에 「베르톤의 은인과 동일 인물일 줄은 몰랐네만」이라고 말을 이었다.

"펜드래건 경, 내 휘하로 오게. 우리 영지에서는 미궁을 잘 아는 인재가 필요하네. 내 휘하로 오면, 적어도 영세 준남작, 공훈에 따라 영세 남작위도 내려 줄 수 있지."

"각하는 인색한 분이 아니다. 공훈에 걸맞은 녹봉을 기대해도 좋아."

세류 백작과 베르톤 자작이 나에게 주군 교체를 부추겼다.

"어이쿠, 사토는 못 준다."

어떻게 거절할까 망설이는 내 어깨를 재빨리 접근한 가는 팔이 끌어당겼다.

"로틀 집정관님."

내 어깨를 당긴 건 무노 남작령의 니나 로틀 집정관이었다.

그 뒤에는 무노 남작과 그의 딸인 카리나 양도 있었다.

"흠. 무노령에는 철혈 공이 있었나."

"이거야 끼어들 틈이 없겠군요."

"그렇고말고. 알았으면 얼른 가."

세류 백작과 베르톤 자작이 백기를 들고 물러갔다.

격이 높은 귀족에게 니나 여사의 말투가 괜찮은 건지 걱정이 됐지만, 「남의 귀한 사람에게 손대려고 한 녀석한테는 저 정도 말해도 된다」라고 큰소리를 쳤으니 문제없는 범주겠지.

"축하하네, 사토 군. 서훈이 막힘없이 끝난 모양이야."

"진심으로 축하 드립니다, 랍니다."

"감사합니다."

무노 남작과 카리나 양에게 축하의 말을 받았다.

카리나 양의 말투가 조금 이상한 것은, 사교의 재교육으로 주입당한 말을 억지로 쓰려고 했기 때문이겠지.

그건 그렇고 오늘 카리나 양은 평소보다도 예쁘다.

의상은 변화가 없지만, 시녀들이 정성스레 관리한 피부는 평소보다 촉촉하고 탄력이 있으며, 트레이드 마크인 금발 세로 롤도 차분하게 말려 있고, 그 표면에서는 라미네이트 같은 것이 빛을 반짝반짝 반사하고 있었다. 마유 위에 자리 잡은 라카도, 예쁘게 잘 닦여 있는 모양이다.

"모두 다 서훈을 받지 않았니?"

"응, 여기."

어느샌가 가까이 와 있던 아리사가, 케이프에 달아둔 훈장을 니나 여사에게 보였다.

"남작~?"

"카리나도 있는 거예요!"

"타마 군과 포치 군의 멋진 모습을 보여줄래?"

"이거 봐 봐~."

"훈장, 인 거예요!"

"두 사람 다 참 멋진걸요!"

"쑥스러~?"

"니헤헤~ 인 거예요."

무노 남작 일행에게 칭찬을 받은 타마와 포치가 훈장을 보여주면서, 꼬물꼬물 쑥스러워한다.

"남작, 나도 칭찬해 달라고 고합니다."

"자랑."

나나와 미아가 남작에게 훈장을 보여주고, 리자와 루루도 둘 다 남작 일행에게 훈장이 잘 보이도록 했다.

"—그렇지. 너한테는 미리 말해두마."

니나 여사가 나에게 귓속말을 했다.

"무노 남작의 승작이 내정됐다. 다음 왕국 회의에서 백작이 되지."

"이거, 축하드립니다."

**"진정한 영주**가 됐으니 순리대로 된 거지."

니나 여사는 도시 핵의 지배권을 얻은 무노 남작을 「진정한 영주」라고 표현했다.

"너도 아마 영세 준남작위는 확정이다."

왕국 회의 전의 귀족간 절충에서, 내가 「영세 남작위」로 승작하는 것을 국왕에게 진상하는 것이 결정된 모양이다. 보통은 두

단계 이상의 승작을 진상해도 기각되니까 한 단계 아래의 작위가 되는 일이 많다고 한다. 최종적으로 정하는 건 국왕이니까.

"명예사작 같은 한 세대 작위랑 달리, 정실부인이 필요하니까 누군가 준비해둬라. 뭣하면 연상의 부인을 준비해 주마."

니나 여사가 카리나 양 쪽으로 눈짓을 했다.

매력적인 제안이지만, 보르에난의 하이 엘프, 사랑스런 아제씨 말고 반려는 모집하지 않는다.

"그 걱정은 필요 없어."

"응."

아리사와 미아가 끼어들었다.

"내가 있잖아."

"약혼자."

둘이 자기를 가리키면서 말을 이었다.

"그렇구나아."

니나 여사가 「이 로리콘 자식」이라고 말하고 싶은 표정으로 나를 보았다.

그 평가에는 반론하고 싶지만, 기껏 아리사랑 미아가 얼버무린 이야기를 들쑤실 생각은 없다.

"뭐, 그쪽은 차차 생각을 하자. 너는 젊고, 신흥 준남작으로 있는 동안에는 주변에서도 너무 뭐라고 하지 않겠지."

니나 여사가 이야기는 이걸로 끝이라고 하듯 손을 흔들었다.

마치 내가 앞으로도 승작하게 될 것처럼 말을 하는데, 사토로서 더 이상 공적을 쌓을 생각은 없으니까 그걸 상정할 필요는 없다.

"굳이 따지자면, 한 세대 한정의 명예준남작이 좋았는데요……."

"한 세대 작위라면 명예남작이나 나랑 같은 명예자작이 될 텐데?"

그쪽이 귀찮은 일이 더 많다고 말하려는 표정으로 니나 여사가 말했다.

"그보다도 가자, 사토."

니나 여사가 내 팔을 잡았다.

"어딜 말인가요?"

"연회가 시작되기 전에 쓸만한 탐색자한테 침 발라두러 가는 거다."

무노 남작령은 인재가 부족하니까, 이 기회에 유능한 인재를 확보하고 싶은 모양이다.

"헤드 헌팅이네! 그거라면 나도 같이 갈래!"

"좋구나, 큰 도움이 될 거야."

즉시 나선 아리사도 함께, 어색한 모습으로 서 있는 미스릴의 탐색자들 사이를 돌아다녔다.

그들의 대표이며 「적룡의 포효」의 리더인 제릴 씨가 탐색자를 은퇴하고서 시가8검을 목표로 한다는 것도 있어서, 몇 명의 탐색자에게 좋은 대답을 받았다.

개중에서도―.

"척후직의 마모트는 당첨이군. 동방의 소국군에 대해서 잘 알기도 하고, 영내의 첩보 관련을 맡길 수 있겠어."

니나 여사가 기분 좋게 말을 이었다.

"이게 다 네가 거액을 출자해준 덕분이다."

"실제로 교섭한 건 니나 씨잖아요."

"그것도, 너랑 리자가 이름을 떨친 덕분이야."

니나 여사는 급사가 날라다 준 접시에서 와인을 받아 단숨에 들이켰다.

"그러고 보니, 아리사랑 다른 애들도 작위를 받지? 가문명은 정했니?"

니나 여사가 질문하자 아리사가 대답했다.

"타치바나 사작은 이미 있다고 하니까, 루루랑 같은 와타리로 할 생각이야."

"흠. 귀족 명감에 타치바나라는 사작은 없어. 타치브아나 사작이랑 착각한 것 아닌가?"

문득 누가 말하는 쪽을 보자, 풍채가 좋은 노인이 호호 할아버지 같은 표정으로 서 있었다. 재상이다.

"어, 그래?"

"그래, 틀림없어. 걱정된다면 귀족 명감을 확인해 보게."

"재상 각하가 이런 장소까지 오다니 뭔 바람이 분 거야?"

아리사와 스스럼없이 이야기하는 재상에게 니나 여사가 덤벼들었다.

"펜드래건 경에게 조금 용건이 있었지."

재상이 나를 보고 「소년이라고는 들었으나, 이렇게 젊을 줄은……」하고 작은 소리로 중얼거렸다.

"사토를 끌어들일 거라면 일 없는데?"

"그렇고말고! 사토 공은 나의 로이드 가문에 선약이 있다!"

"기다리게, 로이드 후작! 사토 공은 모두의 사토 공이다! 한 가문에 얽매지 않는다는 약정을 잊었는가?"

"그것은 그렇군! 호엔 백작의 말이 맞다네!"

니나 여사의 말꼬리에 올라타서 이상한 말을 꺼낸 것은 오유고크 공작령의 먹보 귀족인 로이드 후작과 호엔 백작이었다.

"우리들의 사토 공에게 손을 대는 건 재상이라도 용서 못하네."

"그럼. 우리들의 주검을 넘고 갈 생각으로 오게."

로이드 후작과 호엔 백작이 사이좋게 재상에게 시비를 걸었다.

"허어. 이렇게 직접 눈으로 보고도 믿을 수가 없군. 로이드 후작과 호엔 백작이 사이좋게 나란히 서 있다니……. 궁정의 참새들도 헛소리만 하는 게 아니었어."

재상이 감탄한 기색으로 턱을 쓰다듬었다.

나로서는 로이드 후작과 호엔 백작의 사이가 나쁜 모습이란 게 상상이 안 되는데.

"그 고우엔과 호각으로 맞선 호걸의 얼굴을 보러 온 것은 사실이지만, 진영에 끌어들이러 온 것은 아니라네?"

"정말인가?"

"책략을 부리지 않는 재상 따위 있을 수 없지."

로이드 후작과 호엔 백작은 재상의 말을 전혀 믿지 않는다.

"펜드래건 경은 여행과 미식이 취미라고 들었다네. 내가 주최하는 이국의 미식을 모은 연회에 흥미가 없는가하여 초청하러 왔지."

호오, 그건 좀 흥미로운데.

"속지 말게나!"

"그렇고말고. 재상의 감언에 빠지면 안 되네!"

로이드 후작과 호엔 백작이 끼어들었다.

"어차피 이름만 미식인 괴식이겠지!"

"정말이지. 괴식을 먹고서 사토 공의 혀에 무슨 일이 있으면 어찌 책임을 질 셈인가!"

"괴식이란 것은 말이 심하군. 이 대륙에는 갖가지 식습관이 있다네. 그것을 속이 좁게 부정해서는 진정한 식도락가라고 할 수 없지. 펜드래건 경도, 그리 생각지 않는가?"

"네, 확실히 그렇네요."

재상의 말을 긍정했다.

"좋은 대답이야."

재상이 말하고서 초대장을 건네주었다.

연회의 개최는 연초 이후라고 한다.

"사람이 늘어나기 시작했군. 귀찮은 녀석들에게 들키기 전에 물러가도록 하지."

재상이 그렇게 말하고 내 앞에서 물러났다.

"나도 다음 일을 하러 가야겠다."

니나 여사가 로이드 후작과 호엔 백작을 데리고 공작령의 귀족들이 모인 장소로 갔다. 「뭔가 꾸미는 것 같네」라고 말한 아리사가 신이 난 표정으로 따라갔다.

"그러면—."

이제 어쩐다 싶어서 주위를 둘러보았다.

재상이 말한 것처럼, 어느샌가 홀이 사람으로 가득했다. 탐색자들을 모집하거나 재상 일행과 이야기를 하는 사이에 무도회가 시작된 모양이다.

우리들처럼 서훈한 사람의 관계자를 제외하면, 참가한 귀족은 하급 귀족이나 케르텐 후작을 포함한 무문의 상급 귀족, 세류 백작을 비롯한 일부 영주들뿐이고 왕족은 아무도 안 왔다.

비스탈 공작 일가는 아무도 안 왔지만, 공작 파벌의 귀족들은 정력적으로 미스릴의 탐색자들에게 휘하로 들어오라며 권하고 있었다.

"신탁을 받은 무녀들이 차례차례 혼절했다고?"

어쩐지 어수선한 말이 귀에 뛰어들었다.

소문 이야기를 하며 신이 난 것은, 높은 사람들을 따라서 온 하급 귀족 문관들이었다.

"어느 신전이지?"

"어디라기보다 전부야. 『왕도에 미증유의 위기가 닥친다』라고 신관이 말했다고 하더군."

맵 검색을 해봤지만, 그럴 듯한 위험은 보이지 않았다.

"—『하더군』이라. 또 무책임한 소문을 퍼뜨리고 있는 것인가?"

얄미운 표정의 청년이 대화에 끼어들었다.

"매, 맥크레 경."

"이런 것은 기부금 모으기를 위한 상투적인 문구야. 적당히 때를 봐서 경건한 기도라는 것으로 위기를 물리쳤다고 발표하고 끝나겠지."

"그, 그렇지만, 신관이 신탁을 속이는 것은⋯⋯."

물고 늘어지는 문관을 보며 맥크레 경이 코웃음 쳤다.

"신관이 신탁이라고 말을 했던가?"

"─앗!"

맥크레 경의 말로, 신전이 신탁을 발표하지 않았다고 떠올린 모양이다.

"신탁을 명확하게 하지 않고 신관이 불안을 부추기는 것이, 기부금 모으기의 상투수단이야. 자네들도 속지 않도록 기억해 두게."

"이번에는 꽤 모이는 것 아닌가?"

"왕도에 마족이 나타났던 참이니까."

맥크레 경이 얄미운 표정으로 말한 다음, 추종자들과 웃으면서 대화를 나누며 물러갔다.

정말로 기부금 모으기의 상투수단인가?

일단 맵 검색을 해본 바로는 조짐 같은 조짐도 없으니까, 다음에 국왕에게 갔을 때 확인을 해봐야겠군.

나도 마음을 전환하고 주위를 둘러보았다.

귀족들 말고도 초대를 받았는지, 호상이나 상인들도 많이 참가했다.

전에 엠마 릿튼 백작부인의 원유회에서 알게 된 족제비 수인족의 상인─ 스아베 상회의 호미무도리 씨도 있기에 가볍게 인사를 했다. 오늘 아침에 그의 상회에서도 축하 물품이 도착했으니까.

"셰셰셰. 이번에 창익검 훈장의 서훈, 참으로 축하드립니다."

족제비 수인족의 호미무도리 씨가 수인이라 생각하기 어려운 유창한 말로 축복해줬다.

"펜드래건 경, 잠시 괜찮은가?"

호미무도리 씨와 이야기한 다음, 케르텐 후작 파벌의 귀족이 불러 세웠다.

"자네는 전부터 족제비 수인족의 상인과 교류가 있었나?"

"아뇨. 요전에 릿튼 백작부인의 원유회에서 막 알게 된 참입니다만?"

"그렇군. ─충고를 해두겠네만, 족제비 수인족의 상인은 조심하게. 상인이라는 것만 해도 방심할 수 없는데, 그 나라의 상인은 우리들하고는 윤리관이 달라. 놈들은 모르는 사이에 법을 일탈하지. 자신의 공훈을 시시한 일로 더럽히지 않도록 주의하게."

처음에는 아인 차별 이야기인가 했는데, 들어보니 이문화에 따른 트러블에 대해 경고해주는 걸 알았다.

"충고 감사드립니다."

그 다음에 케르텐 후작 파벌로 오라는 권유를 받았지만, 나는 무노 남작 말고는 섬길 생각이 없다고 딱 잘라 거절해뒀다.

"─주인님, 잠깐 와봐."

보기 드물게 초조한 기색의 아리사가 나를 부르러 왔기에, 케르텐 후작 일행에게 양해를 구하고 아리사를 따라갔다.

"저기 봐, 저거. 저기 있는 신관."

"3명 있는데 누구야?"

"봐, 저기에 로렌스라고 부르고 싶어지는 미남자."

아리사가 가리키는 곳에는, 순정만화에 나올 법한 미남자가 있었다.

AR표시에 따르면, 호즈나스라는 이름의 파리온 신국의 추기경이며 레벨이 51이나 된다.

파리온 신국의 민족의상인지, 터번 같은 두건과 금색이 많은 장식품을 몸에 둘렀다.

레벨이 높아서 그런지 「신성 마법: 파리온 교」, 「신학: 파리온 교」, 「빛 마법」, 「인물 감정」, 「사교」, 「교섭」, 「조정」, 「절충」, 「설득」, 「변론」, 「연주」, 「명상」, 「영창 단축」, 「호신술」 등의 스킬을 가지고 있었다.

칭호는 「성자」, 「신의 총아」, 「신의 시련에 도전하는 자」 같은 굉장한 것이 있었다.

"스킬 수가 굉장하네."

"—어? 보여?"

"아리사는 안 보여?"

반대로 되물으면서 감정 스킬로 조사해보니, 이름과 관직, 그리고 스킬에 「신성 마법: 파리온 교」와 「신학: 파리온 교」가 있는 걸 알 수 있지만 그것 말고 다른 스킬은 보이지 않는 걸 알 수 있었다. 칭호도 「성자」뿐이다. 덤으로 레벨도 32로 변했다.

"감정으로는 거의 안 보이네. 성능이 좋은 인식 저해의 마법 도구를 가지고 있나 보다."

"역시 그렇구나. 레벨 치고는 스킬이 적고, 보이는 방식이 어쩐지 이상해서 신경 쓰였어."

그래서 꿍꿍이 트리오랑 헤어져서 나를 부르러 온 모양이다.

아리사에게 AR표시로 보인 정보를 전달했다.

"흐~응, 칭호만 보면 구세주라도 될 수 있을 법한 느낌이네."

아리사의 감상에 동의했다.

"저렇게 레벨이 높으면 기원 마법을 쓸 수 있지 않을까?"

"글쎄, 설령 쓸 수 있어도 생판 듣도 보도 못한 우리를 위해서 써줄 정도로 사람 좋지는 않을 거야."

그러니까, 우리를 위해서 무리는 하지 마. 아리사가 말을 이었다.

아무래도 내가 호즈나스 추기경에게 기원 마법으로 아리사와 루루의 기아스를 풀어볼까 생각한 것이 들킨 모양이다.

아리사는 저렇게 말했지만, 그가 절실히 바라는 것이 없는지 은근히 캐볼 생각이다.

일단 좀 친해지는 것부터 해야겠지?

"─아. 인식 저해의 아이템이라는 거 저걸까? 주인님. 로렌스의 손목에 있는 아이템을 봐. 황토색인 거."

아리사의 말을 듣고 로렌스─가 아니지. 호즈나스 추기경을 다시 한 번 보았다.

긴 소매에 가려서 잘 안 보이지만, 거기에 있다는 걸 알면 금방 AR표시로 정보가 보인다. 「도신의 장신구」라는 이름으로

「스테이터스를 감추고 위장하는 신화시대의 비보〔위작〕」이라고
한다.

작성자 이름은 공란이었다. 나처럼 이름을 공란으로 바꿀 수
있거나, 이름이 없는 인물이 만들었거나, 아이템 작성자 이름
을 삭제하는 수단이 있는 거겠지.

나는 AR표시로 알게 된 내용을 아리사에게 가르쳐줬다.

"위작이라~. 그래도 내 신이 내린『능력 감정』을 속이다니 굉장
하네. 주인님의 치트 감정 능력이 없었으면 간파 못했을 거야."

치트는 괜한 말이고.

국왕이나 재상을 만나러 갈 때 호즈나스 추기경의 인식 저해
아이템이나 진짜 레벨을 알려줘야겠군.

추기경하고는 친해지고 싶지만, 그거랑 이건 별개다. 귀찮은
일의 싹을 뽑아둬서 나쁠 게 없지.

그건 그렇고 위작이 이 정도면, 진품은 내 AR표시마저 속이
는 능력이 있는 거 아냐?


"─비천한 아인이! 유서 깊은 맥크레 가문의 적자, 프린지 님
의 말을 가로막다니! 만 번 죽어 마땅하다."

새된 매도 소리가 홀 안쪽에서 들렸다.

그쪽으로 다가가자 사람들이 몰려 있고, 상급 귀족의 자제 몇 명
이 쥐 수인 탐색자를 일방적으로 매도하는 모습이 보였다. 그 쥐
수인 탐색자는 기가 약해 보이는 로브의 탐색자를 감싸고 있었다.

"무슨 일이 있었나요?"

"귀족님이 억지로 권유를 해서 린들이 난처해하니, 보다 못한 가릿츠가 도와주려고 끼어들었는데…… 그게 귀족님 심기를 건드린 모양이야……."

탐색자 청년이 고유명사가 많은 말로 대략적인 사정을 이야기해 주었다.

린들이라는 게 로브의 탐색자고, 가릿츠라는 게 쥐 수인 탐색자겠지.

"안 도와줘?"

"바보야. 상대는 상급 귀족이다. 그것도 군무대신과 가까운 문벌 귀족이지."

아리사의 물음에 귀족 출신 탐색자가 대답했다.

"그러면, 외부인인 제가—."

동료들의 공적을 축하하는 자리를 못난 녀석들이 망치는 게 싫었다.

내가 나서려는 순간, 귀족 출신 탐색자가 어깨를 붙잡아 말렸다.

"기다려! 문벌 귀족들은 탐색자의 구별 같은 거 못한다. 네가 섣불리 역정을 사면, 저 녀석들의 작위 수여에 트집을 잡아서 취소될 수도 있다. 지금은 부조리를 견디는 것이 제일 좋아."

인간족이 아닌 자에게 작위를 딸 찬스는 웬만해선 없으니까, 그들도 함부로 손을 대지 못하는 모양이다.

직접이 안 된다면, 간접적으로—.

"아, 로렌스가!"

아리사가 중얼거리는 소리에 꿍꿍이를 중단하고 시선을 돌리자, 호즈나스 추기경이 자리에 끼어드는 참이었다.

"그만 두시죠. 일방적으로 매도를 하는 당신은 그다지 아름답지 않군요."

호즈나스 추기경이 도발하는 것처럼 말하자, 매도 귀족이 척수반사로 불평을 토했다.

"나를 우롱하느냐, 신관! 하천한 자를 지도하는 것이 우리들 유서 깊은 귀족의 역할이다! 장례식 차례가 올 때까지 처박혀 있어라!"

아무래도 상대가 파리온 신국의 높으신 분이라는 걸 눈치 못 챈 모양이다.

"하천하다는 것은 누가 정한 겁니까? 이 세상에 살아가는 용족과 마족이 아닌 자들은, 모두 일곱 신들께서 만들어낸 신의 아이들입니다. 그들 사이에 귀천은 없어요."

"로렌스도 참 좋은 말을 하네. 그렇고말고. 인류는 모두 한 가족이야."

아리사가 내 옆에서 중얼거리며 고개를 끄덕끄덕했다.

"듣자듣자하니—."

"프린지 님. 안 됩니다."

매도 귀족의 종자가 호즈나스 추기경을 알고 있었는지, 필사적으로 매도 귀족을 말리려고 했지만 매도 귀족은 종자의 손을 뿌리치고 더욱이 폭언을 거듭했다.

"천하의 시가 왕국 귀족인 우리들과, 하천한 쥐 따위가 같다고 말하는 거냐! 약 상자 대신이나 묘지기밖에 못 되는 신관 따위가ㅡ."

말하는 도중에, 커다란 주먹이 매도 귀족의 머리에 떨어졌다.

「흐기야」 하는 개그 만화 캐릭터 같은 비명을 남기고, 매도 귀족이 바닥에 철푸덕 쓰러졌다.

그것을 해낸 거한은, AR표시에 따르면 군무 부대신을 맡고 있는 봅판 백작이라는 인물이었다.

"호즈나스 추기경. 본관의 부하가 들어주기도 어려운 폭언을 한 것, 부디 용서해주시기를 바랍니다."

예복이 터져나갈 것 같은 근육의 봅판 백작이, 깔끔한 자세로 호즈나스 추기경에게 고개를 숙였다.

"사과할 상대가 틀렸습니다. 우선은, 여기 있는 그들에게 사과를 해야겠죠."

"그들?"

봅판 백작은 중간부터 밖에 모르는지, 호즈나스 추기경의 말에 고개를 갸웃거렸다.

"각하, 거기 있는 수인ㅡ 쥐 수인족인 그와 그쪽 마술사 선생을 말하는 겁니다."

일의 전말을 알고 있는 하급 귀족 청년이 봅판 백작에게 사정을 알려주었다.

"그랬었던가? 탐색자 선생, 본관의 부하가 실례한 점을 사과하네."

봅판 백작이 두 탐색자들에게 고개를 숙이고 사죄하는 모습에, 당사자들이 안절부절 못하고 황송해하며 사과를 받아들였다.

그러나, 군벌의 귀족 사이에서는 그의 행동에 불만이나 불평하는 중얼거림이 퍼졌다. 상급 귀족이며 군무 부대신의 입장에 있는 그가 귀족도 아닌 상대에게, 심지어 그들이 깔보는 탐색자나 인간족이 아닌 종족에게 고개를 숙인 것이 마음에 안 드는 모양이다.

"각하, 유서 깊은 귀족인 저를 구타하고, 하천한 수인이나 탐색자 따위에게 고개를 숙이다니! 각하는 왕국 귀족의 격식을 어찌 생각하십니까!"

동료의 도움으로 일어선 매도 귀족이 뵙판 백작에게 대들었다.

"이 어리석은 놈! 왕조 야마토 님의 말을 잊었느냐! 『종족에 귀천 없다』, 한동안 근신하고서 그 말의 의미를 곱씹고 와라!"

뵙판 백작에게 야단을 맞고서, 부르르 떤 매도 귀족들이 달려온 경비병에게 연행됐다.

그 모습을 본 호즈나스 추기경이 온화하게 뵙판 백작에게 말을 걸었다.

"귀하 같은 분이 있는 한, 용사왕 야마토 님의 가르침은 불멸인 모양입니다."

"아뇨. 부하의 교육을 제대로 못한 부덕한 몸이 부끄러울 따름입니다."

사소한 트러블도 한 건 낙찰된 모양이다.


"사토 님!"

애니메이션 캐릭터 같은 핑크색 머리칼의 미소녀— 왕립학원

으로 유학하고 있는 르모크 왕국의 메네아 왕녀가, 몇 명의 예쁜 귀족 영애들을 데리고서 찾아왔다. 그녀 뒤에 있는 것은 오유고크 공작령의 귀족 영애들인 모양이다. 몇 명 정도 다과회에서 만난 적이 있었다.

"카리나 언니하고는 이미 춤을 추셨나요? 이미 추셨다면, 부디 다음은 저와 춤을 추어주셔요."

"저는 메네아 님 다음으로."

"아뇨, 다음은 저와."

귀족 영애들이 신난 목소리를 내면서 나에게 몰려왔다. 중고생쯤 되는 나이 젊은 여자애들만 있는 게 조금 유감이다.

"즈암깐 기다리어어어어어어어!"

"응, 선약."

아리사와 미아 철벽 페어가 끼어들었다.

그러고 보니 동료들하고 춤출 약속을 했었는데, 아직 지키질 못했다.

"죄송합니다, 메네아 님. 면목이 없습니다만—."

"어쩔 수 없네요. 저는 여러분 다음이라도 상관없어요."

말귀를 잘 알아들어주는 메네아 왕녀가 순순히 물러나줬으니, 다른 영애들도 욕심부리지 않고 아리사와 미아의 말을 받아들여주었다.

"그러고 보니, 메네아 전하. 그 애들은 함께 오지 않았어?"

홀의 댄스 구역으로 이동하면서, 아리사가 메네아 왕녀에게 물었다.

그 애들이라고 좀 말을 흐렸지만, 르모크 왕국에 소환되어 메네아 왕녀가 보호하고 있는 일본인 아이들이다.

"네. 아오이는 서민가의 사설 학원에서 공부를 하고, 유이는 고오쿠츠 상회에서 일에 힘쓰고 있어요."

아오이는 사설 학원 선생님 마음에 들어서 거기에 들어갔고, 유이는 연인의 소개로 일을 하게 됐다고 한다.

그런 이야기를 하는 사이에, 댄스 구역에 도착하여 약속했던 것처럼 동료들과 춤을 추었다.

아리사와 미아의 댄스는 평범했는데—.

「빙글빙글~ 빙글빙그르~」하며 기분 좋게 마구 도는 타마의 회전 중시 댄스나, 「댄스의 요정 포치의 춤은 렛츠 뮤~직인 거예요」하는 포치의 복잡기괴한 입체 댄스는 보기 드문 것이라 보는 사람들의 웃음꽃을 피웠다.

하긴 그 덕분에 주춤거리던 탐색자들도 댄스에 참여할 수 있었으니 좋다 치자.

"리자 씨, 웃는 표정이 딱딱해!"

"릴랙스가 중요하다고 고합니다."

댄스에 익숙지 않은 리자도 샤프하고 박력 있는 댄스를 추었다.

창피한 기색의 루루나 무표정하지만 즐거워 보이는 나나와 춤을 춘 다음, 포치나 타마가 데리고 온 카리나 양하고도 춤을 추고, 이어서 메네아 왕녀 일행하고 댄스를 추었다.

높은 레벨의 스태미나를 가지고서도 꽤 힘들었다.

"거기 당신."

급사 아가씨가 준 포도 쥬스로 목을 축이고 있는데, 뜻밖의 인물이 나에게 말을 걸었다.

베일로 얼굴을 가리고 있지만, 이 나라에서는 안경을 쓴 사람이 적다. 그녀는 왕벚에서 돌아올 때 만난 시스티나 왕녀다.

"시멘 자작이 어디 있는지 알고 있나요?"

맵 정보에 따르면, 시멘 자작은 회장 안쪽의 상업 담화 공간에 있는 모양이다.

나는 「아까 언뜻 보았다」고 하면서 그걸 가르쳐줬다. 왕녀인 그녀가 공도에서 두루마리 공방을 경영하는 시멘 자작에게 어떤 용건이 있는지 조금 신경 쓰이지만, 호기심으로 물어보면 괜히 일이 생길 것 같아서 괜한 말은 안 했다.

"그래요. 고마워요."

왕녀는 짧게 답례를 하고, 호위 시녀 두 사람을 데리고 상업 담화 공간으로 걸어갔다.

"사토."

"마스터, 요리가 기다린다고 고합니다."

미아와 나나가 데리러 왔기에, 나는 회장의 요리 코너로 발길을 옮겼다.

느긋하게 공복을 채우려고 간 그곳은, 탐색자들이 격투를 벌이는 전장이었다.

요리는 맛있었지만, 식사는 조금 더 평화롭게 먹고 싶어.

# 막간

"—뭐라고?"

불빛이 적은 어두운 방에서, 기분 틀어진 남자의 목소리가 울렸다.

—KWYWEEE.

남자의 어깨에 머무른 박쥐 날개를 가진 기형의 소인이 귀에 거슬리는 울음소리를 냈다. 그것은 임프라고 불리는 마족이다.

"다시 함 버<sup>한 번</sup>, 주이께 전다라라<sup>주인께 전달하라</sup>."

겁먹은 보고자에게, 수인의 종자가 알아듣기 어려운 어조로 명했다.

"네, 넷! 왕도 지하에 있는 우리들의 기지가 파괴됐습니다."

보고자의 말에, 주인이라 불린 남자의 표정이 불쾌하게 일그러졌다.

"왕국 기사단인가?"

"아, 아뇨. 조사한 부하의 말에 따르면, 마술적인 공격이라고 합니다."

남자가 혀를 차자, 보고자가 황급히 말을 덧붙였다.

듣자니 왕도의 마력을 훔치고 있던 기지가 정체불명의 상대에게 지맥을 경유한 공격으로 파괴되고, 그 흔적을 봐도 어떤 마술을 사용한 건지조차 불명이라고 했다.

"부하의 말에 따르면 공격 마법을 이용한 마법이 아닌, 돌발적으로 막대한 마력이 지맥을 흐른 여파를 받아 기지의 마법 장치가 파괴된 것이 아닐까 하고…….."

"막대한 마력이라고?"

<ruby>어느 정도의 마력이나</ruby>
"어르 저도으 마려키냐!"

종자가 주인의 말을 보충했다.

"네, 넷. 추측으로는 상급 마족이나 마왕을 훨씬 넘어서는 막대한 마력을 가진 자밖에 하지 못할 정도라고…….."

<ruby>그러한 규격을 벗어난 자가 어디 있다는 거냐</ruby>
"크러하 구거글 버어난 자하 어디 이하은 커야?!"

흥분하는 종자에게 겁을 먹으면서, 보고자는 자신의 예상을 전달했다.

"왕의 힘을 휘두르는 시가 왕국의 국왕이거나, 혹은─."

그 말을 가로막은 것은 주인이라 불린 남자였다.

"시가 왕국의 용사가 한 짓인가."

공도의 지하미궁에서 『황금의 저왕』을 쓰러뜨리고, 대사막에 나타난 『구두의 고왕』마저도 해치운, 규격을 벗어난 용사라면 가능하리라.

"후방 교란의 요체를 이루는 기지가 파괴되다니……. 우리들의 계획을 감지한 것이 틀림없을 거다."

주인의 뇌리를 스친 것은 지난 반년 정도 사이에 시가 왕국에 만든 거점이 대부분 만들기만 하면 적발됐다는 사실이었다.

그것을 감안하여 만전의 대책을 하고서 이번 작전을 시작했는데도, 그것이 시작부터 발치가 불안해진 것은 그에게 예상 밖의 일이었다.

"아시마십시오, 주이니시어. 계해계서 요사의 누눌 돌릴 채모는 호 이습니다."

<small>안심하십시오, 주인이시여. 계획에서 용사의 눈을 돌릴 책모는 또 있습니다</small>

역겹다는 기색의 주인에게 종자가 속삭였다.

그 손에는 피리 같은 마법 도구와 귀뚜라미가 든 벌레장이 있었다.

그것은 사건 다음에 쓰려고 했던 소도구의 견본이었다.

"시기상조긴 하지만 하는 수 없군……."

작은 소리로 중얼거린 주인이, 작전을 앞당기는 것을 허가했다.

첫 계획을 생각하면 불확정 요소가 지나치게 많아지지만, 그들에게는 달리 쓸 방법이 남지 않았다.

"기대하겠다."

"가부한 말쓰미시미다."

<small>과분한 말씀이십니다</small>

주인의 말에 종자가 엎드려 절했다.

"모든 것은 『자유의 빛』으로 무지몽매한 백성을 이끌기 위해서."

어둠 속에서 주인의 말이 언제까지고 울려 퍼졌다.

# 평화로운 왕도

"사토입니다. 어린 시절에는 가족이나 친구들이 생일 파티를 열고 축하를 해줬습니다만, 사회인이 된 뒤로는 술집이나 점심을 사주는 정도에 그치고, 성대하게 축하해주는 일이 없어진 것 같아요."


"그러면, 오늘은 어디로 놀러 갈까?"

왕도 저택의 거실에서, 관광 명소를 메모한 지도를 보았다.

동료들의 리퀘스트에는 밑줄을 쳐뒀으니까 그걸 가미해서 계획해볼까.

"짜잔~!"

아리사가 입으로 효과음을 말하면서 등장하여 이상한 포즈를 취했다.

나나 자매들을 데리고 갔을 때 엘프 마을에서 만들었는지, 엘프풍 디자인의 봄 원피스 차림이다. 다리에 달라붙은 타이츠가 스타킹 같은—.

"혹시, 진짜 스타킹이야?"

"이그젝틀리!"

어째서, 영어?

"자아, 아리사의 매혹적인 각선미에 뇌쇄 당하세요~."

75

내 맞은편의 소파에 풀썩 기세 좋게 앉아서, 스타킹으로 감싼 다리를 이쪽으로 내민다.

다리를 들고서 도발적인 시선을 보내는 건 좋은데, 앳된 용모로는 섹시함보다도 열심히 발돋움하는 인상이 강해서 흐뭇함이 느껴진다.

"그러면, 잠깐 실례."

본인의 허가도 있었으니까, 스타킹을 가볍게 집어 보거나 감촉을 확인해 봤다.

꽤 좋은 감촉이다. 얇기는 25데닐 정도인가?

"핫, 잠깐, 그렇게 대담하게 만지— 아앗, 안 대~앵."

조바심 내면서도 쑥스러움을 감추려고 장난을 치기 시작한 아리사의 다리에서 손을 떼었다.

"나일론은 아닌 것 같은데, 감촉 같은 건 똑 같구나."

"에헤헤~ 거미줄로 실을 짜는 기술이 있는 걸 떠올렸거든. 미궁에서 획득한 거미줄을 이래저래 가져와서 만들어봤어."

나나 자매들의 수행을 위해서 보르에난 숲으로 갔을 때 재봉 공장에 갔던 건 스타킹을 만들기 위해서였나 보다.

"연금술이나 물 마법이 필요하지만, 실을 채취하는 거미는 인기가 없는 제4구역의 독벌레 구역에 있는 녀석이니까, 우리들이 가지 않아도 안정적인 공급을 할 수 있을 거야."

아리사에게 거미의 종류를 듣고서 맵 검색을 해봤더니, 나름대로 넓은 범위에 분포된 걸 알 수 있었다. 거미의 레벨은 5부터 13정도까지니까, 거미 독 대책을 제대로 한 중견 탐색자라면 여유롭게 사냥할 수 있을 거다.

"좋아 보이는데."

"그래서 주인님한테 부탁이 있어! 가공에 필요한 엘프의 연금술이랑 물 마법을, 인간용으로 커스터마이즈 해줘."

"아아, 좋아."

거리를 다니는 누님들이 스타킹으로 감싼 매혹적인 각선미를 자랑해주는 날이 온다면 다소 고생해도 상관없다.

"사토."

"짜잔인 거예요!"

"짜자잔~?"

하얀 스타킹을 입은 미아, 포치, 타마가 찾아왔다.

아무래도 스타킹 시험 착용은 아리사만 한 게 아닌가 보다.

"스타킹이라는 것은 신기한 감촉이군요."

붉은 스타킹을 입은 리자가 상당히 매력적이다.

가만 보니 붉은색 실로 장미꽃 같은 무늬가 흩어져 있었다.

"살색은 맨다리나 다름없다고 고합니다."

"어쩐지, 평소보다 다리가 탄탄하게 조여서 얇게 보이네요."

나나는 살색, 루루는 아리사와 같은 검은 스타킹을 신었다.

"다들, 아주 귀여워."

칭찬을 받아 쑥스러워하거나 기뻐하는 동료들 가운데, 나나만 고개를 갸웃거리고 있었다.

"나나, 왜 그러니?"

"마스터, 스타킹은 윗부분이 어쩐지 이상하다고 고합니다."

나나가 스커트를 훌쩍 들어 올려서, 스타킹에 싸인 팬티 부근을 가리켰다.

"자, 잠깐 나나 씨! 가려요! 보여주면 안 돼요."

"보여주는 건 속옷이 아니라 스타킹이라고 항의합니다."

"속옷이 비쳐서 보이니까 똑같아요!"

수치심이 옅은 나나를 루루가 야단쳤다.

"사토."

"에잇, 언제까지 보고 있는 거야!"

미아랑 아리사의 철벽 페어가 내 얼굴에 달라붙어서 나나가 보이지 않도록 감추었다.

딱히 나나의 팬티를 보고 있었던 건 아니지만, 변명 같으니까 아무 말 없이 사태가 수습되는 걸 기다렸다.

"어때? 스타킹의 매력을 알겠어?"

"응, 이해."

"그러면, 여기서부터 강의야! 스타킹의 매력은 이런 정도가 아니거든!"

아리사가 모두에게 스타킹이 돋보이는 매혹의 포즈를 지도했다.

떠들썩한 동료들을 바라보면서, 나는 오늘의 왕도 관광 장소를 픽업하며 지냈다.

◆

"뷰리포~."

정원에 장식된 거상의 조각을 올려다보는 타마가, 반짝반짝 빛나는 눈으로 상을 바라보면서 기쁨의 소리를 질렀다.

여기는 박물관에서 만난 조각가의 저택이었다.

우리들은 사용인에게 안내를 받아 덤불로 가려진 가는 통로를 나아갔다.

"어메이징~?"

"엑설런트, 인 거예요."

이번에는 수사슴의 조각이 있었다.

모두 당장이라도 움직일 것처럼 약동감이 있었다.

포치는 타마에게 이끌린 것뿐인 것 같지만, 붕붕 흔들리는 꼬리를 보니 흥분한 건 사실인 모양이다.

"별난 표현이네. 끌로 깎아내서 만드는 건 무리일 거고, 역시 흙 마법으로 만드는 걸까?"

"아마도."

돌 조각인데, 점토 세공처럼 매끄러운 곡선이 많다. 평범하게 연마해서 만들 수도 있을 거라 생각하지만, 흙 마법이나 같은 계통의 마법 도구를 쓰는 편이 확실하겠지.

"바람."

미아가 중얼거린 지점에서, 희미한 바람의 막을 빠져나간 감각이 들고 직후에 돌을 끌로 깎아내는 소리가 들렸다.

조금 나아가자, 조각을 하는 사람들이 보였다.

"마스터, 돌과 싸우는 사람들이 잔뜩 있다고 고합니다."

"조각가들인 것 같군요."

"리드미컬."

"그렇네, 미아."

동료들의 대화를 들으면서, 안내해준 사용인이 「주인 나리」라고 말을 건 인물 쪽을 돌아보았다.

"오, 잘 왔네."

작업용 앞치마를 입은 신사가 고글 대신 쓰고 있던 투구를 벗으면서 생글생글 미소를 지었다.

인사를 한 다음, 자투리 재료로 조각을 체험해보지 않겠냐고 권하기에 그 말을 달게 받았다.

"마스터, 사교(邪敎)의 상을 발견했다고 보고합니다."

나나가 자투리 소재 창고 근처에 놓여 있는 못생긴 상을 가리켰다.

"아아, 저건 문벌 귀족 젊은 나리의 실패작이야. 저것도 소재로 써도 돼."

자투리 소재 창고 옆에 작은 돌이나 모래를 버리러 온 기술자 한 명이 스스럼없이 가르쳐 주었다.

"신기한 형태네……. 뭘 조각하려고 한 걸까?"

"듣자니, 의식에 쓰는 사신상이라고 했었지."

"'사신상?!'"

뒤숭숭한 말에 나랑 아리사가 소리를 모으며 기술자 쪽을 돌아보았다.

"아니아니, 딱히 본래 모델도 없는 창작물이에요. 젊은 나리는 『자유의 바람』의 의식에 쓴다고 했었는데, 거기 사람들은 수상적은 물건을 좋아하는 것뿐인 한가한 사람들뿐이니까요."

정중한 어조의 기술자 한 명이, 사신상이라고 한 기술자 대신 오해를 풀고자 설명해줬다.

그러고 보니, 탐색자 길드의 길드장도 「자유의 바람」은 태평스런 집단이라고 했었지.

마왕 신봉자 집단인 「자유의 날개」나 「자유의 빛」이랑 닮은 이름의 단체라서 그만 반응해 버린다.

"그 젊은 나리는 낚아 올린 물고기를 눈앞에서 손질하기만 해도 눈이 핑핑 돌면서 기절할 정도로 섬세한 사람이니까요."

"벌레가 상에 올라갔을 때도, 죽이지 않도록 필사적으로 입으로 불어서 치웠으니까."

수상쩍은 화풍의 그림이나 상을 비싼 값에 사주기 때문에, 고객이나 후원자로서는 대인기라고 한다.

"그러니까, 걱정 안 해도 괜찮습니다."

기술자가 사신상 건을 그렇게 마무리하고, 우리들은 간단하게 지도를 받은 다음 조각 체험을 시작했다.


"상당히 사실적이군. 몇 년 정도 조각을 해봤지?"

"아뇨, 오늘이 처음입니다."

아까 「조각」 스킬이 생겼기에, 남아도는 스킬 포인트를 할당해 봤다.

"하하하, 그거 굉장하군."

내 말을 농담이라고 생각한 모양이다.

"그러나, 조금 지나치게 사실적인 경향이 있군. 이쪽 아가씨들처럼 자유롭게 노는 마음을 발휘해보면 좋을 거야. 그러면 좀 더 근사한 것을 만들 수 있게 되지."

포치나 나나가 만드는 「만화 고기」나, 「큐비즘 회화 같은 병아리」를 가리키면서 조각가 신사가 지도해 주었다.

그리고 루루는 인물 흉상을 만들 셈인지, 리자에게 마인으로 돌을 커팅해달라고 부탁한 다음 쇄골의 라인을 진지한 표정으로 깎아내고 있었다.

아리사는—.

『아리사, 외설적인 조각상을 만들면 몰수한다.』

"에, 에이~. 아리사가 그런 걸 만들 리가 없잖아오?"

도예 교실에서 있었던 일을 떠올리며 공간 마법 「원거리 통화」로 주의를 주자, 노골적으로 동요한 아리사가 육성으로 변명했다.

끌을 해머로 치는 타이밍이었던 탓인지, 석상의 목덜미에 힘껏 파고들어 버려서 석상의 머리가 떨어지고 말았다. 아마 힘이 부족한 아리사는 공간 마법을 병용해서 깎고 있었던 거겠지.

"아가씨, 힘이 장사군. 조금 더 상냥하게 쳐봐."

"에헤헤, 조금 실수."

아리사는 근처에서 작업하고 있던 제자 조작가에게 쑥스런 웃음을 지으면서, 한 사이즈 작은 상을 깎기 시작했다.

이번에는 보통의 상으로 해주길 기원하자.

"흠. 거칠게 깎았지만, 그 거친 것이 좋군."

"황송합니다."

신사는 리자가 깎은, 날뛰는 거대 개구리 상을 칭찬했다.

어쩐지 모르게, 아인 소녀들이 처음으로 자신들 힘으로만 쓰러뜨린 마물과 비슷한 것 같다.

"허어—."

마지막으로 타마가 작업하던 장소로 이동한 신사가 감탄의 한숨을 흘렸다.

"근사하군! 이 애의 감성과 재능은 천재라고 할 수밖에 없어."

타마가 깎아낸 새끼 사슴 상은 분명히 마음에 와 닿는 것이 있었다.

"맛있어 보이는 거예요."

"분명히 식욕을 부르는군요."

"네, 조리하는 보람이 있을 것 같아요."

—그렇군.

포치, 리자, 루루가 말하는 것처럼 타마가 깎아낸 새끼 사슴 상은 묘하게 식욕을 부추기는 신기한 매력이 있다.

"펜드래건 경, 이 애의 재능은 더 늘려줘야 하네. 주인인 자네나 이 애 자신이 바란다면, 언제든지 여기로 수행을 하러 오게."

신사는 타마의 재능에 반한 모양이다.

"어쩔래, 타마? 조각의 수행 해볼래?"

"네잉."

타마가 고개를 끄덕였다.

회화나 닌자의 수행도 있겠지만, 어렸을 때는 흥미를 보이는 걸 이것저것 배우게 해주는 편이 좋다고 생각한다니까.

점심이 지날 때까지 다 함께 조각 체험을 즐기고, 나랑 루루가 만든 식사를 신사와 다른 조각가들에게 대접했다.

◆

"헤에, 어쩐지 이국 정서가 있는 가게네."

조각가의 집을 나선 우리는 기술자 거리와 가까운 장소에 있는 어느 상회를 방문했다.

여기는 두루마리 구입을 약속했던 족제비 수인족 상인 호미무도리 씨가 경영하는 스아베 상회의 왕도 지점이다.

아리사와 미아 말고 다른 멤버는 이 상회와 같은 코인 거리에 있는 다른 상회— 나나의 자매들이 폐를 끼친 설탕 항로의 무역 상인 가게까지, 루루의 호위란 명목으로 장을 보러 보냈다.

리자는 내 호위로 동행한다고 주장했지만, 별도 행동을 하는 이유가 주로 리자를 배려한 것이었기에 거절했다. 리자의 고향을 공격해 멸망시킨 것이 족제비 수인족이었던 탓에 족제비 수인의 얼굴을 보는 것도 싫은 것 같단 말이지.

"조금 무서워."

"그러게. 조금 오리엔탈한 분위기에다 조각이나 장식이 많고, 컬러링이 독특하니까."

자기 어깨를 끌어안고 부르르 떤 미아의 머리를 쓰다듬고, 둘을 데리고 상관 안으로 들어갔다.

"젊은 분, 오늘은 어떤 용건이신가요?"

금방 인간족 점원이 달려왔다.

마차로 오지 않은 탓인지, 점원의 대응이 평민용이다.

"호미무도리 공은 계신가요? 두루마리 구입을 예약했습니다만—."

나는 용건을 고하면서 귀족증을 보였다.

"이거 실례했습니다. 사작님, 이쪽 응접실에서 기다려 주세요. 금방 회장을 불러오겠습니다."

귀족증을 보고 놀란 점원이 금방 귀족용 대응으로 바꾸어 우리를 응접실로 안내해줬다.

시중을 들어주는 인간족 여성 점원을 남기고, 그는 호미무도리 씨를 부르러 나갔다.

이 상회는 과반수가 호미무도리 씨와 마찬가지인 족제비 수인족이지만, 접객 담당은 대부분 인간족을 채용한 모양이다.

우리가 여성 점원이 내준 달콤한 감귤 계통 주스를 마시면서 기다리고 있자, 문을 얌전하게 노크하는 소리가 들렸다.

허가를 내리자, 상회의 주인인 호미무도리 씨가 종자와 함께 들어왔다.

"셰셰셰, 잘 오셨습니다. 펜드래건 사작님."

호미무도리 씨는 상석에 앉은 내 맞은편에 앉더니, 종자가 가져온 훌륭한 상자에서 두루마리 몇 개를 꺼내 테이블에 놓았다. 모두 미궁산 두루마리 같았다.

"어쩐지 흉흉한 두루마리네."

"우읗."

아리사가 말한 것처럼, 둘 다 성가셔 보이는 두루마리였다.

둘 다 사령 마법의 두루마리이며, 스켈레톤이나 좀비 종자를 소환하는 「불사 종자 소환」(서먼 렛서 언데드)과 비실체 하급 언데드를 소환하는 「악령 소환」(서먼 렛서 고스트)이다.

둘 다 시가 왕국에서는 대놓고 거래할 수 없는 두루마리다.

호미무도리 씨가 미궁도시의 탐색자 길드를 통해 「벚꽃 눈보라」 등의 두루마리를 팔 때, 일부러 따로 직접 거래를 희망한 이유를 알겠군.

그렇지만 이 두 두루마리는 살까 말까 조금 망설여진다. 사령 마법 두루마리는 위법이라고 할 수는 없지만, 양식을 의심 받는 물건이니까.

나머지 두루마리는 번무미궁산 흙 마법인 「농지 경작」(컬티베이션), 복합 마법인 「집 제작」(크리에이트 하우스), 소환 마법인 「박쥐 소환」(서먼 배트), 몽환미궁산 술리 마법인 「회전 톱니바퀴」(롤링 기어), 그리고 흡혈미궁산 「뼈 가공」(본 크래프트)의 다섯이다. 마지막 「뼈 가공」은 평범하게 보이는 두루마리라서 놓치기 쉽지만, 이것도 처음 둘과 마찬가지로 사령 마법 두루마리다.

전에 미궁도시에서 제나 씨에게 선물한 뼈 세공의 귀걸이가, 이 「뼈 가공」의 마법으로 유니콘 뿔을 가공한 물건이었다.

이것은 이래저래 응용이 가능할 것 같으니 엄청 갖고 싶다. 다소 양식을 의심 받아도 좋을 정도로.

종자에게 두루마리의 설명을 들은 뒤, 구체적인 거래 이야기로 들어갔다.

"꽤 흥미롭군요. 어느 정도에 넘겨주실 수 있을까요?"

"세세세, 가격은 두루마리 수집의 제1인자인 펜드래건 사작님께 맡기겠습니다."

저쪽에 가격을 제시하라고 할까 했는데, 이쪽으로 떠넘겨 버렸다.

보통은 하급 마법이 금화 1닢, 중급 마법이 금화 3닢 정도지만, 전에 그에게 산 「벚꽃 눈보라」 같은 것은 시세의 상한선 가까운 금액을 불렀으니까, 조금 높게 붙이는 편이 좋을까?

"일곱 개를 합쳐서 금화 180닢으로 어떨까요?"

"사토."

내가 가격을 고하자, 미아가 손가락으로 X표를 만들며 흉흉한 두 개의 두루마리를 힐끔 보았다.

"주인님, 미아 말처럼 다른 귀족이 다리를 잡아 끌 소재가 될 법한 두루마리는 안 사는 편이 좋아."

"그것도 그렇네."

요전에 휘말린 비스탈 공작 저택 사건에서도 스켈레톤이 첨병으로 쓰였으니까, 스켈레톤을 소환하는 두루마리를 샀다는 이야기가 사교계에서 소문이 퍼지면 이래저래 귀찮을 것 같다.

"그러면 그 둘은 빼고서 다섯 개를— 금화 120닢으로 어떨까요?"

"사작님의 안목을 부정할 리가 없지요. 그 가격으로 드리겠습니다."

쉽사리 이야기가 정리돼 버렸다.

"사작님, 제 상회에는 그 밖에도 족제비 제국의 보기 드문 물건이 있습니다. 괜찮다면 보시겠습니까?"

기왕 권유해준 거라 그러기로 했다.

물론, 아리사와 미아가 싫어하지 않는지 확인한 다음이다.

나는 호미무도리 씨에게 안내 받아 안쪽 창고로 갔다.


"어이쿠, 실례."

"아뇨―."

이동하다가 방에서 나온 인물과 부딪힐뻔했다.

어쩐지 눈 아래 진한 기미가 있는 수상쩍은 인물이다.

―뭐야?!

무심코 AR표시로 확인했는데 그 인물의 소속이 「자유의 빛」이라는 것을― 아니군. 슬쩍 봐서 착각했는데, 그는 마왕 신봉 집단 「자유의 빛」이 아니라, 태평스런 오컬트 집단인 「자유의 바람」 소속이었다.

"어쩐 일이시죠?"

"아뇨, 아는 사람이랑 닮아서―."

이동중의 잡담을 하는 김에 물어봤더니, 아까 그 남성은 사연 있어 보이는 물품을 사러 오는 상급 귀족의 자제라고 한다.

수상쩍은 행동을 좋아하는지, 뒷문으로 출입하는 게 좋은 모양이다.

"이쪽 선반은 데지마 섬의 공예품, 저쪽이 데지마 섬의 몽환 미궁에서 가지고 나온 물건입니다."

호미무도리 씨가 창고에 늘어선 물품들을 소개해 주었다.

토기 같은 무늬의 항아리나 기묘한 공예품이 비좁게 늘어서 있고, 좋고 나쁘고는 알 수 없지만 이국정서가 넘치는 것을 보고 있기만 해도 즐겁다.

한편으로 미궁에서 회수된 아이템 류는 톱니바퀴나 볼트 같은 모양의 물건이 많고 고철처럼 보인다.

"우─응."

시시한 것처럼 선반을 보고 있던 미아가, 기분 틀어진 소리를 냈다.

그녀가 보고 있던 석회 찌꺼기 같은 것을 주시하자 AR표시가 팝업됐다.

"이것은─."

표시된 정보에 무심코 중얼거림이 흘렀다.

"그것은 주석(呪石)이라 불리는 것인데, 하급 주술사가 이용하는 주구입니다."

그것을 들은 호미무도리 씨가 표시 내용과 같은 내용을 가르쳐 줬다.

주술사라는 것은 「저주」를 전문으로 다루는 사령 마술사의 일종인 모양이다. 주로 사가 제국이나 대륙 서방에 있다고 한다.

"주구인가요?"

"네. 그러나 그 주석 같은 저급 물품으로는, 코를 간지럽게 만드는 장난 같은 것이 고작입니다."

그래서 신경 쓰지 않아도 된다고 말하며 호미무도리 씨가 웃었다. 육식 짐승 같은 웃음이라 조금 무섭다.

이 주석은 사가 제국의 흡혈미궁에서 산출된 물품이라고 하며, 아까 만난「자유의 바람」의 남성에게 팔린다고 했다.

뭐 그렇게 해가 있는 것도 아닌 모양이고, 신경 안 써도 되겠지.

그 이후는 딱히 신경 쓰이는 물건도 없고 아리사와 미아도 한가해 보이기에 이제 그만 물러갈까 생각하며 걷고 있는데, 호미무도리 씨가 배려를 해준 건지 **비장의** 상품을 보여준다고 했다.

"골렘인가요?"

호미무도리 씨가 안내해준 창고에는 골렘이 몇 개 늘어서 있었다. 머리 부분이 어깨까지 튀어나온 상자 모양이란 것 말고는, 보통의 3미터급 골렘이었다.

"네, 골렘입니다. 그러나,『보통』의 골렘하고는 조금 다릅니다."

호미무도리 씨가 신호를 보내자, 골렘 옆에 있던 작업대에서 작업복을 입은 족제비 수인이 골렘 머리 부분에 뛰어 올랐다.

족제비 수인이 골렘 머리 부분에서 주섬주섬 손을 움직이자, 그것에 맞추어 골렘이 움직이기 시작했다.

"혹시, 골렘을 조종하는 거야?"

"네, 그렇습니다."

아리사의 질문에 호미무도리 씨가 눈을 가늘게 뜨고 수긍했다.

그리고 보니 족제비 제국은 유인 골렘 부대와 마물을 강제적으로 거느리는「나사」를 이용한 종마 군단으로, 대륙 동방에 제국을 쌓았다고 재상이 말했었지.

이 골렘은 장갑다운 장갑이나 고정된 무장도 없으니, 족제비 제국의 군용 골렘이 아니라 같은 기초 설계를 이용한 중장비 같은 용도에 쓰는 것이겠지.

"사작님도 조종해 보시겠습니까?"

"네, 부디."

"나도! 나도 조종하고 싶어."

"우음?"

미아는 흥미가 없어 보이기에, 아리사와 함께 작업대의 계단을 올라가 골렘의 조종석으로 갔다. 미아는 여성 점원에게 안내를 받아 데지마 섬에서 가져온 그림 두루마리를 구경하러 갔다.

"어쩐지, 코난이 미래할 것 같은 로보네."

아리사가 고전 명작 애니메이션 소재를 얘기하기에 「확실히 그렇네」라고 대답했다.

"조종석은 레버만 잔뜩 있고, 크레인 같은 작업 기계의 운전석 같다."

"발치에 나 있는 레버가 둘에 좌우에서 튀어나온 레버가 둘, 그리고 풋 페달이 둘이네— 손발의 신축과 출력 조정일까?"

"식식식, 대충, 맞는다, 거다. 『굉장하군』, 아가."

작업대로 올라온 족제비 수인이 탁함이 없는 더듬더듬하는 말로 아리사를 칭찬했다.

굉장하군이란 부분만 사가 제국어다. 아마도 그는 시가 왕국어보다도 사가 제국의 말을 잘하는 거겠지.

그가 정비사라고 하기에, 간단한 조작 방법을 배웠다.

풋 페달을 밟으면 전진, 올리면 후퇴, 힘을 빼면 정지라는 구조다. 보행중에는 안전을 위해서 다리에 대응되는 레버가 반응하지 않는다고 했다.

안전 확인을 위해서, 일단 나부터 시승을 하기로 했다.

"오오, 굉장하네!"

반응 속도가 조금 느리지만, 조작계가 간단하기도 해서 금방 익숙해졌다.

나무 상자의 운반이나 간단한 움직임을 시키는 것도 즐겁다.

"—주인님! 주인님 여기 좀 봐!"

어쩐지 아리사가 부르기에 조종을 멈추고 그쪽을 보았다.

"에잇! 언제까지 혼자서 놀 거야!"

"미안미안."

메뉴의 시계를 확인하니, 10분 이상 조종을 즐기고 있었다는 걸 알았다.

로보의 조종이 생각보다 즐거워서 그만 몰두해버린 모양이다.

엘프 마을에서도 사람이 타는 다각 타입의 유인 골렘이 있었지만, 그건 말로 명령해서 움직이는 거라 이 골렘 정도로 자기가 조종한다는 느낌이 안 들었단 말이지.

골렘을 작업대로 되돌리고 아리사와 교대하여, 아리사가 조종석에 들어가는 걸 지켜보면서 작업대 위를 지나는 기분 좋은 바람에 몸을 맡겼다.

『●●.』


〉「족제비 수인족어」 스킬을 얻었다.

활짝 열린 창고 입구 부근에서 들린 말로 새로운 스킬을 배운 모양이다. 기왕 얻은 거니 스킬 포인트를 할당해서 유효화했다.

『—습격— 탈취— 는 **친왕 폐하**의 바람.』

뭔가 뒤숭숭한 울림의 단어가 들리기에, 엿듣기 스킬에 집중했다.

이야기하고 있는 건 로브를 입은 족제비 수인족의 마법사인가 보다. AR표시에 따르면 레벨이 31이며, 「소환 마법」, 「술리 마법」, 「어둠 마법」의 세 마법을 쓸 수 있는 모양이다.

『신의 이름 아래 파리온 신국도—.』

『그만 해라, 시포로호이. **친왕 전하**의 속내를 어림짐작하는 것 따위, 우리들 신민에게는 불경하기 짝이 없는 일.』

호미무도리 씨가 마법사의 말을 중간에 끊었다.

마법사는 아직 뭔가 말하고 싶은 것 같지만, 내 시선을 깨닫고서 후드를 얼굴로 가리더니 그대로 물러가 버렸다. 족제비 수인족들의 나라에도 이래저래 일이 있나 보다.

일부러 스스로 고개를 들이밀어 불 속에 뛰어들 생각은 없지만, 뭔가 귀찮은 일이 일어났을 때 대처가 늦는 것도 싫기에, 방금 그 마법사에게 마커를 달아두자.

"셰셰셰, 상대해드리지 못해 죄송합니다."

"아니, 신경 쓰지 마세요. 아까 그 분은 상회 분인가요?"

호미무도리 씨가 돌아오기에, 방금 그 마법사에 대해 조금 물어봤다.

내가 그들을 보고 있었던 것도 들켰으니, 아무것도 안 물어보면 이상하겠지.

"맞습니다만, 그가 신경 쓰이십니까?"

"아뇨, 족제비 수인족 마법사는 처음 봐서요."

"아하 그렇군요. 수인족은 마법을 경시하는 경향이 있으니까요."

아인 소녀들도 그렇지만, 기본적으로 수인족이나 비늘 종족은 인간족보다 육체적인 신체 능력이 높다.

마법을 영창하는 시간에 접근해서 물리공격을 때려 박는 편이 빠르다고 생각하는 자가 많은 것 같다.

"그런 것보다도, 유인 골렘은 어떠셨습니까?"

"네, 근사했어요. 족제비 제국에는 저런 골렘이 일반적인가요?"

로보를 조종하는 느낌이 아주 좋았다.

다음에 직접 만들어 봐야겠군.

"불과 수십 년 정도 전에, 즉위 전의 금상 폐하께서 개발하신 물품입니다. 저것은 경작업용 골렘이라 소형입니다만, 군용 골렘은 저것의 2배에서 3배 정도 크기입니다."

역시 예상대로, 저 골렘은 비군용이었나 보다. 족제비 제국의 군용 골렘은 시가 왕국 것과 비슷한 사이즈다.

아무래도 군용 골렘은 국외로 가져올 수 없었다고 호미무도리 씨가 말을 이었다.

"사작님도 예약을 하시겠습니까? 이르면 1년 뒤부터 2년 뒤에는 납품이 가능합니다."

이미 씀씀이가 좋은 문벌 귀족들에게 10건 가까이 예약이 들어왔다고 한다.

마검 같은 거랑 비교가 안 되게 비쌀 텐데, 용케 살 수 있군.

아리사가 즐겁게 조종하는 너머에 골렘차가 몇 대나 늘어서 있고, 골렘의 중핵 부품인 마조기 핵이 데지마 섬의 미궁에서 손에 들어온다고 전에 원유회에서 말했으니까, 이런 골렘 제품이 족제비 제국의 주요 교역품일지도 모른다.

"주인님! 내 용감한 모습 봤어?"

"그래, 멋져."

그런 이야기를 하는 사이에 시승을 마친 아리사가 돌아오고, 그림 두루마리를 보러 갔던 미아와 합류하여 호미무도리 씨의 상회를 떠났다.

"주인님! 달콤한 과자가 잔뜩 있어요."

"드라이 후르츠도 맛있어~?"

"건어물도 맛이 좋습니다."

설탕 항로의 교역상인 가게에 들러 모두와 합류하자, 아인 소녀들이 감미나 건어물의 포로가 되어 있었다.

"마스터, 소도구가 작고 폭신폭신해서 귀엽다고 고합니다."

"상백당이나 빙초당도 팔고 있었어요. 럼주도 통이나 병으로 팔고 있다고 해요."

나나가 소도구를, 루루가 식재료를 각자 보고해줬다.

"그러면 이 기회에 이것저것 사자. 아리사와 미아도 뭔가 가지고 싶은 게 없는지 보고와."

"응. 기대돼."

"서적도 좋지만, 천이나 염료도 좀 보고 싶네."

아리사와 미아도 들떠서 상품 선반 쪽으로 걸어갔다.

전에 나나의 자매들이 준 피해 이상의 이익이 나오도록 상회의 상품을 대량으로 사들일 예정이니까, 다들 흥미를 가진 이국의 물품을 잔뜩 샀다.

듬뿍 쇼핑을 즐긴 다음, 이번에는 에치고야 상회로 발을 뻗었다.

◆

"그러면, 조금 일 이야기를 하고 올 동안 다들 쇼핑하고 있어."

용돈을 주고서, 대성황인 에치고야 상회 1층의 계단 앞에서 동료들과 헤어졌다.

함께 가는 건 기획 담당인 아리사와 요리 담당인 루루 둘이다.

"사작님, 잘 오셨습니다."

계단 중간에서 우리들을 맞이해준 은발 미녀는 쿠로의 노예이며 에치고야 상회의 사무 회계를 총괄하는 지배인 비서 티파리자다. 오늘도 예리한 미모가 멋지군.

이제 그만 노예의 신분에서 해방시켜주고 싶은데, 그녀는 범죄노예라서 보통 방법으로는 해방할 수 없는 상태다. 해방하려면 국왕의 은사가 필요하단 말이지.

다음에 국왕과 만났을 때, 은사를 줄 수 없는지 교섭해봐야겠군.

"전에 부탁 받은 아이디어 모집 요강을 정리했어. 그리고 루루가 비장의 요리 레시피를 준비했으니까 기대해줘."

"루루의 새로운 레시피임까! 그건 기대됨다!"

2층에서 점원 제복을 입은 빨간 머리 아가씨가 이야기에 끼어들었다.

뽕 삐쳐있는 머리털 가닥이 매력 포인트인 넬이다. 그녀도 티파리자와 같은 이유로 노예인 상태니까, 국왕에게 은사 건을 부탁할 때 그녀 것도 잊지 말아야겠군.

"안녕하세요? 넬 씨. 왕도로 전근했나요?"

"그렇슴다! 왕도에서 찻집의 **프래플차드라**를 한다고, 에르테리나 님이 불렀어요."

"맨 처음의 『프래』밖에 안 맞았잖아. 프랜차이즈야."

넬은 아리사가 발안한 카페 프랜차이즈 일로 미궁도시에서 불려온 모양이다.

"넬, 쌓인 이야기는 나중에. 사작님 일행은 지배인과 할 얘기가 있습니다."

"아차~ 방해해 버렸슴까. 죄송함다, 티파 씨. 그러면 루루 나중에 봐."

넬은 루루의 대답도 안 듣고 떠들썩하게 일하러 돌아갔다. 여전히 활기찬 애야.

"오늘은 상당히 붐비네."

"그렇네. 티파리자 씨, 오늘은 무슨 일이 있나요?"

"연시에 성인식을 하는 사람들이 성인식의 예복에 달 장식을 사려고 왔어요."

이쪽 성인식은 새해 첫날에 하는 모양이다.

올해의 유행은 화려한 장식이라서, 미궁도시산의 화려한 장식이 대인기라고 했다.

"그러고 보니 루루도 이제 곧 성인이었지."

"네, 이번 새해 첫날에 열다섯 살이 돼요."

"새해 첫날이 생일이었어?"

"생일, 말인가요?"

어쩐지 루루랑 이야기가 맞물리지 않는다.

"주인님, 이쪽은 생일을 축하하는 습관이 없어. 다들 새해 첫날에 한꺼번에 한 살 먹는 게 일반적이야."

보다 못한 아리사가 설명해줬다.

과연, 어쩐지 1년 가까이 함께 여행을 했는데, 아무도 생일 이야기를 안 하더라니.

"축하도 일곱 살이랑 성인이 되는 열다섯 살 정도만 하는 게 보통이야."

"그렇군, 그러면, 올해는 루루의 성인식을 해야겠다."

후리소데의 예식 기모노는 기본이고, 금속 세공 스킬 MAX의 실력을 살려서 루루의 미모에 지지 않는 비녀 같은 것도 준비해둘까.

티파리자한테도 축복의 말을 받은 다음, 우리들은 응접실로 이동했다.


"이건 맛있군요."

"네, 확실히 그래요."

지배인실에서 개미꿀을 사용한 양념으로 맛을 낸 장어구이를 에르테리나 지배인과 티파리자가 시식했는데, 상당히 고평가를 얻었다.

"그렇지만, 이 달콤한 맛은 설탕을 쓴 것 아닌가요?"

"괜찮아요. 그건 개미꿀을 사용했으니까요. 설탕보다 싸게 제공할 수 있어요."

당면의 개미꿀은 우리들이 미궁에서 회수한 방대한 스톡에서 나눠줄까 생각하고 있었다.

"개미꿀? 그러면 귀족에게는 내놓지 않는 게 좋겠어요."

"귀족님용으로 설탕을 사용한 레시피도 있어요."

"과연 루루 씨, 용의주도하네."

시가 왕국의 귀족은 마물 유래의 식재료를 싫어하는 사람이 많단 말이지.

물론 전에 만든 설탕을 사용한 레시피를 개량하여 이번 개미꿀 양념을 만들었으니까, 용의주도하다는 것하고는 조금 다르다.

레시피의 제공 가격이 정해진 참에, 이대로 에치고야 상회의 요리사에게 루루가 레시피를 전수하기로 했다.

"─루루 님!"

그때, 갑자기 조리 코트를 입은 수염 난 남자가 뛰어들어왔다.

"오오! 정말로 루루 님이 계신다!"

"저, 저기─."

"루루 님은 기억 못하실 겁니다. 저는 공작님의 성에서 요리장의 명으로 루루 님을 도와드렸던 적이 있는 자입니다."

"아! 아아, 그때!"

요리사가 말하자 루루가 떠올린 모양이다.

듣자니, 미궁도시의 노점 요리를 먹고서 루루의 레시피라는 걸 직감하여 그대로 에치고야 상회로 구직하러 왔다고 한다.

"『기적의 요리사』의 직전제자에게 가르침을 받을 수 있다니 감격의 극치!"

"어이쿠! 루루 선생님한테 처음으로 요리를 전수 받는 건 루루 선생님의 수제자인 넬 씨의 역할임다!"

앞치마를 두른 붉은 머리의 넬이 뛰어들어왔다.

아마 그녀도 수염 요리사랑 같이 루루에게 레시피를 배우는 모양이다.

"흥, 요리의 기초마저도 독학인 네가, 루루 선생님의 수제자를 자칭할 자격이 있을까?"

루루 선생님이라는 새로운 호칭이 만들어진 모양이군.

기적의 요리사의 직전제자라는 이상한 호칭이 정착되는 것보다는 좋을 것 같네.

"그러면, 가는 겸다. 루루 선생님."

"흠. 말다툼 따위를 할 시간이 아깝다. 루루 선생님. 주방으로 가십시다."

루루는 넬과 수염 요리사의 재촉을 받으며 방을 나섰다.

"두 사람이 폭주해서 루루 씨한테 폐를 끼치지 않을까 걱정이네……."

"지배인, 제가 함께 가겠습니다."

"그래? 부탁할게."

티파리자가 지켜봐 준다면 안심이군.

"그건 그렇고, 『기적의 요리사의 제자』인 루루에게 심취하는 건 알겠지만, 『기적의 요리사』 본인은 아무래도 좋은 걸까?"

"직접 만난 적이 없으니까, 얼굴을 몰랐던 거 아냐?"

기가 막힌 기색으로 말하는 아리사에게 어깨를 으쓱거리며 대답했다.

지배인도 아리사랑 같은 생각을 했었는지 쓴웃음을 짓고 있었다.

"지배인, 시험작 속옷을 가져왔어~."

돌 늑대 골렘을 탄 자그마한 귀족 아가씨 로우나가 들어왔다.

여전히 그녀는 돌 늑대로 이동하는 걸 좋아하는 모양이다.

"헤에, 벌써 브라나 팬티의 시험작을 만들었구나."

"아리사가 제공해준 재단지 덕분이야."

아직 좀 서투른 느낌이지만, 형태는 제대로 잡혀 있었다.

방적 공장의 빈 공간을 이용해서 속옷의 봉제 공장을 시작했다고 한다.

기껏 왕도에 있는데 요 며칠간 쿠로로서 에치고야 상회에 얼굴을 내민 적이 없으니, 조만간 들를 생각이다.

"그러면, 내가 제품을 제안하고 싶은데ㅡ."

아리사가 스타킹의 샘플을 보여주면서 프레젠테이션을 시작했다.

프레젠테이션이 무사히 끝나고, 에치고야 상회의 제품 라인

업에 스타킹이 더해지게 되었다.

　어제 내가 철야로 마이너 체인지한 스타킹용 연금술이나 마법 레시피, 스타킹 제작용 마법 장치를 에치고야 상회에 제공했다.

　"별난 양식의 마법 장치군요."

　"그건 고대 라라키에 형식이라고 합니다."

　이 세탁기 사이즈 마법 장치는 아리사가 엘프의 재봉 공방에서 양도받은 물품이다.

　바깥쪽은 위장 스킬을 활용해서 고대 라라키에 양식의 겉모습으로 변경하고, 낡아 보이도록 가공했다.

　"그러한 귀중품을 빌려주셔도 괜찮은 건가요?"

　"네, 상관없어요. 설탕 항로를 여행할 때 이것저것 마법 도구를 얻었는데, 이건 우리들만 쓰기에는 다소 거창하니까요. 활용해주시는 분이 사용해주시는 편이 좋겠어요."

　조금 에둘러서 대답하게 됐지만, 이건 마법 장치의 겉모습을 고대 라라키에 양식으로 한 것과 마찬가지로 출처를 애매하게 해두기 위해서다.

　에르테리나 지배인은 신용하고 있지만, 이 장치의 존재를 알게 된 제3자가 마법 장치를 구하려고 엘프의 마을에 폐를 끼치지 않기 위한 보험 삼아 그런 식으로 해뒀다.


　장사 이야기가 끝난 참에, 이번에는 이쪽에서 상담을 요청했다.

　"─가정교사와 사용인 말인가요?"

　"네. 우리 애들한테 예의범절을 가르쳐줄 선생님과, 왕도 저택에서 잡무를 할 사용인을 고용하고 싶어요."

"그렇다면 안성맞춤인 인재가 있어요."

지배인이 말하더니, 간부 귀족 아가씨 한 명을 불러서 「가로철의 인재표」라는 것을 가져왔다.

"렛세우 백작령의 성이나 귀족 저택에서 메이드로 일하던 자들의 일람입니다. 사실은 상회에서 고용하고 싶은 인재입니다만, 다소 사정이 있어서요……."

아마도, 티파리나 넬의 사정을 고려해서 피하고 있는 거겠지.

평소에는 부업이나 재가동을 시작한 방적 공장에서 고용하고 있다고 한다.

"이상한 꼬투리가 달린 건 아니지?"

"네. 그건 이미 조사가 끝났습니다."

일람표에는 출신이나 최종 직업뿐 아니라, 간단한 직업 경력이나 아인 차별 의식의 유무 따위도 기재되어 있었다.

저택의 규모를 고려해 6명 정도 선출하고, 면접하러 온 중년의 텐마야라는 이름의 베테랑 메이드를 메이드장으로 임명해 얼른 내일부터 오도록 계약을 맺었다. 교사와 정원사도 적당한 사람이 있기에 고용했다.

마부에 대해서는 전속으로 고용하는 게 아니라, 마차 길드에서 마차와 세트로 한 달 정도 계약했다. 스토리지 안의 마차나 흙 마법 「땅의 종자 제작」으로 말 골렘을 만드는 것도 생각했지만, 괜히 눈에 띄어서 트러블을 일으킬 것 같아 자중했다.

"—왕도에 마물이라고요?"

루루가 돌아오는 동안 잡담을 하다가 지배인에게 그런 이야기를 들었다.

그러고 보니 원유회에서도 그런 이야기를 하는 귀족이 있었지.

"네. 직접 마물이 확인된 건 아닙니다만 서민가의 노상 생활자가 무참한 시체로 발견되거나, 하수처리장에서 상반신만 남은 족제비 수인족의 상인이 발견되기도 한 모양입니다."

그 밖에도 마물로 보이는 그림자가 사람을 공격하거나, 폐건물에서 수상쩍은 의식 흔적이 발견되거나, 이래저래 소문이 퍼진 모양이다.

"지난 반년 사이에 몇 번이고 마왕의 부활이나 마족에 의한 소동이 있었으니까요. 『마화 떨치기』 의식이 있는 연말에 이러한 소문이 나오는 것도 흔히 있는 일입니다만—."

"시체가 있는 이상, 뭔가 있는 거겠지."

지배인의 말에 이어 아리사가 말했다.

눈짓하는 아리사의 시선이 나에게 원인을 조사하라고 하는 것 같아서 맵 검색으로 조사해봤지만, 전에 원유회에서 소문을 들었을 때와 마찬가지 조사 결과밖에 안 나왔다.

공도의 하수도에 서식하고 있던 악어 같은 대형 위험 생물은 없다. 쥐나 박쥐 정도다.

"위병들 사이에서는 소환 마법사가 소환한 생물이나 사령 마술사가 불러낸 구울, 연금술사가 만들어낸 합성 생물, 혹은 도망친 종마 중 하나가 아닐까 하고 있습니다."

소환 마법사라— 내 뇌리에 스아베 상회에서 본 족제비 수인족 마법사 얼굴이 떠올랐다.

수상쩍은 분위기였지만, 소환 마법을 쓸 수 있다는 것만 가지고 범인 후보로 드는 것은 좀 생각이 지나치게 짧은 거겠지.

굳이 따지자면 마족의 짓인 것 같지만, 그건 선택지에 없는 것 같다.

"후보가 꽤 많네."

괘씸하게도 일부 위병들 사이에서는 그 중에서 어느 것이 사건의 범인인지 내기를 하고 있다고 한다.

"그러고 보니, 『마화 떨치기』의 의식이란 건 뭐야?"

"아리사는 몰라? 성배에 왕도나 그 주변의 독기를 모아서, 일곱 신전의 신관들이 한꺼번에 정화하는 의식이야. 마물은 독기가 없는 장소를 싫어하니까, 왕도 근처에서 마물을 일소할 수 있어."

지배인이 섣달그믐에 행하는 의식을 아리사에게 말해줬다.

나도 요즘에 안 참인데, 「마화 떨치기」는 반년에 한 번 대성배나 소성배를 이용해서 행하는 의식 마법이며, 왕도나 왕도 주변의 마물을 내쫓는 효과가 있다. 이번에는 왕가의 대성배와 공작들이 가진 소성배를 모아서 행하는, 6년에 한 번 하는 거창한 의식이라서 「큰 떨치기」라고 불리는 모양이다.

이 의식으로 왕도 주변에서 마물이 격감하기 때문에, 다른 나라와 비교가 안 되는 광대한 농지를 유지할 수 있다고 한다. 농지의 가장자리에 결계주의 띠를 만들어 재침공을 방지하는 것도 그 방책 중 하나일 것이다.

"그거 위험하지 않아? 독기를 모았을 때 마물이 안 와?"

"괜찮아. 순회 기사들이나 비룡 기사들이 경계를 강화하고, 마물이 모이기 전에 독기농도가 옅어져서 흩어지니까, 왕도에서 보이는 장소까지 마물이 오는 일은 드물어."

왕도에서 태어난 지배인이 걱정 없다고 보증했다.

"그렇구나. 설명 고마워, 에르테리나 씨. 이야기가 탈선돼서 미안해. —그렇지. 아까 족제비 수인족의 상인이 살해당했다고 했었는데, 스아베 상회 사람?"

아리사가 이야기를 되돌려서, 아까 들은 호미무도리 씨의 상회명을 들며 물었다.

"그래, 맞아. 혹시 사작님은 스아베 상회와 거래를 하시나요?"

"두루마리를 사려고 했을 뿐이지, 거래라고 할 정도는 아닙니다."

지배인이 아리사의 물음에 수긍한 다음 나에게 묻기에 사실대로 말했다.

"뭔가 있나요?"

"아뇨, 스아베 상회는 시가 왕국에서 거래를 금지하고 있는 물품도 다루기 때문에, 모르고서 구입하면 안 된다고 생각해서요."

"충고 감사합니다."

금지품과 착각할 법한 그레이존의 상품도 많아 보였으니 주의해야겠네.

뼈 가공의 두루마리는 사버렸지만, 사악한 모습의 두루마리도 아니고 남에게 내보일 생각도 없으니까 괜찮을 거야.

"하지만, 금지품을 다루는 것을 알고 있다면, 관청에 통보를 하면 되지 않아?"

"스아베 상회에는 유력 귀족의 지원자가 있으니까. 거래 현장을 붙잡지 않으면 변명으로 빠져나가 버려."

물론 그것은 주석 같은 그레이한 물품까지고, 마인약이나 주검약 같은 물품은 증거만으로 충분하다고 한다.

그때 루루와 넬이 돌아왔다.

"스아베 상회가 뭐 있슴까?"

"위험한 물품을 팔고 있다는 얘기를 하고 있었어."

"역시 그렇슴까~. 뒷문으로 수상쩍은 사람들이 자주 드나드는 걸 봤다."

스아베 상회 근처에 맛있는 노점이 있슴다. 넬이 말을 이었다.

아마도 그녀가 말하는 「수상쩍은 사람들」이라는 건 태평스런 오컬트 집단 「자유의 바람」 사람들이겠지.

◆

"아직 돌아가기에는 조금 이르네."

"그러면, 이 거리 조금 앞에 있는 분수 광장까지 가면 어때요?"

루루가 넬이 가르쳐줬다는 명소를 제안했다.

들어보니 길거리 재주꾼이나 화가, 그리고 노점이 이래저래 있어서 즐겁다고 한다.

"아~ 저거 봐봐! 저기지?"

"마스터, 전방에 목적지를 발견했다고 보고합니다."

의외로 금방 분수 광장에 도착했다.

마차로도 바로 근처까지 갈 수 있는 모양이지만, 그러면 풍취가 없으니 조금 앞에서 내려 산책하면서 걸었다.

"우와아아아아아."

다 함께 산책을 하는데, 골목에서 남자가 외치며 굴러 나왔다.

어째선지 까마귀가 머리를 쪼고 있었다.

"이, 이놈, 검은 마수 놈!"

"나, 나의 맹우에게 손을 대다니 가만 안 둔다."

뒤에서 남자의 동료로 보이는 남자들이 쫓아왔다. 입에서 나오는 말은 용감하지만, 땀투성이 얼굴로 헉헉 거칠게 호흡을 하고 있어서 그대로 쓰러져 버릴 것 같았다.

"사냥감~?"

"까마귀 아저씨를 붙잡는 거예요."

타마와 포치가 까마귀를 붙잡아 돌아왔다.

두 사람 뒤에는 아까 머리를 쪼이고 있던 청년도 있었다.

"구, 구원에 감사한다."

청년은 까마귀 것으로 보이는 커다란 깃털을 들고 있었다.

아무래도, 까마귀 깃털을 구하려다가 역습을 받은 모양이다.

까마귀도 가지고 싶다고 하기에, 동과 2닢과 교환하여 청년들에게 건넸다. 동화 2닢은 타마와 포치의 수고비다. 나중에 꼬치고기라도 사줄까 생각한다.

"동지여, 이걸로 우리들의 야망이 한 걸음 가까워진다!"

"그럼그럼. 이걸로 위대한 사신님과 교신이 가능해지는 것이다!"

까마귀 한 마리로 가능해지는 교신은 아무리 그래도 없겠지.

"비밀결사 『자유의 바람』에서 우리들의 계위도 올라간다. 검은 마수와 격투를 펼친 보람이 있다는 것이군."

비밀결사의 이름을 백주에 관광지에서 말하면 어떡하냐.

정말이지, 길드장이 「자유의 바람」은 태평스런 집단이라고 말할 만하네.

우리들은 자기들 세계에 몰입한 태평스런 집단과 헤어져서 산책을 계속했다.

"국수 냄새~?"

"고기 들어간 갈레트는 없는 거예요."

"벚연어 살을 발라내 굽고 있는 노점도 있는 모양이군요."

식욕이 우선인 아인 소녀들은 재빨리 노점에 흥미를 보이고 있었다.

기왕이니까 적당히 사서 먹으면서 걷기로 했다.

"벚꽃."

분수까지 길가에 벚나무가 심어져 있었다.

"군데군데 봉오리가 달리기 시작했네."

"응. 기대돼."

피려면 아직 좀 지나야 할 것 같지만, 벚꽃이 피면 다 함께 꽃놀이하러 오는 것도 좋겠다.

"생각보다 사람이 많네요."

"혼잡."

길 가는 사람들을 둘러보면서 감상을 중얼거린 루루에게 미아가 동의했다.

"그야, 저렇게 커다란 분수가 있으면 구경꾼도 모이겠지."

인파 너머에 보이는 커다란 분수탑을 보고 아리사가 말했다.

이제부터 가는 분수 광장은 왕도에 여덟 군데 있는 대분수 중하나로, 서민이나 하급 귀족이 찾아올 수 있는 명소 중에서 가장 인기가 있다고 했다.

샘 중앙에 설치된 분수에는 갖가지 조각이 되어 있고, 여러가지 테마의 상이 서 있었다.

그 상들이 정각의 종소리에 맞추어 움직이기 시작하는 장치가 있다고 하니까, 여기를 다 보고 나서는 다른 것도 순서대로 구경 다니는 것도 즐거울 것 같다.

이런 인파에 단골인 소매치기나 치한 등도 나왔기에 아인 소녀들과 함께 처리했다. 인파에서도 괘씸한 놈들을 잘 알 수 있도록, 레이더의 배율을 올려서 주위 30미터 정도로 해두었다.

"웃하아! 그리워라!"

피리로 바구니에 든 뱀을 조종하는 수인의 재주를 보고서, 아리사가 신이 나서 기뻐했다.

―그리워?

아리사의 고향에는 이런 재주가 유행하고 있었나?

"꿈틀꿈트리~?"

"나가 구이인 거예요!"

뱀을 보고 포치가 나가 구이를 연상하고 있었다.

방금 노점에서 간식을 먹은 참인데, 포치의 식욕은 줄어들지 않은 모양이다.

오늘 저녁은 나가 구이, 나가 덮밥을 만드는 것도 좋을지 모르겠다.

곁들일 야채는 뭘로 할까 고민하기 시작한 내 귀에 동료들의 환성이 뛰어들었다.

"피이이 솟아오른 거예요!"

"원더포~?"

"두 사람, 그렇게 앞으로 나서면 샘 안에 떨어집니다."

"미아의 마법 같다고 고합니다."

"그래?"

"뒤로 돌아서 동화를 던지면 행복해진다는 전설 같은 건 없을까?"

"안 돼, 아리사. 돈을 장난감 삼으면."

동료들이 분수 앞에서 즐거워 보인다. 며칠 전에 갔던 공원에도 분수는 있었지만, 이 분수는 규모가 크니까 무심코 들떠버린 걸지도 모른다.

"예쁘지만, 작은 물보라가 차가워. 미궁도시에 있으면 기뻐할 것 같네."

"그렇겠다. 하지만, 거기는 물이 나름대로 귀중하니까 무리 아닐까?"

"시간을 한정하고서, 다른 때는 물 긷는 장소로 하면 되잖아."

흠. 서쪽 길드 앞 광장쯤에 만들면, 관광 명소로 치유의 공간이 될 법하군.

"사토."

미아가 내 소매를 끌었다. 그녀가 가리키는 쪽을 보자, 분수 반대쪽에 정차한 몇 대의 마차들 중에 품격이 있는 세련된 마차가 서 있었다.

그 창으로 왕벚의 뿌리에서 만났던 핑크 블론드의 소녀, 「벚지기」 아테나 양의 얼굴이 보였다. 마차 안에는 안경 낀 시스티나 왕녀와 시녀 두 명도 있었다.

아마도, 왕녀와 함께 분수 구경을 하러 왔겠지.

마차는 여성 근위기사 여섯 명이 호위하고 있었다. 왕녀의 호위라 그런지 모두 번쩍거리는 금속 갑옷을 입고 있었다.

그때, 왕도 곳곳에 있는 정각을 알리는 종소리가 댕댕 울렸다.

"와아, 굉장해! 저거 봐, 아리사! 주인님도 보세요, 예뻐요."

평소보다 한 톤 높은 루루의 들뜬 목소리에 이끌려, 상세정보를 표시하고 있던 시야를 가리는 윈도우를 닫았다.

—오옷.

무심코 눈앞의 광경에 눈길을 빼앗겨 버렸다.

물 마법인지 술리 마법인지 모르겠지만, 분수 주변의 샘에서 물이 중력을 무시하며 두둥실 떠올라 공중에 몇 개의 고리를 그렸다.

그리고 그 고리를 통과하는 것처럼 분수가 솟았다.

고리는 분수의 흐름에 맞추어 떠오르고, 그리고 무지갯빛으로 빛을 남기고 사라졌다.

조금 늦게, 그것을 채색하는 것처럼 수중의 노즐에서 일제히

물이 솟아오르고, 수많은 물의 아치가 중앙의 분수를 채색하는 커다란 꽃을 만들어냈다.

떨어지는 물보라가 꽃잎으로 변하고, 벚꽃 눈보라처럼 광장의 하늘을 춤추었다.

그 아래에서 석상들이 코미컬한 움직임으로 즐겁게 춤추었다.

—참으로 환상적인 광경이다.

그건 그렇고, 기계적인 장치만 있는 게 아니라 마술적인 장치까지 있을 줄은 몰랐네.

내 소매를 잡은 채, 루루가 소리 없이 그 광경에 눈길을 빼앗기고 있었다.

루루뿐이 아니라, 다른 모두도 넋이 나간 것처럼 차례차례 모습을 바꾸는 물의 제전을 보고 있었다.

……미아, 그리고, 포치. 기분은 알겠지만, 그 열린 입은 좀 닫자.

나는 살짝 손을 뻗어 두 사람 입을 닫아줬다.

# 붉은 밧줄의 마물

"사토입니다. 가족용 게임에서는 플레이어에게 지원 마법 쓰는 법을 가르쳐 주려고 적이 지원 마법으로 강화되는 경우가 있습니다. 쓸모 있는 튜토리얼입니다만, 지원 효과가 너무 쓸모 있으면 미움 받는 적 캐릭터가 되는 것이 옥의 티군요."

"—뉴?"

타마의 귀가 움찔 움직이고, 주위를 둘러보았다.

"무슨 일 있—."

—붉은 광점.

분수에 넋이 나간 사이에, 복수의 붉은 광점이 AR표시되는 레이더에 나타났다. 마물이다.

직후에 격렬한 진동이 발치에 전해지고, 분수나 돌바닥이 파도치기 시작했다.

"우왓, 뭐, 뭐야?"

**"에머젠인 거예요!"**

동료들이 놀라면서도 방심하지 않고 주위를 둘러보고, 요정가방에서 애용하는 무기를 꺼냈다. 주위에 우왕좌왕하는 사람들이 있으니 검을 뽑지는 않았다.

시야 안에 붉은 광점의 주인으로 보이는 마물이 접근하는 모습이 보였다— 아래군!

"모두 분수에서 떨어져!"

나는 몇 가지 스킬의 도움을 빌리면서, 커다란 소리로 피난을 지시했다.

비명이나 노성을 지르던 주위 사람들이, 갑작스런 이변에 당황하면서도 내 지시에 따라 재빨리 도망치기 시작해 주었다. 교섭 스킬이나 지휘 스킬을 의식한 덕분일지도 모른다.

분수 너머에서는 몇 대의 마차가 발진하지 못하고 있었다. 그 안에는 시스티나 왕녀의 마차도 있다.

아무래도 겁먹은 말이 날뛰거나 마차의 바퀴가 파도치는 돌바닥에 끼는 등, 다른 마차가 방해되거나 해서 움직이지 못하는 모양이다.

"주인님, 분수 상태가!"

리자 말처럼 방금 전까지 화려한 물의 쇼를 펼치고 있던 분수가 한순간 멎더니, 다음 순간에 분수 여기저기서 물이 새고 힘차게 물이 뿜어져 나와 도망이 늦은 사람들이나 마차를 적셨다.

그리고 조금 늦게 분수의 구조물이 쓰러지고, 분수를 둘러싼 샘 바닥이 허물어지며 가늘고 검은 와이어 같은 더듬이가 나타나 훌쩍훌쩍 움직였다.

"마스터, 두 시 방향에서 마물을 발견. 처치 행동에 나섭니다. 허가를."

"피난을 우선한다! 나나랑 리자는 마물이 주위에 튀쳐나가지 않도록 견제! 포치랑 타마는 도망이 늦은 사람들을 도와라."

"예스, 마이 마스터."

"알겠습니다!"

"라져인 거예요!"

"아이아이 서~?"

전위진이 뛰쳐나가는 것과 동시에, 귀뚜라미 비슷한 기형의 마물이 차례차례 모습을 드러냈다. 중형견 정도 크기로, 검은 몸에 뱀이 꿈틀거리는 것 같은 붉은 무늬가 특징적이다.

"마물이다아아아아아!"

"잡아 먹힌다아아아아아아!"

"도망쳐어어어어어어어어어어어!"

도망이 늦은 사람들이나 떨어진 장소에서 무슨 일인가 보고 있던 사람들이, 공황 상태에 빠지면서도 전력으로 도망쳤다.

비명에 흥미를 보인 마물들을 리자와 나나가 견제하여 붙잡아 두었다.

"아리사와 미아는 마법으로 지원. 루루는 아리사와 미아의 호위를 부탁한다."

"네, 알겠습니다!"

루루가 팔찌형 술리 방패를 발동했다.

"오케이!"

"응."

아리사와 미아도 애용하는 지팡이를 겨누었다.

지시를 마친 나는 동료들을 지켜보면서 맵을 열어 주변을 다시 체크하기 시작했다.

분수에 넋이 나가 발견이 늦었다지만, 직전까지 내 레이더에는 마물이 비치지 않았다.

전이나 소환— 어떤 방법으로 왕도의 중심가에 마물을 불러낸 건지, 앞으로 평화로운 왕도 관광을 위해서도 조사해둘 필요가 있겠다.

아직 열다섯 가까운 마물이 하수도를 배회하고 있는 것 같았다.

『「전술 대화」를 발동했어! 적은 불확정수의 「돌연변이 귀뚜라미」, 레벨 10이야.』

아리사가 공간 마법으로 동료들에게만 들리는 정보 네트워크를 구축했다.

『그 녀석들은 「마승신(魔繩辛)」이라는 묘한 상태이상에 걸려있어! 들어본 적이 없는 지원 스킬이야. 카운터 기술일지도 모르니까 주의해!』

『알겠습니다.』

『예스 아리사.』

리자가 상태를 살피고자 견제 일격을 넣자, 마물의 몸 표면에서 붉은 빛이 깜빡였다.

리자의 창이 닿은 순간 귀뚜라미 마물의 표면에 붉은 밧줄 형상의 마법진이 나타났지만, 리자의 창에 부서져서 붉은 빛이 흩어지며 사라졌다. 저 마법진은 장벽인 모양이군.

『감촉을 봐서, 방어 계통인 것 같군요. 나나의 「방패」 정도 강도입니다.』

『꽤 단단하네.』

리자의 보고에 아리사가 감상을 중얼거렸다.

─응?

맵에 비치는 마물의 움직임이 갑자기 격렬해졌다.

『마물의 움직임이 이상해. 뭔가 있다!』

내가 경고하는 것과, 귀뚜라미들이 일제히 뛰어든 것은 거의 동시였다.

레벨 10치고는 움직임이 묘하게 재빠르다. 몇 마리인가 리자와 나나의 경계 라인을 돌파했다.

"악즉차참~?"

"전광석화인 거예요!"

피난을 보조했던 타마와 포치가 재빨리 마물을 쓰러뜨린다.

그런 두 사람과 거리가 먼 마물은, 마법적인 염동력인 「이력의 손」으로 붙잡아 땅바닥에 패대기쳤다.

아리사랑 미아가 영창을 하고 있으니, 목격자가 있어도 두 사람이 쓴 마법이라고 오해해줄 거야.

패대기친 귀뚜라미 한 마리가 왕녀의 마차를 향해서 다시 도약하는 게 보였다.

보통은 확실하게 처리할 수 있는 기세로 패대기쳤는데, 귀뚜라미들의 종족 고유 능력 「마승신」은 칼날 방어 성능뿐 아니라 충격 흡수 능력도 높은 모양이다.

"전하를 지켜라!"

도약한 귀뚜라미는 호위기사의 카이트 실드에 막혔다.

기사들은 귀족 여자들밖에 없어서 장식인가 싶었지만, 반응이 꽤 좋다.

"소프라, 리엘, 마물을 처치해라! 그밖에는 전하의 수호가 최우선이다!"

왕녀의 호위라서 그런지, 레벨 30인 대장을 비롯하여 다른 세 명도 레벨 20대 전반으로 레벨이 높았다.

한편으로 귀뚜라미 마물은 「마승신」이라는 못 보던 종족 고유 능력을 가지고 있지만 레벨은 10 정도밖에 안 된다. 마승신이 전투 특화 능력이라고 해도 기사들이 뒤쳐지는 일은 없을 거야.

그리고—.

"······■ 진흙 속박."

시가33지팡이인 「벗지기」 아테나 양이 흙 마법을 사용하자, 재도약하려는 나머지 귀뚜라미들의 발치가 진흙으로 바뀌어 기동력을 빼앗았다. 더욱이, 진흙의 촉수가 마물들을 그 자리에 묶어두었다.

"잘 했다,『벗지기』! 이 녀석을 처리할 때까지 억누르고 있어 다오!"

기사대장이 아테나 양을 칭찬했다.

귀뚜라미를 순살할 것처럼 보였던 기사 두 사람이 생각보다 고전하고 있으니까.

"이 정도 마물은! 제 흙 마법으로 처리하겠어요!"

"—알았다. 자신이 있다면 맡긴다! 안, 레노아도 두 사람에게 가세해라."

기사대장은 조금 망설인 것 같지만, 금방 아테나 양에게 허가를 냈다.

왕녀의 호위에서, 장검이나 메이스를 든 두 기사도 귀뚜라미와 근접전에 참가했다.

"……■■ 녹주 석순.<sup>토스 베릴</sup>"

아테나 양이 영창을 마치자, 진흙 속에서 돋아난 에메랄드 그린의 석순이 진흙에 묶인 귀뚜라미들의 배를 꿰뚫었다.

아니, 쓰러뜨린 건 두 마리뿐이다. 나머지 한 마리는「녹주 석순」에 밀려나「진흙 속박」에서 탈출해 버렸다.

"그, 그럴 수가! 기사들의 갑옷마저 꿰뚫는 내『녹주 석순』으로 전멸하지 않다니!"

"전하, 제 뒤로. 파프아는 등 뒤를 경계해라!"

자랑처럼 들리기도 하는 아테나 양의 비명을 흘려듣고, 기사대장은 마차에서 내린 왕녀를 데리고 후퇴하기 시작했다.

조금 돕는 편이 좋을지도 모르겠다.

진흙 속박에서 벗어난 귀뚜라미가 왕녀를 향해 날아들었다.

"……■ 수검산(水劍山).<sup>스플래쉬 니들</sup>"

시원스런 목소리가 내 옆에서 들리고 땅바닥을 적신 물웅덩이에서 무수한 물 바늘이 돋아나더니, 공중으로 뛴 귀뚜라미를 아래쪽에서 꿰뚫었다. 미아의 중급 물 마법이다.

붉은 밧줄 무늬 장벽이 귀뚜라미를 지켰지만, 물 바늘은 그것을 종잇장처럼 꿰뚫었다.

『주인님, 저게 뒤에서 귀뚜라미를 몰아내는 것 같아.』

아리사가 가리키는 곳에, 들소만한 크기의 쥐 마물「돌연변이<sup>뮤턴트</sup> 큰 쥐<sub>라지마우스</sub>」가 쓰러져 있었다. 이미 리자와 나나가 쓰러뜨린 다음인 가 보다.


"—언제까지 놀고 있나!"

기사들을 향해 대장의 질책이 날아갔다. 처음 귀뚜라미를 아 직 미처 쓰러뜨리지 못한 모양이다.

질책을 받은 기사들이 귀뚜라미에게 맹공을 해서, 드디어 붉 은 밧줄 무늬의 장벽을 부쉈다. 거기서부터는 빨랐다. 수를 살 려서 순식간에 귀뚜라미의 다리를 부러뜨리고, 등이나 머리를 부숴 쓰러뜨려버렸다.

마인이나 술리 마법인「마법 파괴」같은 것이 없으면,「마승 신」의 장벽을 파괴하기 힘든 모양이다.

"사토."

미아가 조금 떨어진 곳에 있는 기묘한 생물을 발견했다.

몰래 숨어서 소동을 엿보는 것은 검은 소인에 박쥐 날개를 단 것 같은 생물로 내가 사역하는 손바닥 가고일과 비슷했다.

AR표시를 보니 레벨 1의 소마족이며,「가벼운 저주」스킬을 가졌다. 마족의 일종인 모양이다. 칭호가「사역마」기에 조사해 봤는데, 주인 란을 기묘한 문자가 채우고 있었다. 무슨 은폐수 단을 쓴 모양이다.

수상하니까 마커를 달고서 주인한테 가도록 놓아줘야겠군.

"사냥감~?"

"도망친 거예요!"

피난 유도를 마친 타마와 포치도 임프를 발견한 모양이다.

자신을 향해 달려오는 타마와 포치를 보고, 임프가 우스꽝스런 움직임으로 도망쳤다.

『포치 대원, 타마 대원, 임프를 따라잡지 않는 속도로 쫓아내줘.』

『아이아이 서~.』

『라져인 거예요!』

아이들과 술래잡기를 하느라 익숙한 건지, 둘이 절묘한 속도로 임프를 좇았다.

교차로 너머에서 마차 한 대가 나타났다. 파리온 신전의 마차다.

"■ ■ ■ ■ ■ 법력탄^(푸스 샷)."

마차 창에서 뿜어져 나온 보이지 않는 탄환이 임프를 꿰뚫었다.

―GYWAAAAAWN.

비명을 지른 임프가 검은 안개가 되어 사라졌다.

『유감~?』

『당해버린 거예요.』

타마와 포치가 마차 바로 앞에서 급정지했다.

두 사람 시선은 임프를 쓰러뜨린 신전의 마차를 보고 있었다.

문을 열고서, 파리온 신국의 추기경이 나왔다.

"이런, 자네들의 공적을 새치기해버린 건가?"

"뉴."

"괘, 괜찮은 거예요."

"그렇군. 그럼 다행이야."

추기경은 뒤로 물러나는 타마와 포치에게 다가가, 두 사람의 머리를 쓰다듬으며 자애가 가득한 목소리로 「다친 덴 없니?」 하고 물었다.

높은 사람이 거북한 건지 포치의 꼬리가 다리 사이로 숨었고, 타마의 귀도 찰싹 내려간 것이 보이기에 마물이 출현한 분수의 경계는 리자와 나나에게 맡기고 그쪽으로 갔다.

—아차, 그 전에.

나는 갈라진 샘의 균열을 확인하는 척하면서, 그 아래 있는 하수도로 이어지는 구멍에 「유도 화살」을 쏘아두었다. 하수도에 있는 살아남은 귀뚜라미를 노린 것이다. 여기랑 마찬가지로, 바깥으로 뛰쳐나와 날뛰면 위험하니까.

고개를 들었더니 이미 추기경이 타마와 포치와 떨어져 걸어서 왕녀 일행 쪽으로 가고 있었다.

"예하! 예하, 기다려 주세요."

시종 사제가 뒤틀린 돌바닥 사이에서 나온 토사로 사제복의 긴 자락이 더러워지는 것을 신경 쓰면서, 추기경 뒤를 따라갔다.

당사자인 추기경은 옷이 더러워지는 것을 신경 쓰는 기색도 없고, 발치가 안 좋은 것이 느껴지지 않는 매끄러운 걸음이었다.

"전하나 다른 분들은 다치신 곳은 없나요?"

"배려에 감사드리오. 그러나 추기경 예하의 손을 번거롭게 만드는 것은 사양하겠소."

왕족은 직접 대화를 안 하는 게 보통인지, 왕녀가 아니라 기사대장이 추기경에게 대답했다.

"이, 이런 무례한! 예하의 자비—."

"그만 하세요, 사제 스탱크."

시종 사제가 기사대장에게 불평을 하려고 하는 것을, 추기경이 온화한 목소리로 말해서 막았다.

"아테나 공, 부하의 치유를 부탁한다."

"네, 네! ■ ■ ■ ■ ……."

기사대장의 명을 받고서, 아테나 양이 흙 마법 「치유: 흙」<sup>어스 힐</sup>의 영창을 시작했다.

"과연. 시가33지팡이의 젊은 재원이 있으셨군요."

명확한 거부를 받는데도, 추기경은 기분 상한 기색도 없이 고개를 끄덕였다.

돌아온 타마와 포치가 내 다리에 매달렸다.

"그쪽 용사들에게 상처는 없나요?"

"고맙습니다. 우리들은 부상자가 없어요."

"과연 『상처 모르는』 펜드래건이군요."

아무래도 그는 우리들을 아는 모양이다.

추기경이 장난에 성공한 어린애 같은 표정으로 훈남에게만 용납되는 윙크를 했다. 뒤에서 아리사가 「로렌스×사토네」라고 말하며 히죽히죽 웃고 있었다.

"그러면 언젠가 또."

추기경은 나한테 그렇게 말하고, 멀리서 이쪽을 살피는 사람들 쪽으로 갔다.

아마도 그들을 치유하러 간 거겠지. 중상자는 없지만, 찰과상을 입은 사람들은 잔뜩 있으니까.

"거기 자네. 위병을 불러주게."

기사대장이 나에게 말을 걸었다.

자신들이 부르러 가지 않는 것은 왕녀의 호위를 줄이기 싫어서겠지.

"네, 알겠습니다."

나는 나나에게 지시해서 위병을 불러오도록 했다.

이미 누군가 통보해서 위병들이 이쪽으로 오는 것을 맵으로 확인했으니, 전술 대화로 나나를 위병들이 오는 루트로 유도했다.

이제 경계는 필요 없다고 리자에게 말하고, 마물의 시체를 확인했다.

"주인님, 마핵을 채취해도 괜찮을까요?"

"아니, 묘한 마물이었으니 그대로 위병들에게 넘겨주자."

"뉴!"

"이쪽 고기도인 거예요?!"

쥐 마물을 들여다보던 타마와 포치가 뛰어오르며 놀랐다.

"두 사람, 하수도의 쥐는 병균이 무서우니까 안 돼."

"병균~?"

"무서운 거예요?"

"병균이란 건 말이지~."

아리사가 사악한 표정으로 타마와 포치에게 위생관념에 대한 교육을 시작했다. 아리사가 지나치기 시작하면 말려야겠군.

"—역시, 『녹주 석순』을 막을 정도로 단단하지 않아. 내 마법을 막은 것은 그 이상한 붉은 장벽 쪽이구나……."

마물의 시체 사이를, 핑크 블론드의 아가씨— 아테나 양이 감식하고 다녔다.

"이거구나, 물 마법으로 쓰러진 건— 굉장해, 완전히 관통했어. 이렇게 가는 상처인데, 내 녹주 석순을 막아낸 장벽을 뚫고서 마물의 몸을 쉽사리 관통하다니, 무슨 비밀이 있을 거야!"

"나선."

자신의 마법을 조사하는 아테나 양에게 총총 걸어간 미아가 비결을 중얼거렸다.

"나선? —정말이네! 관통 흔적에 나선 모양의 상처가 있어! 이게 비밀이었구나!"

웃는 표정으로 돌아본 아테나 양은 힌트를 준 상대가 미아라는 걸 알고 표정이 굳어졌다.

"응, 관통력이랑 집속율 업."

미아는 아테나 양의 표정을 의문스레 생각하면서도, 정답을 발견한 아테나 양에게 효과를 가르쳐 주었다.

"보르에난의 미사날리아!"

"미아면 돼."

적개심을 드러내는 아테나 양과 달리, 미아는 완전 마이 페이스다.

"이, 이번에는 내가 뒤처졌지만, 그건 인간족의 흙 마법이 패배한 게 아냐! 내가 미숙해서 그래!"

분함에 눈물짓는 아테나 양의 외침의 의미를 이해 못하고, 미아가 고개를 갸웃거렸다.

"아냐."

"아니지 않아! 내가 미숙한 것뿐이야."

"그래."

미아가 고개를 끄덕이자, 아테나 양의 분한 눈물이 점점 부풀어서 당장 떨어질 것 같았다.

"미아도 참, 여전히 말이 너무 부족해."

"웅?"

아리사가 두 사람 사이에 끼어들었다.

"미아가 『아냐』라고 한 건 말야 『인간족의 흙 마법이 패배』라고 한 부분이야."

"—어?"

아리사의 설명을 들은 아테나 양이, 머리 위에 **아리송** 마크를 띄울 법한 당혹한 표정을 지었다.

"왜냐면, 미아의 마법 『수검산』은 주— 인간족이 만들었는걸."

내가 만든 거라고 말하려다가 「인간족」이라고 말을 고친 건, 내가 주문을 작성할 수 있다는 사실을 공개하지 않는 걸 떠올렸기 때문이리라.

"미숙해도 되잖아. 미아는 이래봬도 130년이나 살았으니까. 노력하면 금방 따라잡을 거야."

"그렇지! 인간족은 성장이 빠르니까, 금방 따라잡아 주겠어!"

아리사가 달랜 아테나 양이 그렇게 납득하고 미아에게 선언했다.

"응, 힘내."

미아는 여유로운 표정으로 대답했다.

"아테나, 그래야 시가33지팡이입니다."

그 칭찬은 시녀와 기사대장을 데리고 온 시스티나 왕녀가 한 것이었다.

"방금, 미사날리아 님이 쓴 마법을 만든 것이 인간족이라고 들었는데요."

왕녀가 아리사에게 물었다.

"네, 분명히 말했어요."

아리사가 대외적인 태도로 왕녀에게 대답했다.

"만든 분을 알고 있나요?"

"그게 저기—."

아리사가 망설였다.

"그 이상 캐묻는 것은 삼가주십시오. 무례를 용서해주시기 바랍니다. 만든 분이 이름을 말하지 말라는 약속으로, 주문을 양도해주셨습니다."

사기 스킬의 도움을 빌어서 그럴 듯한 변명을 했다.

"내가 부탁하더라도?"

"죄송합니다."

고개를 숙이며 거부하자, 시녀들이나 기사대장에게서 살기가 날아왔다.

왕족에 대한 경의가 부족하다고 생각한 모양이다.

"물론, 답례는 하겠습니다. 상급 물 마법의 마법서나 사전 같은 건 어떨까요?"

굉장히 마음이 끌리는 요청이지만, 나는 고개를 숙인 채 다시 한 번 사과의 말을 하여 그녀의 요청을 거부했다.

"그렇군요. 알았어요. —위병이 왔네요."

왕녀가 탄식한 다음, 나에게서 멀어졌다.

가는 곳은 모아둔 마물의 시체를 깔끔하게 늘어놓은 장소였다.

"꿀렁꿀렁~."

"물컹물컹한 거예요."

"끝 부분이 썩기 시작한 모양이군요."

타마와 포치가 마물의 시체를 콕콕 찌르고 있었다.

왕녀가 다가가는 것을 깨달은 리자가 둘을 안고서 거리를 벌렸다. 타마와 포치는 오랜만에 시체 포즈라 기합이 충분하다. 혀를 내미는 건 그렇다 치고, 눈 뒤집는 건 무서우니까 하지 말자.

"아테나. 성생수가 피지 않는 원인이, 이 마물들 탓이라고 생각하나요?"

왕녀가 묻자, 아테나 양이 조금 조용히 생각했다.

그녀들은 성생수— 왕벚이 피지 않는 원인을 조사하는 모양이다.

"……그럴 가능성은 있습니다. 마물들의 장벽은 본 적이 없는 마법이었고—."

—그렇지.

아테나 양의 말로 떠올랐다.

그 마법진은 미궁 지하에서 퇴치한 미적들이 마인약의 과잉 섭취로 몸에 두르는 것과 닮았다.

"거기 당신. 뭔가 알고 있다면 말하세요."

얼굴에 드러난 모양이다. 왕녀의 명이라, 마인약을 과잉 섭취한 미적이 몸에 두르고 있던 방어 장벽과 닮았다고 이야기했다.

일단 마인약을 맵 검색으로 찾아봤는데, 개인이 소량으로 소유하고 있는 것 말고 유통은 없는 것 같다. 물론 맵 검색은 아이템 박스 안에 보관된 물건은 대상이 안 되니까, 거기에 숨겨뒀을 가능성이 남아 있지만.

"마인약…… 조금 조사해볼 필요가 있겠어요. 고마워요. 당신—
이름이 뭐였죠?"

"자기소개가 늦어서 죄송합니다. 무노 남작 가신, 사토 펜드래건 명예사작이라고 합니다."

"그래요, 기억하겠어요. 아테나, 다음 목적지는 어디죠?"

왕녀가 묻자, 아테나 양이 에치고야 상회에서 출자하고 있는 식물학자의 이름을 대답했다.

"들어본 적이 없는 이름이네. 조금이라도 단서를 찾으면 좋을 텐데……."

"괜찮아요, 전하! 벚지기의 칭호를 걸고, 올해도 성생수를 피워내겠어요!"

"그래요. 왕조님과 나눈 약속을 이루기 위해서도, 벚꽃은 반드시 피워야 하니까요."

왕녀와 아테나 양이 기합을 넣었다.

흐뭇한 광경을 지켜보고 있는데, 왕녀와 눈이 마주쳤다.

"분명히, 필 겁니다."

벚꽃 드라이어드가 그렇게 말했으니까.

"싸구려 아부는 됐어요."

왕녀가 홱 고개를 돌렸다.

본심으로 말한 건데, 왕녀 전하한테는 닿지 않은 모양이다.

"그렇지—."

나한테서 고개를 돌린 왕녀가, 시체의 포즈가 질려서 수신호로 놀고 있던 타마와 포치를 보고 뭔가 떠올린 표정을 지었다.

"당신들, 좋은 걸 보여주겠어요."

왕녀가 품에서 꺼낸 두루마리를 펼쳐서 썼다.

"불꽃놀이~?"

"주인님의 불꽃놀이인 거예요!"

포치가 말한 것처럼, 그건 내가 설계하고 시멘 자작의 두루마리 공방에서 양산된 빛 마법 「환영 불꽃놀이」 두루마리다.

"주인님— 펜드래건 경이 쓰는 불꽃놀이는 더 예쁜 거니?"

"네, 인 거예요! 주인님의 불꽃놀이는 최강—."

리자가 포치의 입을 손으로 막았지만 이미 늦었다.

반대쪽 손으로 타마를 안고 있어서 막는 게 늦은 거겠지.

"아까 그 물 마법을 만든 것도 당신이군요?"

"네, 훌륭한 추측이십니다."

확신을 담아 묻는 왕녀에게 수긍했다.

이제 와서 얼버무려도, 왕가의 권력을 배경으로 시멘 자작에게 캐물으면 무의미하니까.

"흐~응, 순순히 인정하는군요."

왕녀가 나를 가늠하는 것처럼 보았다.

"당신을 만나면 물어보고 싶은 것이 있었어요. 환영 불꽃놀이나 불꽃놀이 마법에는 명백하게 장황한 부분이 있어요. 그건 어째서죠?"

이런 질문을 할 수 있다는 것은, 그녀는 두루마리 원본을 구해서 알맹이를 읽어봤다는 거겠군.

"실행시의 효율보다도, 가독성이나 재이용성을 중시하기 위해서입니다."

"가독성을 올릴 필요가 있나요? 주문을 읽어 마법의 내부 동작을 알려고 하는 것은 적대자나 주문의 연구자 정도인데?"

적대자― 군용 마법이라면, 보안용으로 가독성을 낮추는 것도 유효하겠지.

"가독성을 올리면 문제가 발생했을 때 수정이 쉬우니까요. 종래의 주문은 어느 부분이 원인이 되어 문제가 일어난 건지를 조사하는 것이 힘듭니다."

"그래요……. 그러면, 재이용성을 올리는 것은? 마법의 주문은 시나 문장처럼 잘라낼 수 있을 정도로 단순하지 않은데요?"

왕녀의 안경이 반짝 빛을 반사했다.

가독성의 설명에 납득을 했는지, 왕녀는 질문 내용을 재이용성으로 전환했다.

"아뇨, 그건 아닙니다. 종래의 주문은 실행시의 효율을 추구한 나머지, 하나의 커다란 문장에서 분해할 수 없도록 퇴화되어 버린 겁니다."

"퇴화? 그건 흘려들을 수 없어요. 왕조님 시대의 마법과 비교해도, 현대의 마법은 발동 속도도 위력도 향상됐어요. 아닌가요?"

"그것은 가독성이나 재이용성을 희생시킨 결과입니다. 하나의 주문 최적화란 의미에서는 진화라고 하겠지만, 파생 마법을 만드는 난이도가 뛰어 올라가 버렸습니다. 지금의 마법은 개발에 방대한 시간과 인원이 필요하지 않습니까?"

"……그렇네요."

왕녀가 고개를 숙이며 중얼거렸다.

반짝 빛을 반사한 안경 너머는 안 보이지만, 입가가 파르르 떨리고 있었다.

—기분이 틀어져 버렸나?

주문 개량에 대한 설명이 즐거워서 왕녀의 상태 확인을 못했다.

"그러면, 또 하나. 당신의 식견을 들려줄 수 있을까요?"

"제가 아는 것이 있다면."

왕녀가 눈동자를 활활 불태우면서 도전하는 것 같은 어조로 묻기에, 정중하게 대답했다.

"가르타프트 폐하의 시대에, 루타 랏홀 경이 『화염구』를 토대로 개발한 『루타식 화염구』는 알고 있겠죠?"

……알지 못하옵니다.

내가 가진 마법서를 검색해 보니, 위력을 올린 화염구의 아종이라고 실려 있었다.

군용 마법의 일종인데, 지금도 군에서 사용되는 화염구는 루타식 화염구나 그 파생 마법인 루타리오식 화염구라고 적혀 있었다.

둘 다, 통상의 화염구와 다름없는 마력으로 30퍼센트 늘어난 파괴력을 발휘한다고 했다.

"군용 화염구로군요."

나는 지금 막 알게 된 정보로 얼버무렸다.

"그러면, 루타식 화염구의 문제점도 알고 있겠죠?"

왕녀의 질문에 수긍했다. 어쩐지, 면접을 받는 기분이다.

그녀가 말하는 문제점도 마법서에 기재되어 있었다. 루타식 화염구나 루타리오식 화염구는 아주아주 가끔 술자가 의도하지 않은 장소에서 폭발한다는 문제점이 있었다.

그리고, 그것이 바로 지금도 구식 「화염구」가 일반 마법서에 실려 있는 이유이기도 했다.

"그러면, 그 문제점이 어째서 일어나는지도 알 수 있나요?"

"문제점의 원인 말인가요—."

나는 그렇게 반복하면서, 가볍게 주문을 훑어보았다.

어쩐지 익숙한 스파게티 코드— 뒤엉켜 있는 난독성 코드다. 이 주문 자체는 처음 보지만, 전에 아리사용 불 마법을 만들 때 참고한 주문 코드랑 비슷한 경향이 느껴진다.

그때는 효과 범위를 지정하는 중요 변수랑 여러 장소에서 여러 번 이용되는 자유변수의 영역을 공유한다는 나쁜 버릇 때문에 이식하느라 고생한 기억이 있다.

"모르겠나요?"

왕녀가 시험관 같은 어조로 물어봤다.

"아뇨, 그것은—."

나는 대답하면서, 마법의 흐름을 머릿속에서 전개했다.

—발견했다. 역시, 이 주문에서도 같은 실수를 했어.

"이곳과 이곳을 보아 주세요. 폭발 조건을 지정하는 영역 일부가, 이 부분에서는 궤도 보정의 계산에 쓰이는 경우가 있습니다. 이것이 쓰이는 조건이 대단히 한정적이기 때문에, 아주 가끔씩만 문제가 발생하는 겁니다."

나는 격납 가방에서 꺼낸 마법서를 펼치고, 실수한 장소와 이유를 고했다.

어쩌면 다른 원인이 더 있을지도 모르지만, 그녀도 완전무결한 대답을 바라는 건 아니겠지.

"—멋지군요!"

중얼중얼 주문을 읽고 있던 왕녀가 고개를 들었다.

"아아! 이토록 멋진 날이 있다니!"

왕녀가 내 손을 양손으로 감싸고, 꿈꾸는 소녀 같은 반짝거리는 눈동자로 나를 보았다.

시험관 같았던 아까하고는 다른 사람 같았다.

"정말로 당신이 불꽃놀이의 제작자 본인이었군요!"

아무래도 그녀는 내가 제작자 본인인지 아닌지 의심한 모양이다.

문제를 푸는 것이 즐거워서 그만 정답을 대답해버렸는데, 적당히 「모르겠습니다」라고 대답했으면 얼버무릴 수 있었나 보네.

"어쩐지, 안 좋은 분위기 아냐?"

"응, 위험."

아리사와 미아의 철벽 페어가 소곤소곤 긴급 발진의 준비를 시작했다.

"불꽃놀이의 아름다운 주문 구성을 봤을 때부터, 당신의 포로가 되어버렸답니다."

정확하게는 「당신 『주문』의 포로」겠죠.

주위가 술렁거리니까 말을 생략하지 말고 부탁드립니다. 그리고 얼굴이 너무 가까워요.

"아아, 당신과 밤새도록 대화를 나누고 싶어요."

한 손을 하늘로 뻗은 왕녀가 무대 위 여배우처럼 하늘을 올려다보았다.

거리가 떨어진 것은 기쁘지만, 그녀의 다른 한 손이 내 손을 계속 잡고 있었다.

"그 예술적인 주문의 흐름을 모두 하나씩 설명해주신다면, 펜드래건 사작 가문에 시집갈 각오도 있답니다."

어쩐지 그런 생각이 들었는데, 왕녀는 중증 주문 매니아인가 보다.

"전하! 마차로 돌아가 주세요."

"그, 그래요! 성앵수를 피우기 위해서라도 조사를 재개해야죠!"

"아, 아앙, 사토 니이이임."

완전히 다른 사람이 되어 버린 왕녀가 시녀와 아테나 양에게 떠밀려 마차에 올라타 가버렸다.

"바람 안 돼."

"주인님, 어쩐지 이상한 사람을 끌어들이는 페로몬이라도 나오는 거 아냐?"

미아와 아리사가 나에게 다가와 추궁했다.

쿵쿵 냄새를 맡는 아리사의 이마를 밀어내면서, 불꽃놀이 건으로 리자에게 혼나는 포치한테 갔다.

"주인님, 죄송합니다인 거예요. 포치는 아주아주 반성하고 있는 거예요."

"죄송합니다, 주인님. 제가 감독이 부족했습니다."

포치와 함께 리자까지 고개를 숙이고 사과했다.

"둘 다 고개 들어. 애당초 불꽃놀이에 대해서 입막음하는 걸 잊고 있었으니까 사과할 필요는 없어."

"포치를 버리거나 안 하는 거예요?"

"물론이지."

눈물짓는 포치의 머리를 빙글빙글 쓰다듬었다.

"정말이지 주인님은 포치한테 무르다니까."

"고기 금지?"

미아가 말한 「고기 금지」란 말에 포치뿐 아니라, 아인 소녀들 모두가 창백한 표정이 되었다.

그렇게 무거운 벌인가?

"고, 고기 금지…… 주인님, 포치는 고기 금지인 거예요?"

"괜찮아, 그런 벌은 안 줘. 그 증거로 오늘 저녁밥은 햄버그다."

"굉장히 굉장한 거예요! 포치는 햄버그라면 몇 개든 먹을 수 있는 거예요!"

"타마도~."

포치와 타마가 춤을 추면서 기뻐했다.

사실은 벚연어 프라이를 메인 디쉬로 할 셈이었지만, 자리의 흐름을 타고서 변경한 게 정답이었군.

위병들에게 사정 청취를 마친 우리는, 뒤처리를 위병들에게 맡기고 왕도의 관광지 순회로 돌아갔다.

# 금서고

"사토입니다. 금서고라고 하면 금단의 마법서가 소장되어 있을 것 같은 판타지한 이미지가 있습니다. 용이나 케르베로스 등의 강대한 문지기가 있으면, 소장 서적의 가치가 올라가는 것 같단 말이죠."


"안녕? 폐하."

나는 해가 떨어지고서, 국왕의 집무실을 찾아갔다.

낮에 마주친 기묘한 붉은 밧줄 무늬 장벽을 두른 마물 일을 보고하기 위해서다.

나로서는 괜한 일에 고개를 들이밀고 싶지 않았지만, 이것이 대사건으로 발전해 버리면 차분하게 왕도 관광을 할 수 없으니 사건 해결에 협력할 생각이다.

어디까지나 협력이니까, 수사의 주체는 국왕을 비롯한 시가 왕국의 치안 유지 부문에 부탁하고 싶었다.

"왕조— 나나시 님!"

"잘 오셨습니다, 왕— 나나시 님."

평소처럼 나를 왕조 야마토로 착각하는 두 사람에게 「나는 왕조가 아냐」라고 정정하고 본론에 들어갔다. 오늘은 언제나 국왕을 호위하고 있는 시가8검 필두 쥬레바그 씨가 없고, 문 밖에 근위기사 두 명이 지키고 서있을 뿐이었다.

메인인 「붉은 밧줄의 마물」 사건은 길어질 것 같으니까, 먼저 간단한 것부터 진행하자.

"공사혼동이라 미안하지만, 에치고야 상회에 누명으로 범죄 노예가 된 아가씨가 둘 있어. 은사를 내줄 수 없을까?"

엄밀하게는 누명은 아니지만, 트집에 가까운 이유였으니까 누명이라고 이야기를 진행시켜볼까.

"어떠한 죄인지 들려주실 수 있을까요?"

"불경죄, 일까?"

개인명을 숨기고 간단한 경위를 이야기했다.

"과연, 그 정도 죄라면 문제없습니다. 금방 은사를 내겠습니다."

국왕도 아까 나랑 같은 감상을 중얼거린 다음, 흔쾌히 사면장을 준비해 주었다. 은사에 대한 발표도 해준다고 했지만, 그건 왕가와 렛세우 백작령의 골이 깊어질 것 같으니까 내가 거절했다.

"고마워, 폐하."

나는 인사를 한 다음, 호즈나스 추기경의 인식 저해 아이템이나 진짜 레벨과 스킬 구성을 전달했다.

"그러한 비보가⋯⋯."
아티팩트

"나나시 님, 귀중한 정보에 감사 드립니다."

추기경은 지금까지 몇 번이나 시가 왕국을 방문했으며 수상한 행동을 한 적은 없다고 하지만, 일단 실력 있는 첩보원을 몇 명 붙여둔다고 했다.

"그리고, 왕도의 지맥이 이상하기에 고쳐놨어."

벚꽃 드라이어드에게 의뢰를 받았다는 이야기는, 내 정체가 들킬 위험이 있으니 생략했다.

"그럴 수가! 지맥이!"

"폐하! 왕도에 마물이 나타난 원인은 지맥의 흐트러짐이 원인이 아니었을는지?!"

어이쿠 메인 이야기로 이어지는 거니까, 나도 두 사람 이야기에 섞였다.

"왕도에 마물이 나왔어? 하급 언데드나 종마가 아니라?"

바로 요전에, 비스탈 공작 저택 습격 사건에 스켈레톤들이나 바위 폭탄을 투하하는 곤충 종마가 있었으니까 그렇게 물어봤다.

"네. 어젯밤부터 오늘 저녁에 걸쳐, 왕도의 다섯 군데 지하에서 벌레나 쥐, 박쥐 같은 마물이 나타나서 출현 지점 근처에 있던 사람을 해치고, 주변의 건물을 파괴한 다음에 지하로 사라졌다고 합니다."

재상이 각각의 장소나 수를 가르쳐줬다.

우리들이 마주친 건 네 번째였고, 다섯 번째는 우리들이 저녁을 먹고 있는 시각이었나 보다.

"다섯 군데 중에서 마물이 도주하기 전에 토벌한 것은, 시가8검의 류오나 경이 늦지 않았던 세 번째와 미스릴의 탐색자인 펜드래건 사작이 마주친 네 번째 두 곳뿐이었습니다.

"다른 건 모두 도망쳤어?"

"예."

내 물음에 재상이 수긍했다.

먼저 도망친 마물이 우리들이 있던 대분수 근처에 나타났을 가능성은 있지만, 내가 아는 한 출현했을 때 상처를 입은 마물은 없었다.

　그리고, 그때 나는 지하에 남아 있던 마물을 모두 「유도 화살」로 다 쓰러뜨렸다. 다섯 번째는 새롭게 바깥에서 침입했거나, 누군가가 들여왔거나 둘 중 하나겠지.

　맵 검색을 해봤는데 살아남은 마물은 없었다. 마물의 시체는 몇 갠가 있으니까, 다섯 번째에서 도망친 마물도 이미 사망한 모양이다.

　재상에게 마물의 시체를 발견한 장소를 가르쳐주자 기뻐했다.

　"―그래서, 마물이 침입한 경로는 판명됐어?"

　"아닙니다. 판명되지 않았습니다. 신의 무능을 용서하소서."

　그 대신, 지하도를 조사한 위병들이 수상쩍은 의식의 흔적을 발견했다고 한다.

　"의식의 흔적이라고?"

　"주술적인 마법진으로 보이는 흔적이옵니다."

　왕립 연구소 연구원이 베낀 것을 봤는데, 내가 아는 마법진들 중에는 없다. 공도 지하의 미궁 유적이나 미적의 고문 방에 있던 마법진하고도 비슷하지 않다.

　첨부한 보고서에 따르면 마법진은 목탄으로 그려져 있고, 그 근처에는 벌레나 동물의 시체나 주석으로 보이는 잔해가 있었다고 한다. 주술적인 마법진 근처에, 녹아서 반쯤 망가진 마법 도구의 잔해가 발견된 장소도 있었다고 했다.

주석이라……. 그러고 보니 족제비 수인인 스아베 상회에서 본 적이 있다. 태평스런 오컬트 단체인 「자유의 바람」 남성에게 잘 팔린다고 했었지. 그것만으로 의심하는 건 지나치게 단락적이지만, 머릿속 한 구석에는 의식해둬야겠군.

나는 만약을 위해 보고서에 있던 장소를 메뉴의 메모장에 베껴 적었다.

"이 마법 도구는 조사했어?"

"네, 왕립 연구소에서 조사한 서류가 있습니다."

마법 도구는 완전히 녹아서 부서졌고, 「네34치식 마법 도구」라는 마법 도구 이름과 작성자 이름 정도밖에 알아내지 못했다고 한다.

작성자는 족제비 수인의 2급 마법 도구사이며, 몇 년 전에 왕도의 마법 도구 공방에서 잘려 요즘에는 서민가에서 위법 합법을 가리지 않고 의뢰 받은 마법 도구를 만들어 입에 풀칠을 하는 인물이라고 한다.

재상에 따르면 이미 수사원을 파견하여 그 2급 마법 도구사를 지켜보며, 의뢰주가 접촉하는 것을 기다리고 있다고 했다.

아직 첫 사건에서 하루밖에 안 지났는데 대단하군.

맵 검색으로 수사를 도와줄까 생각했지만, 괜한 짓이었나 보다.


"왕도에 마물이, 자주 나와?"

"말도 안 됩니다. 왕도에 정체불명의 마물이 출몰하다니, 수십 년에 한 번 일어나는 대사건입니다."

내 질문에 폐하가 대답했다.

"폐하, 일곱 신전의 신관들이 말했던 『미증유의 위기』라는 것은 이것일지도 모릅니다."

"늘 그렇듯 기부금을 모으기 위한 헛소리일 거라 생각했건만, 그것은 조금 생각이 지나치게 얕았던 모양이군."

국왕이 씁쓸한 표정으로 말했다.

"만약을 위해 시가8검이나 기사단에게 순찰을 지시하기를 잘했습니다."

"그래. 아무 일이 없어도 치안이 좋아지니까."

과연. 하급 귀족들하고 달리 일단 경계는 한 모양이네.

나는 보고서를 두 사람에게 보여주면서, 신경 쓰인 것을 물었다.

"이 보고서에는 마물이 전투를 할 때 붉은 밧줄 모양의 마법진을 몸에 둘렀다고 했는데, 마인약의 과잉 섭취로 생기는 거랑 달라?"

"실제로 싸운 기사의 이야기에 따르면, 현장에 있던 펜드래건 경이 그런 말을 했다고 합니다. 왕성에 소환을 할까요?"

어이쿠, 이거 괜한 짓이었네.

"그건 딱히 괜찮아. 이쪽이 물어보러 갈 테니까. 그것보다, 폐하. 마인약에 관한 자세한 자료는 없어?"

"그거라면 왕성 지하의 금서고에 소장되어 있습니다."

꽤 엄중하게 취급하네.

"조금 읽어보고 싶은데, 그 금서고에 입실 허가 주지 않을래?"

"무슨 싱거운 말씀을 하십니까? 이 성은 왕— 나나시 님의 성이나 마찬가지. 마음껏 출입해주셔도 상관없습니다."

아니아니, 그건 너무 루즈하잖아.

나는 국왕의 안내를 받아, 왕족의 사적인 구역의 더욱 안쪽에 있는 승강기를 써서 지하 깊숙이 있는 금서고로 안내를 받았다.

금서고는 보물 창고 옆에 있으며, 쌍방으로 통하는 장소에는 마법 장치로 강화된 중후한 문이 설치되어 있었다.

문 앞에는 레벨 30대 후반의 근위기사들이 지키고 서 있었다.

"여기서부터는 허가를 받은 자밖에 들어갈—"

국왕의 말을 들으면서 문에 시술된 마법회로를 더 잘 보려고 다가갔다.

중간에 무슨 결계 같은 것을 통과한 감촉이 있었다.

"—과연 나나시 님. 아니, 나나시 님이라면 허가를 가지고 있는 것이 당연하군요."

"폐하, 말."

국왕이 경어를 쓰는 걸 들은 문지기가 동요하기에, 국왕에게 작은 소리로 주의를 주었다.

국왕 말에 따르면 방금 내가 통과한 것은 도시 핵을 이용한 강력한 침입 방지 결계로, 보통은 허가를 받은 자가 아니면 통과할 수 없다. 억지로 통과하려고 하면 왕성 전체에 경보가 울려 퍼지기 때문에 근위기사들이 달려온다고 한다.

"여기서부터는 금족지. 통행을 바란다면, 목적을 고하시오."

문지기를 하는 근위기사는 성실함이 옷을 입고 있는 것처럼 강직한 사람인가 보다. 국왕을 상대로도 매뉴얼 그대로 통행 목적을 확인한다.

"시가 국왕, 세테라릭 시가이다. 동행자는 용사 나나시 님. 목적은 금서고에 있는 자료의 열람이다."

국왕은 매뉴얼 대응의 기사를 보며 기분 상한 기색 없이 당당하게 고했다.

이 느낌을 보니, 이런 매뉴얼을 만든 것은 왕조 씨가 아닌가 싶다.

"동행자 나리, 규칙이니 가면을 벗은 얼굴을 확인하고 싶습니다."

국왕이 걱정스레 나를 돌아보았지만, 그걸 한 손으로 막고 「좋아」 하고 대답하며, 가면 아래의 얼굴— 변장 마스크를 보여주고 통행 허가를 받았다.

"근위기사 쟝 케르텐의 이름으로 허가를 내린다. —■《개문》!"

기사가 도시 핵 단말로 보이는 아뮬렛을 들고 주문과 커맨드워드를 읊자, 아무도 안 만졌는데 중후한 문이 열렸다.

"통과해주십시오."

"그래."

너그러이 고개를 끄덕인 국왕을 따라 문을 통과하자, 우리들 등 뒤에서 문이 닫혔다.

우리들은 마법의 등불이 비추는 통로를 나아갔다. 중간에서 금서고와 보물창고로 가는 회랑으로 갈라지는데, 우리는 금서로로 가는 회랑을 나아갔다.

제법 되는 거리를 걸었는데 국왕은 지친 기색이 안 보였다. 잡담하는 김에 물어봤는데, 젊었을 때 성기사를 목표로 단련을 했다고 한다.

금서고에 이르기까지 일곱 개의 문을 통과했지만, 두 번째 문 이후로 인간 문지기가 배치되지 않고 골렘이나 리빙 아머 따위의 마창조생물의 문지기밖에 없었다. 회랑에도 일정한 거리마다 조각상에 뒤섞여 배치되어 있어서, 이 앞에 있는 금서고의 중요성을 이야기하고 있었다.

"이곳이 금서고입니다."

국왕이 왕홀을 휘두르자, 낡은 종이의 냄새가 코를 간질였다. 금서고 안은 어슴푸레하고, 책의 보존을 최우선으로 한 습도와 온도를 유지하는 것 같았다.

국왕이 왕홀을 들자 관내의 불빛이 들어왔다. 간접 조명인 것은 강한 빛에 책이 상할까 우려해서겠지.

엔트랜스 홀을 빠져나가 천장까지 닿는 서가의 줄을 빠져나갔다.

맵으로 확인하니 아까 전까지 있던 왕성하고는 다른 맵이라는 것을 깨닫고서 「모든 맵 탐사」의 마법을 사용했다. 이 금서고 맵에는 열람자가 한 사람 있을 뿐이고, 그밖에는 사서도 없고 정리 작업용의 소형 골렘이나 리빙 돌이 20개체 정도 배치되어 있을 뿐이었다.

"누가 계신다 싶더라니, 폐하셨군요."

성실해 보이는 목소리와 함께 안경이 트레이드마크인 시스티나 왕녀가 나타났다.

"음, 건강하더냐? 너는 여전히 야회에도 안 나가고 책벌레로

구나."

국왕의 말에 조금 고개를 갸웃거렸다.

서훈식의 축하 무도회에서 봤었는데, 그건 출석한 게 아니라 사람을 찾으러 갔던 것뿐인가?

"네. 운 좋게도 차기 렛세우 백작과 연담도 백지로 돌아갔으니, 이걸로 당분간 마음껏 금서고에 다닐 수 있답니다. 가능하면 평생 결혼 따위 하지 않고 서책에 둘러싸여 있고 싶어요."

국왕과 친근하게 이야기하던 왕녀가, 국왕 뒤에 가려져 있던 나를 깨달았다.

은테 안경 안에서 기가 드세 보이는 파란 눈동자가 나를 노려보았다.

"이쪽의 수상한 행색인 분은 누구시죠? 새로운 호위인가요?"

"말을 삼가라. 이분은 용사 나나시 공이다."

"잘 부탁해~ 전하."

나나시를 왕조 야마토로 착각하고 있는 건, 폐하와 재상의 비밀인 모양이다. 내가 스스럼없는 느낌으로 왕녀에게 인사하자, 그녀는 나를 보고 약간 불쾌한 표정을 지었다.

"이게 용사? 그 분의 손톱 때라도—."

왕녀가 엿듣기 스킬로 간신히 포착할 수 있는 작은 소리로 중얼거린 다음, 시선을 나한테서 국왕에게 돌렸다.

"저는 성영수에 대해 조사할 것이 있으니, 이만."

왕녀는 국왕에게 인사를 하고서, 금서고 안에 있는 자기 연구실로 돌아갔다.

그러고 보니 낮에 만났을 때도 「성생수가 피지 않는 원인」이 뭐라고 했었지.

"나나시 님. 버릇없는 딸이라 죄송합니다."

"딱히 괜찮아~."

낮에 그녀의 조금 바보 같은 모습을 봐서 그런지, 아까 그 차가운 태도에도 불쾌감이 없다.

"그보다도, 자료를 조사하고 싶은데."

"그러면 사서를 찾아가지요."

국왕에게 이끌려 도서관 안쪽에 있는 여덟 팔의 골렘 앞에 도착했다.

"나나시 님, 이것이 이 금서고의 『사서』입니다."

"폐하, 오늘은, 어떠한, 책을?"

띄엄띄엄 합성 음성으로, 골렘 사서가 물었다.

험상궂은 외견인데, 합성 음성은 모에 계통 애니메이션에 나올 것처럼 귀엽다.

"『사서』여, 시가 왕국 국왕의 권한으로, 여기 있는 나나시 님에게 3층까지 금서를 열람할 허가를 내린다. 처리하라."

"네, 처리를, 하겠습니다."

이 금서고는 4층까지 있다.

최하층은 안 되나 보다. 뭐, 맵의 아이템 검색으로 책 제목은 알 수 있으니, 읽고 싶은 책이 있으면 멋대로 「이력의 손」을 뻗어 스토리지 경유로 읽으면 되지.

"나나시 님. 아실 거라 압니다만, 금서고의 최하층은 당대의 국왕밖에 들어가지 못하는 규칙이 있습니다. 목록은 『사서』가 전부 기억하고 있으니, 필요한 책이 있으시다면 가져오도록 하겠습니다. 부디 용서하십시오."

아니아니, 국왕을 심부름꾼으로 쓸 수는 없지. 「멋대로 읽을 테니까 됐어」라고 할 수는 없으니 「그때는 잘 부탁해~」라고 가볍게 말했다.

국왕은 정무가 남아 있다고 하기에 안내에 대한 인사를 하고서 헤어지고, 「사서」나 시종인 리빙 돌들의 손을 빌려 마인약의 조사를 시작했다.

마인약에 대한 레시피도 포함하여, 역사를 주욱 적어놓은 서적이 있었다.

레시피를 읽지 않도록 주의하면서 조사했는데, 이번 마물 소동에서 발견한 「마승신」이라는 별난 종족 고유 능력에 대해서는 불명이었다.

400년 정도 전의 아인 전쟁 무렵에, 동물이나 마물에게 마인약을 먹이는 실험을 행한 기록이 있지만, 거기에도 「마승신」이라는 단어는 안 나왔다.

직접적으로 『마승신』에 관련된 자료가 없는가?」라고도 물어봤는데, 없다고 단언해 버렸다.

"그밖에 자료는 없니?"

"마인약, 관련의, 서적은, 이것뿐, 입니다."

사서의 눈이 깜빡깜빡 좌우 교대로 빛난 다음, 「신규, 자료고에, 마인약, 밀조의, 조서가, 있습니다」라고 대답했다.

자료를 가져다가 읽어보니, 미궁도시에서 소켈이 마인약을 밀조했던 사건의 조서라는 걸 알았다. 딱히 새로운 점은 없다.

타르투미나에서 밀수출된 마인약이 옮겨진 곳은 아직도 판명되지 않았나 보다. 담당 첩보원의 견해로는, 수요가 많은 대륙 서방 소국군이 아닐까 적혀 있었다.

케르텐 후작이 관리하는 군의 창고 하나에서 발견된 대량의 마인약은 극비리에 왕립 연구소에서 폐기 처분된 모양이다.

그 밖에도 주술에 대해서 조사해봤지만, 발견된 것과 같은 마법진은 보이지 않았다.

유사한 마법진은 있었지만, 그것은 「서랍장 모서리에 다리를 부딪히는 저주」나, 「등이 가려워지는 저주」나, 「자다가 오줌을 누는 저주」와 같은, 바보 같은 종류의 것이었다.

어쩐지, 태평스런 오컬트 집단 「자유의 바람」이 기뻐할 것 같은 주술이다.

혹시나가 아니라, 주술의 흔적과 마물의 출현은 상관없을지도 모르겠군.

뭐, 위험한 마법진일 가능성이 지극히 낮으니까, 왕립연구소의 견해가 나올 때까지 보류해도 되겠어.


그 밖에도 몇 가지 세세한 것을 조사하고, 도중에 책장에서 발견한 마법서도 훑어보았다.

금서고라 그런지 못 보던 상급 마법이나 금주 지정된 주문이 잔뜩 실려 있었다. 생물을 질식시키는 바람 마법이나 핵폭발 같은 현상을 일으키는 공간 마법, 용의 시체를 언데드 드래곤으로 되살려 사역하는 사령 마법 등, 생각보다 위험해 보이는 마법이 많다. 신에게 통하는 대신(對神) 마법이라는 건 없는 모양이다.

핵폭발 같은 마법은 중요한 코드가 의도적으로 삭제되어서 실행이 불가능했다.

노력하면 보완할 수 있을 것 같지만, 완전판 주문을 완성시킬 생각은 없다. 정말로 핵폭발을 일으키는 마법이면 방사선이 두렵고, 코드를 읽어보니 제어가 대단히 어려운 자폭 각오의 마법인 것 같으니까 시험해보기에는 리스크가 너무 높다.

아리사나 미아 용으로, 써먹기 좋아 보이는 「연옥의 백염」이나 「해룡 백섬」, 「돌파 침탈」 같은 금주를 픽업해둬야겠군.

또한 금주로 카테고리 될 법한 내용의 마법이라도, 상급 마법에 필적하는 위력이 없는 마법이나 주문의 양이 적은 마법은 금주가 아니라 준금주라는 다른 카테고리로 관리되고 있었다.

나중에 아리사의 도움으로 실험을 해보고 알았는데, 금주는 영창이 성공해도 무영창으로 발동할 수 없다고 한다. 이건 왕조 야마토의 용사 이야기에서도 언급된 모양이다.

조금 샛길로 빠졌지만 조사하고 싶은 내용은 한 차례 체크했으니까, 금서고 밖의 눈에 안 띄는 장소에 재방문용 각인판을 설치하고서 가볼까.

◆

　"─그렇게 됐다. 정보 수집을 부탁한다."

　금서고를 나온 다음, 쿠로의 모습으로 변신하여 에치고야 상
회에 들러 「붉은 밧줄의 마물」 목격 정보를 모으도록 지배인에
게 의뢰했다.

　"알겠습니다. 티파리자, 곧장 수배해줘."

　"걸식 길드도 동원할까요?"

　"그래, 부탁해."

　지배인의 명을 받은 티파리자가 딱 맞는 호흡으로 행동을 시
작했다.

　"그 밖에도 마물에게 잡아 먹혔다는 변사체 정보도 모아라.
가능한 범위면 된다."

　"알겠습니다."

　방을 나서려는 티파리자를 불러 세워 조사 항목을 추가했다.

　"붉은 밧줄 모양의 마법진을 두른 마물, 인가요……? 미적의
간부들 같은 능력이군요."

　티파리자가 방을 나서는 참에, 미적의 포로가 된 적이 있는
지배인이 중얼거렸다.

　"그래. 실제로 마주친 펜드래건 애송이가 말했다. 붉은 밧줄
의 마물은 『마승신』, 미적은 『마신 부여』라는 차이가 있지만, 능
력은 비슷한 느낌이었다고 한다."

　이 정보는 전달해두는 편이 좋을 것 같고, 국왕이 나나시 앞

에서 사토의 이름을 꺼냈으니까 쿠로가 알고 있어도 이상하지 않을 거야.

붉은 밧줄의 마물 건은 이걸로 됐다 치고, 다음은──.


"노예 해방임까?"

"쿠로 님, 저희들은 범죄 노예입니다. 평범한 방법으로 노예 계급에서 해방되는 일은 없습니다."

티파리자가 준비를 마치고 돌아온 참에, 넬도 불러서 노예 계약 해제의 이야기를 했다.

"그거라면 걱정 없다. 내 주인께서 너희들을 위해 국왕에게 사면장을 받아주었다."

나는 그렇게 말하고, 넬과 티파리자에게 사면장을 건넸다.

"저 짤리는 검까?!"

노예 해방이 곧 해고라고 오해한 넬이 초조한 목소리를 냈다.

"그만두고 싶은가?"

"그렇지 않슴다!"

넬이 필사적인 표정으로 대답했다.

"그러면, 지금까지처럼 그대로 일에 힘써라."

웃는 표정이 된 넬은 이걸로 됐다 치고, 문제는 노예 해방이란 말을 듣고 어두운 표정이 된 티파리자다.

"왜 그럼까, 티파 씨?"

넬이 물어도 티파리자는 고개를 숙이고 있었다.

"사면되어 노예 해방되는 것에 불복하나?"

역시 국왕이 말해준 것처럼, 은사를 발표하는 게 좋았을까?

"─계약─ 쿠로 님─ 인연─ 싫어."

띄엄띄엄 티파리자가 중얼거리는 걸 엿듣기 스킬이 포착했다. 소리가 너무 작아서 거의 알아들을 수가 없다.

"티파리자."

"이대로! 이대로, 쿠로 님의 노예로 있게 해주세요!"

나에게 이름을 불린 티파리자가 퍼뜩 고개를 들더니, 필사적인 어조로 애원했다.

이해가 좀 어렵지만, 그녀는 노예인 채로 있고 싶은 모양이다.

사춘기인 애는 어렵군.

"해방되고 싶어지면, 언제든지 말해라."

"……네."

내 말에 티파리자가 모기 소리 같은 목소리로 대답했다.

그녀의 사면장은 지배인에게 맡겨뒀다. 본인에게 맡겼다가 충동적으로 찢거나 태우면 난처하니까.


용건을 마친 나는 미궁도시에 있는 「담쟁이 저택」으로 갔다.

이곳의 연구 설비를 써서 통신용 마법 도구를 제작할까 생각했다. 의사소통을 하는 거라면 아리사의 「전술 대화」나 내 「원거리 통화」가 편리하지만, 이 마법들은 나랑 아리사밖에 기점이 되지 못한다는 결점이 있다.

일단 미궁 하층에 사는 전생자 무쿠로가, 과거에 전파탑과 철도망을 만들었다가 신들의 금기를 건드렸다는 이야기를 듣고서 설계를 망설이고 있었다.

그러나 같은 기능을 가진 마법도 있으며, 도시 핵 통신이나 미궁산 「짝이 되는 통화 수정」 같은 것도 있으니까, 기능이나 사용자를 한정하면 금기를 건드리지 않는다고 판단해 만들기로 했다.

"그러면, 어떤 회로를 쓸까―."

이번에는 붉은 밧줄의 마물이 동료들이나 에치고야 상회에 위협이 되었을 때 긴급 사태를 통지할 수 있도록 하는 것에 주안점을 두고 만들자.

통신 장치에 적합한 마법은 술리 마법, 바람 마법, 공간 마법 세 종류다.

정령 마법이나 소환 마법은 일반적이지 않고, 빛 마법은 점에서 점으로 직선으로밖에 전달하지 못하니까 개인간의 통신에는 적합하지 않다. 물 마법이나 흙 마법, 벼락 마법으로도 통신은 가능하지만, 빛 마법과 마찬가지로 제한이 많으니까 이번에는 제외했다.

바람 마법은 날씨로 효과가 좌우되니까, 이번에는 마법회로가 간단한 술리 마법과 마법회로가 복잡한 대신 방해하기 어려운 공간 마법 둘을 쓰기로 했다.

"―이런 느낌일까?"

동료들과 에치고야 상회의 간부용으로, 공간 마법식 간이 통신 장치를 만들었다.

마력 절약을 위해서 실제 데이터 16비트의 유의 신호를 보내

수신하는 정보를 토대로 32가지 정보를 마법 도구의 패널에 표시한다. 실제 데이터가 16비트인데 156가지가 아닌 것은, 나머지는 송신자와 수신자의 식별에 쓰기 때문이다. 에러 정정이나 통신 데이터 식별자는 실제 데이터에 포함되지 않는다.

신호는 광범위에 브로드캐스트 되니까, 수신한 마법 도구 쪽에서 자기한테 보낸 데이터인지 식별하는 구조가 되어 있다.

트러블이 생기지 않도록, 동료들용과 에치고야 상회 간부용 마법도구는 서로 통신 못하도록 하고 모양도 바꿨다.

"포켓벨 같은 모양으로 한 건 너무 놀아버렸을지도 모르겠네."

에치고야 상회의 간부용 마법 도구는 아뮬렛 모양으로 했다.

둘 다 필요한 마력은 많지만, 그런 만큼 왕도 안이라면 어디 있든 통신이 닿는다.

"이걸 나눠주는 건, 상황에 따라 판단해야겠네……."

슐리 마법식의 마법 도구는 「신호」 마법과 같은 구조니까, 「긴급 사태 발생」을 나타내는 특정한 신호 패턴을 송수신하는 간단한 것이다.

소지하고 있기만 해도 발신에 필요한 마력을 본인에게서 자동적으로 충전하는 구조다.

"동이 텄네……."

담쟁이 저택을 나서자, 이미 해가 떠올라 있었다.

"또, 아리사한테 혼나겠군."

나는 한 번 하품을 하고 굳어진 몸을 푼 다음, 귀환전이를 써서 왕도 저택으로 돌아갔다.

# 막간

"미토, 왕도가 보인다."

여행에 안 어울리는 드레스를 입은 은발의 미녀가, 고개 정상에서 먼 곳을 바라보며 말했다.

"어어, 어디~?"

미토라고 불린 검은 머리 아가씨가, 타고 있던 주룡 위에서 일어서 저 먼 곳을 바라보았다.

"정면이다. 저 쌍둥이산 사이에 보이지?"

"무리야 무리. 나는 텐짱이 아니니까 맨몸의 눈으로 보일 리가 없다니까."

미토는 그렇게 말하고, 「시각 확장」이라고 중얼거렸다.

"보인다 보여. 분명히 왕도네."

보통의 시력으로는 망원경이라도 있는 것이 아닌 이상 보이지 않는 거리에 있는 왕도를, 미토는 무영창으로 행사한 술리 마법의 보조로 내다 보았다.

"오랜만에 본 탓인지 어쩐지 커진 것 같아."

"기분 탓이 아니다. 전에 봤을 때보다 몇 배나 커졌다."

"그래, 그렇지! 결계주가 없는 농지도 왕도에서 걸어서 며칠이나 걸리는 장소까지 넓어졌어. 샤로릭 군이랑 생각한 농지 확장계획을 역대 임금님이 열심히 계속해줬구나."

미토가 흥분하여 말한 다음, 눈웃음을 지으며 농지를 보았다.

은발 미녀가 미토의 눈가에 맺힌 눈물을, 하얀 손의 손가락으로 상냥하게 닦아줬다.

"잘 됐구나, 미토."

"응."

센티멘탈한 기분을 기합으로 날려버리고, 미토는 주룡을 몰아 가도를 나아갔다.

"미토, 마물이다."

"데미 고블린인가? 사람들 거주지 근처라 위험하니까 퇴치해버리자."

미토가 팔을 들자 15개의 투명한 화살이 그녀 주위에 나타나더니, 팔을 휘두르는 것과 동시에 화살이 발사되어 수풀에 숨어 있던 마물들을 모조리 사냥했다.

술리 마법을 잘 아는 자가 본다면 그것이 하급 마법인 「마법의 화살」이며, 숙련된 마법사가 쓰는 마법과 비교해서 3배에 가까운 수를 쏘아냈다는 이상함에 놀랄 것이다.

물론 가면의 용사 나나시가 쓰는 120개의 「마법의 화살」과 비교하면, 충분히 상식적인 범주일지도 모르지만……

"장성(長城) 안쪽에 마물이라……. 역시 완전한 안전권은 만들 수 없는 걸까."

"당연하다. 사람종이 모이면 독기가 생긴다. 독기가 짙어지면 마물이 끓어오르는 것은 세상의 이치다."

"그렇네. 알고 있어, 텐짱."

미토가 조금 슬픈 표정을 지었다.

"미토, 깨달았나?"

은발 미녀가 산 너머, 왕도가 있는 쪽을 보았다.

"응, 독기가 짙어."

미토가 목에 건 은색 렌즈 너머로, 미녀와 같은 쪽을 보고 수긍했다.

미궁 안이나 전장과 비교하면 훨씬 옅지만, 그래도 보통의 몇 배나 짙은 독기가 보였다.

아까 그 데미 고블린도, 그 짙은 독기가 응어리진 끝에 태어난 마물일 것이다.

"이제 곧 연말이니까, 『마화 떨치기』 의식을 하면 정화할 수 있어."

지금도 그 의식이 이어진다는 것은, 젯츠 백작령에서 급사 아르바이트를 하고 있을 때 여행하는 상인에게 들어 알고 있었다.

"안심해라, 미토. 독기에 이끌려 마물이나 마족이 나오면, 내 본체로 한꺼번에 불살라주지."

"아하하, 그건 안 돼."

"어째서?!"

친구가 막자, 은발 미녀가 섭섭하단 표정으로 되물었다.

"텐짱이 전력을 내면, 마물이나 마족 이상의 피해가 나오니까."

"그런 일은……."

"없다고 할 수 있어?"

말을 머뭇거린 은발 미녀는, 미토의 물음에 홱 고개를 돌리는 걸로 답했다.

아무래도 왕도는 잿더미가 되는 일 없이, 무사히 해를 넘길 수 있을 것 같다.

# 각자의 즐거움

"사토입니다. 비밀기지 같은 장소에서 자연과 함께 살고 싶다. 로하스한 라이프 스타일을 좋아하게 된 친구가 그렇게 말하고 산 속의 별장을 샀습니다. 뭐, 금방 질려서 도심으로 돌아왔지만요."

"—어?"

왕도 저택의 집무실로 귀환전이한 내 시야에, 창밖으로 떨어지는 포치의 모습이 보였다.

나는 반사적으로 받아내려고 언제나 발동하고 있는 「이력의 손」을 뻗었다.

"아우치."

낙법을 하려고 **빙글** 회전한 포치가, 자기 의도랑 다른 타이밍에서 「이력의 손」으로 배를 받치자 서양풍의 비명을 질렀다.

"미안미안, 괜찮니?"

"고맙습니다인 거예요. 포치는 괜찮은 거예요."

포치를 지상에 내려주고, 나도 창틀을 넘어서 뒤뜰로 나섰다.

"다녀왔~?"

올려다보니 벽에 달라붙은 타마가 위에서 손을 흔들었다.

아무래도 포치는 타마랑 같이 닌자 수행을 하다가 실수한 모양이다.

"잊고 있었던 거예요. 다녀왔습니다, 인 거예요!"

"어서 와. 아침 훈련을 하고 있었어?"

"네잉~."

"왕도 주변 마라톤이 끝났으니까, 타마랑 같이 지붕에서 지붕으로 닌자해서 돌아온 거예요."

"아침 훈련은 좋지만, 위험한 짓은 하지 말고."

"네, 인 거예요. 역시 포치는 닌자보다 사무라이가 맞다는 생각이 드는 거예요."

둘이랑 그런 대화를 나누며 정원으로 가자, 런닝을 갔던 리자와 나나가 스트레치를 하는 모습이 보였다.

몸이 굳어 있으니 같이 스트레치를 했다.

"포치는 거합 발또의 극치를 수련해서 사무라이가 되는 거예요!"

포치가 그렇게 말하면서, 정원에 떨어져 있던 가지로 거합 흉내를 냈다.

분명히 포치는 미궁도시에서 사가 제국 출신 사무라이인 카지로 씨한테 거합의 형태를 배웠었지.

"그거 좋네, 거합!"

"응, 발도술."

목소리가 들리는 쪽을 돌아보자, 잠옷 차림의 아리사와 미아가 있었다.

뒤에는 사람 수만큼의 야채 주스를 쟁반에 올린 루루가 있었다.

"주인님, 포치한테 진짜 거합을 보여줘."

아리사가 「자, 해버려!」 하고 말하는 표정으로 재촉했다.

거기에 이끌린 동료들이 기대에 찬 두근거리는 표정으로 나를 보았다.

이렇게 기대를 해버리면 해본 적 없다고 말하기 어렵군.

"포치의 사무라이 블레이드를 써주는 거예요."

포치가 내민 일본도를 받았다. 전에 미궁의 보물 상자에서 나온 거다.

나는 예행연습이라고 말해두고서, 가볍게 거합의 흉내를 내봤다.

### 〉「거합」 스킬을 얻었다.

예상대로 입수한 스킬에 포인트를 할당하고 유효화했다.

칼집에 넣은 칼에 손을 대자, 힘 조절이나 각도 같은 걸 어쩐지 모르게 알 수 있었다.

"간다."

나는 그렇게 말하고 거합을 해봤다.

"굉장해~?"

"궁극의 거합 발또인 거예요!"

"멋진 발도술입니다."

동체시력이 뛰어난 아인 소녀들이 찬사를 보냈다.

"말도 안 돼. 너무 빨라서 안 보였어."

"저는 손이 흔들리는 것만 보였어요."

"굉장해."

칼의 궤도가 너무 빨라서 후위진은 안 보였나 보다.

"과연 최고속의 검술이네!"

아리사가 흥분해서 말했다.

사실 평범하게 상단에서 내리치는 검이 더 빠르지만, 내 거합은 금방 칼날을 칼집에 되돌렸으니까 그런 인상을 받는 거겠지.

"최고속인 건 아냐."

나는 휘두른 다음에 멈추는 거합을 보여준 다음에, 상단에서 내리치는 것을 보여줘서 오해를 풀어줬다. 상단에서 내리치는 건 카지로 씨에게 배운 「지 게인 류」의 형태다.

"과, 과연. 치트인 건 거합이 아니라 주인님이었구나."

후반은 괜한 말이고.

"마스터, 거합을 막을 수 있는지 시험해보고 싶다고 고합니다."

조금 거합에 익숙해진 다음이 아니면 위험하니까, 나나의 요청은 「다음에 하자」라고 해서 미뤄뒀다.

그 대신, 「뭔가 잘라봐」라는 아리사의 요청에 응답하여, 지푸라기 인형을 셋 정도 준비하여 축지와 거합의 조합으로 칼을 살짝 뽑은 다음 철컥 납도한 순간에 지푸라기 인형이 베인다는 묘기 같은 기술을 보여줬다.

"오우, 그레이트~?"

"포치도 해보고 싶은 거예요!"

뿅뿅 뛰며 주장하는 포치에게 칼을 돌려줬다.

"슈파파파!"

포치가 입으로 효과음을 내면서 거합을 반복했다.

도신이 긴 탓인지 포치의 팔이 짧은 탓인지, 발도가 잘 안 되는 모양이다.

"포치, 성실하게 하세요."

장난치는 것처럼 보였는지, 리자가 질책했다.

"네, 네, 인 거예요!"

포치가 기합을 넣었다.

그 기합은 마력이 되어 일본도로 흘러갔다.

―안 좋은 예감이 들어.

"타아~ 인 거예요!"

붉은 빛을 띤 포치의 거합이 일섬하자, 그 연장선상에 호 모양의 마인포가 날아갔다.

―어이쿠, 위험해라.

안 좋은 예감에 대비하고 있던 나는 손바닥에 큼지막한 마력 갑옷을 전개하면서 축지로 이동하여 포치의 마인포를 상쇄했다.

"아와와와와, 인 거예요."

자기 실수에 눈이 빙글빙글 도는 포치의 머리에 리자의 꿀밤이 떨어졌다.

"죄송합니다인 거예요."

"아니, 잘못한 건 안뜰에서 훈련을 시작한 나야."

포치가 내던져 버린 칼집을 주우면서 달래줬다.

어딘가, 마음껏 수행할 수 있는 장소가 근처에 있으면 좋겠군.

◆

"통~지기인 거예요?"

"방범 부저의 마법 도구판이구나."

아침 식사 뒤에, 나는 동료들에게 막 완성된 긴급 통지 아이템을 나눠주고 사용법을 가르쳤다.

에치고야 상회 것은 왕도 저택에 돌아오기 전에 들러서 사용법을 적은 편지와 함께 지배인의 집무 책상 위에 두고 왔다.

"어쩐지 왕도도 뒤숭숭하니까. 나랑 아리사가 곁에 없을 때라도 연락을 할 수 있게 만들었어."

"기왕이면 『원거리 통화』를 쓸 수 있는 스마트폰이 좋은데."

"나중에 개량을 해볼게."

투덜대는 아리사에게 대답한 참에, 방문자를 알리는 종이 울렸다.

찾아온 것은 에치고야 상회를 통해 고용한 사람들로, 메이드들과 예의범절을 가르치는 가정교사다.

수수한 생김새의 메이드들은 다들 한결같이 혈색이 안 좋고 말라 있기에, 일하기 전에 아침 식사를 하도록 루루에게 부탁했다.

"그러면, 주인 나리. 곧장 시작해도 괜찮을까요?"

가정교사는 가련한 느낌이지만, 부드러운 겉모습과 달리 상당히 고지식해 보이는 목소리였다.

신인 귀족 수업은 후반부터니까, 오늘부터 얼마 동안 수업에 참가하는 건 타마와 포치 둘뿐이다.

"잘부탁~?"

"잘 부탁드리는 거예요."

"사적인 장소에서는 상관없지만, 공적인 장소에서는『잘 부탁드립니다』라고 확실하게 말을 하세요."

객실로 이동한 두 사람과 가정교사의 목소리가 들렸다.

"네잉~."

"네, 인 거예요."

"대답은 짧게『네』입니다."

"네잉!"

"네! 인 거예요."

이거 전도다난하겠군.

가정교사는 아침 식사 뒤의 시간에, 매일 2시간— 종 하나의 시간으로 계약했다. 더 길어지면 둘의 집중력이 유지 못 되니까.


그리고 2시간 뒤—.

"흐물흐물~?"

"포치는 노력한 거예요— 풀썩."

지친 표정의 타마와 포치, 그리고 둘보다 더욱 지친 표정의 가정교사가 객실에서 나왔다.

힘이 빠져 비틀거리는 가정교사를 차와 과자로 독려하면서 둘이 어떤지 물었다.

"그것이, 네. 두 사람 모두 열심히— 그게, 노력하고 있습니다."

말을 흐리면서, 가정교사가 두 사람이 어떤지 말해줬다.

교사의 말에 따르려고는 하는데, 두 사람의 말꼬리나 말투가 너무 견고해서 좀처럼 공적인 말투를 가르치지 못한 모양이다.

"일단 뭐, 교정은 나중에 하고. 넓고 얕아도 되니까 사교에 대해서 가르치는 걸 우선하는 편이 좋지 않을까?"

교육할 수 있는 기간도 짧으니까. 함께 이야기를 들은 아리사가 제안했다. 가정교사도 반론이 없기에, 나도 그 방침으로 가르쳐 달라고 부탁했다.

가정교사를 배웅한 다음 피곤 모드인 둘을 고래 육포로 치유하고, 예정대로 다 함께 외출하기로 했다.

◆

"—멋진 연극이었어."

발걸음이 들떠서 앞서 걷는 아리사가 감상을 중얼거렸다.

오늘은 전에 알게 된 악성 케스트라 씨의 초대를 받아서, 사교에 필요한 교양을 배운다는 명목으로 카리나 양도 불러 같이 왔다.

"정열적인 선율이 아주아주 좋았어. 만족이야? 엘프들의 음악이랑 비교하면 거칠지만, 인간족의 음악도 아주 근사했어. 다른 즐거움이 있어. 정말이야?"

만족스러워 보이는 미아가 오랜만에 장문으로 연주의 감상을 논했다.

나는 전에 들어본 적이 있지만, 음향 효과를 계산해서 만들어진 음악당의 연주였던 탓인지 완전히 다른 멋진 연주였다.

"오우, 예에~."

"브라보~인 거예요. 카리나도 좋았던 거예요?"

"네, 그래요. 대단히."

미아의 장문을 듣는 것이 처음이라 그런지, 카리나 양이 타마와 포치의 질문에 건성으로 대답했다.

다른 애들도 근사한 연주를 즐긴 모양인지, 다들 만족스러운 느낌이었다.

그리고 천장이 트인 엔트랜스 홀을 나아가는 도중, 갑자기 나나가 발길을 멈췄다.

"마스터, 통로가 막혀 있다고 고합니다."

저 앞에 잘 꾸며 입은 부인들이 누군가를 중심으로 모여 있었다.

"저건, 로렌스 아냐?"

인파 사이로 보인 인물을 보고 아리사가 중얼거렸다.

아리사가 로렌스라고 부르는 사람, 파리온 신국의 호즈나스 추기경이다.

"아줌마들부터 젊은 애들까지 폭넓은 인기네."

"그렇답니다."

아리사의 말에 카리나 양이 흥미 없는 기색으로 대답했다.

"카리나 님은 어떻게 생각해?"

"미남자라고 생각하는데요?"

카리나 양이 고개를 갸웃거리고 대답했다. 진심으로 흥미가 없나 보군.

"어머나, 사토 군이잖아."

인파 가운데 있던 섹시함 과다 미녀— 라유나 랏홀 자작부인이 끈적한 시선으로 나를 발견하고 손짓해 불렀다.

"잠깐, 이번에는 아줌마야?"

"우웅, 바람둥이."

"나중에 설명할게."

오해하는 두 사람한테 짧게 대답한 뒤, 랏홀 자작부인 곁으로 걸어갔다.

"호즈나스 예하, 제 친구를 소개하죠."

랏홀 자작부인의 말을 들은 추기경의 시선이 나를 보았다.

"이거 또 우연이군요, 펜드래건 경."

나를 본 추기경이 웃으며 말했다.

"어머나? 이미 아는 사이셨어요?"

신기한 기색의 랏홀 자작부인에게, 추기경이 어제 사건을 알려주었다.

"과연 나의 사토 군이네."

"네. 그들의 활약이 없었다면 저희들도 위험했을 겁니다."

랏홀 자작부인이 자랑스레 말하자, 추기경이 웃으면서 인사치레를 덧붙였다.

"저만 빼놓고 마물 퇴치를 하다니 치사하군요."

마물 이야기를 들은 카리나 양이 부러운 기색이다.

평소에는 그것에 반응하는 포치와 타마의 목소리가 안 들린다.

"왜 그래? 두 사람."

"뉴~."

"아무것도 아닌 거예요."

의문스러운 아리사의 목소리에 힐끔 뒤를 돌아보자, 귀를 착 내린 타마와 꼬리를 다리 사이에 감춘 포치의 모습이 보였다. 둘 다 리자 뒤에 숨어 있었다.

위치를 보니, 두 사람은 랏홀 자작부인이나 추기경이 거북한 모양이다.

"환담 중에 실례합니다. 펜드래건 경이시죠? 케스트라 님이 안내하도록 말씀을 하셨습니다."

음악당의 매니저 같은 사람이 마중을 왔기에, 나는 랏홀 자작부인과 추기경에게 양해를 구하고 악성 케스트라 씨의 대기실로 안내 받았다.

"어서 오게, 작은 명수."

케스트라 씨가 우리들, 이라기보다 미아를 환영했다.

"우리들의 연주는 어땠지?"

"응, 만족."

미아가 고개를 끄덕였다.

"펜드래건 사작과 아가씨들도 즐거웠는가?"

"네. 대단히 멋진 연주였습니다. 오늘은 초대해주셔서 정말 고맙습니다."

미아의 대답에 만족한 케스트라 씨가, 드디어 우리들 쪽으로 주의를 돌리기에 감상과 인사를 했다.

잠시 환담을 하고서, 케스트라 씨가 휴식중인 무대에서 연주를 해보겠느냐고 권했다.

"할래."

미아도 의욕이 있기에 우리들은 객석으로, 미아와 케스트라 씨는 무대로 이동했다.

미아가 디리링디링 류트를 조율하고, 아까 케스트라 씨와 악단이 연주한 곡을 연주하기 시작했다.

—역시 미아야.

섬세하지만 힘찬 선율이다. 가는 손가락과 작은 몸으로 연주한다고는 도저히 생각하기 어려울 정도로 마음에 와 닿는다. 눈을 감으면 정경이 보이는 것 같은 표현력이다.

연주에 귀를 기울인 사이에 한 곡째가 끝났다.

"죄송합니다, 케스트라 님."

두 곡째를 뭘로 할까 이야기하는 두 사람에게, 극장의 음향기사장이 끼어들었다.

"무슨 일인가? 음향기사장?"

"매우 멋진 곡을 들려주신 답례와, 부탁이—."

음향기사장은 정말 미안한 기색으로, 기사나 작업자들이 음악에 빠져 작업이 멈추기 때문에, 세션은 작업이 끝난 다음에 해달라고 부탁했다.

"어허, 그것은 미안하군."

"케스트라 님! 다음 연주회의 회의 시간입니다."

케스트라 씨가 음향기사장에게 사과한 직후, 무대 옆에서 극장의 담당자가 케스트라 씨를 부르러 와버렸다.

"속세는 마음대로 되지 않는군……. 두 곡째는 또 다음이 되 겠어. 또 연주를 해주겠나?"

"응, 기대돼."

케스트라 씨의 제안에 미아가 수긍했다.

조만간 공도의 가희 실리르토아처럼, 미아가 왕도의 음악당 에서 연주하는 날이 올지도 모르겠다.

◆

"악보, 잔뜩."

"우와~ 얇은 종이인줄 알았는데 두껍네."

음악당을 나온 우리들은 미아의 희망으로, 가까이 있는 악기 가게나 악보 가게가 늘어선 거리에서 쇼핑을 즐기고 있었다.

유리문에 달라붙어 악기를 바라보는 소년이 있으면 선물해야 지, 라고 생각했지만, 영화 같은 시츄에이션은 유감이지만 만 나지 못했다.

"마스터, 병사가 많다고 보고합니다."

나나가 말한 것처럼, 오늘은 순찰 도는 위병들이 많다.

귀족가는 명백하게 위병이 급증해 있었고, 메인 스트리트를 지날 때도 완전 무장한 기사들 몇 기의 순찰대를 몇 번이나 보 았다. 틀림없이 어제 그 붉은 밧줄 사건의 영향이겠지.

"뉴?"

"슬렁슬렁인 거예요."

타마와 포치가 메인 스트리트로 이어지는 왼쪽의 길을 보며 경계심을 드러냈다.

길을 걷는 사람들을 밀어내면서, 수상한 행색을 한 남자들 세 명이 달리고 있었다. 그 뒤에서 멈추라고 소리를 지르는 위병들이 쫓고 있었다.

""""비켜비켜어!""""

"통행 금지~?"

"못 가, 인 거예요!"

"시끄럽군요."

타마와 포치가 좌우의 남자들을 때려눕히고, 카리나 양이 돌려차기로 중앙의 남자를 녹아웃 시켰다.

남자들의 신병은 금방 쫓아온 위병들에게 넘겼다.

"굉장하다, 아가씨들!"

"가슴 큰 누나도 굉장해!"

"우리 아들 색시 삼고 싶구만."

"미인인데 강하구마아아안~."

주위에서 추켜세우자, 카리나 양이 부끄러운 기색으로 몸을 꼬았다.

그 모습이 귀여웠던 탓인지 주위의 목소리가 점점 더 열기를 띠고, 한계를 넘어선 카리나 양이 혼자 달려가 버렸다.

"카리나~."

"카리나, 기다려! 인 거예요."

타마와 포치가 카리나 양을 따라서 달렸다.

그걸 보고 지나쳤다는 걸 깨달은 구경꾼들이 어색한 표정으로 삼삼오오 흩어졌다.

"리자, 미안하지만 카리나 님을 부탁해."

"알겠습니다."

리자가 셋의 뒤를 따라갔다.

"수상한 자의 포박 협력에 감사드립니다."

위병들의 리더로 보이는 남자가 나에게 인사를 했다.

뒤에서 밧줄로 묶인 남자들을 위병이 심문하고 있었다.

"불어! 의뢰주는 누구냐!"

"모른다고. 대체 뭔 소리야?!"

"시치미 떼지 마라! 너희들이 어제 하수도에서 수상한 도구를 나른 것은 다 알고 있다!"

지하도에 수상한 도구?

혹시, 이 녀석들은 어제 그 마물 사건을 일으킨 실행범이었나?

"협력해주셔서 정말 감사합니다. 괜찮으시면 이름을……."

"이름을 밝힐만한 자는 아닙니다."

내 이름을 물어보려던 위병 리더에게 웃으며 말하고 헤어졌다.

조금 흥미가 생겨서, 조금 떨어진 장소에서 카리나 양이 돌아오는 걸 기다리며 귀를 기울였다.

"─의뢰주 대신 교수형틀에 매달리고 싶냐?"

"고귀하신 분에게 부탁 받은 것뿐이야."

위병이 위협하자, 마지못해 그렇게 털어놓았다.

"가문명은?"

"모른다니까. 우리한테 일을 부탁한 건 『고귀하신 분을 섬기는 자』라면서 잘난 말투를 쓰는 아저씨였어."

눈에 띠는 특징이 없는 중년남성이었다고 한다.

"뒤를 밟지 않았나?"

조금 흥미가 생겨서 심문 스킬의 도움을 빌어 끼어들었다.

"밟았지. 의뢰한 남자가 기다리고 있던 녀석을 이름으로 불렀다가 한 소리 듣던데?"

"이름은?"

"놔주면 가르쳐 주— 우엑."

거래를 요구하려던 남자를, 위병들이 가차 없이 때려서 불게 하려고 했다.

교육에 안 좋으니까, 이런 곳에서 폭력적인 심문은 관두면 좋겠다.


"—펜드래건 사작님, 그리고 포치 공과 타마 공의 협력에 감사드립니다!"

"에헴, 인 거예요!"

"니헤헤~."

포치와 타마 둘이 위병 리더에게 인사를 듣고 쑥스러워했다. 결국 본의아니게 이름을 밝혀버렸군.

길거리에서 고문 같은 심문이 시작되는 타이밍에 포치와 타마가 카리나 양을 데리고 돌아왔기에, 「무자비한 고문사 포치와 타마」를 출동시켜서 스마트한 고문술을 선보였다.

"포치는 간지럽히기 프로인 거예요!"

"간질간질~?"

손을 **쥐락펴락**하는 포치와 타마를 보고, 위병들의 억센 얼굴에 웃음이 떠올랐다.

"이걸로 수사도 진전될 겁니다. 그러면 우리는 이만."

위병들이 우리에게 경례하고 물러갔다. 물론 포박한 남자들도 끌고 갔다.

"맥크레 가문이었나? 정말로, 그 녀석들이 마물 소동의 범인일까?"

"아무리 그래도 증거 하나로는 단정 못하지."

상대는 문벌 귀족이라고 한다.

"하지만, 소행이 안 좋은 걸로 유명한 귀족이랍니다?"

카리나 양이 물어보기에, 물증이 없는 경우에는 상대가 변명해서 빠져나갈 뿐이라고 설명했다.

일단 맵 검색을 해봤는데, 맥크레 가문의 일족이나 사용인 중에 마왕 신봉 집단 「자유의 빛」 구성원은 없었고, 저택이나 창고에 마인약이나 그 재료도 없었다.

회색이긴 하지만, 완전히 시커멓다고 단정할 재료도 없다.

그런 부분은 재상 휘하의 첩보원들이나 위병들의 수사를 기다리는 편이 좋겠어.

공간 마법 「멀리 보기」나 「멀리 듣기」로 살펴봤지만, 편의적으로 수상한 대화나 장면을 마주치지도 않았으니까.

"고기~?"

"벌레 다리인 거예요."

메인 스트리트로 나와서 마차가 기다리는 장소를 향해 걷고 있는데, 타마와 포치가 천으로 덮인 마차를 가리켰다. 찢어진 천 사이로 벌레 마물의 다리가 보였다. 마물 시체를 옮기는 마차인가 보다.

"어제 사건으로 나온 마물의 시체인 모양이다."

"어제? 여기는 어제 장소랑 꽤 먼 곳인데?"

아리사가 고개를 갸웃거렸다.

"말 안 했나? 어제 마물 소동이 있었던 건 우리들이 마주친 것 말고도 몇 건이 더 있었어."

재상에게 들은 정보를 동료들에게 이야기했다.

카리나 양이 함께라서, 누구에게 들었는지는 흐려두었다.

"범인은 현장에 나타난다고 하니까, 사건 현장을 보고 싶어!"

아리사가 이런 말을 꺼내서, 마차를 타고 사건 현장을 돌기로 했다.

사건 현장은 서민가가 많다고 할까, 다섯 건 중 네 건이 서민가다.

현장 부근은 위병이 봉쇄하고 있으며, 가장 가까운 신전에서 파견된 신관들이 영역 정화의 영창을 하는 모습도 보였다.

"주인님. 저쪽에."

현장 하나에서 리자가 소리를 죽여 말하는 곳에 외투의 후드로 얼굴을 가린 족제비 수인의 모습이 있었다.

인식 저해 아이템을 쓰고 있지만, 그 정체가 스아베 상회에서 만난 마법사라는 걸 AR표시가 가르쳐 주었다.

"사토."

"마스터, 수상한 인물을 발견했다고 보고합니다."

이번에는 미아와 나나가 로브의 후드를 깊숙이 눌러쓴 남자들을 가리켰다. AR표시를 보니 태평스런 오컬트 집단 「자유의 바람」 녀석들이다.

"아아, 저 녀석들은 괜찮아."

분명히 수상한 사건이 발생하자 음모론이나 망상을 힘차게 하고 있는 게 틀림없어.

◆

"주인님, 저건 뭘까요?"

현장에서 가까운 공원 옆을 지날 때, 루루가 물었다.

뭔가 새로운 사건 발생인가 하여 황급히 돌아봤는데—.

"—그림연극인가?"

"헤에, 이쪽에도 그림연극 같은 거 있구나."

조금 흥미가 생겨서 마부에게 말해 마차에서 내렸다.

"어머? 여기도 뱀 조련사가 있네."

"유행하는 건가?"

그 밖에도 묘기 연습을 하는 사람이 드문드문 있었다.

그런 이야기를 하면서 그림연극 쪽으로 갔다.

"유생체!"

그림연극 주변에는 아이들이 잔뜩 있었다.

"사탕은 하나에 천화 1닢! 사탕을 산 애는 앞으로 와라. 안 사는 애는 뒤다."

아무래도 그림연극 자체는 무료고, 사탕을 판 돈이 그림연극의 수입이 되는 시스템인가 보다.

"그립네~. 과일 사탕이야?"

"과일 사탕? 우리는 물엿사탕인데."

아리사에게 대답한 장사꾼이 목에 건 병을 열어, 안에 든 물엿사탕을 보여줬다.

물엿사탕이라지만 현대일본에서 볼 수 있는 투명한 것이 아니라, 오유고크 공작령에서 본 조금 다갈색인 맥아 물엿사탕이다.

"사람 수대로 살게."

"넵, 고맙습니다!"

은화 1닢을 건네고, 거스름돈은 됐으니 그림연극 주위에 몰려든 아이들한테도 또 하나씩 주라고 했다.

우리들만 먹으면 어쩐지 좀 켕겨서.


"—옛날, 옛날, 먼 옛날에. 왕도가 여기로 옮기기 전이었을 때, 여기는 벽령에서 매일 마물이 공격해오는 위험한 장소였지."

장사꾼이 연극을 시작했다. 제목은 「왕조님의 악령왕 퇴치」라고 한다.

"그때 나타난 것이—."

"왕조님!"

"야마토 님!"

"앙조니임."

몇 번이나 봤는지, 아이들이 그림연극 다음을 말해버렸다.

"그래, 맞았다. 대마왕을 토벌하고 시가 왕국을 건국한 우리들의 왕조님이지!"

장사꾼이 연극조의 어조로 말하자 아이들이 기쁜 기색으로 신이 났다.

이야기가 진행되어, 마물에게 부모가 살해당한 아이들이나 아이가 살해당한 부모들이, 왕조 야마토에게 벽령에서 오는 마물을 어떻게든 해달라고 애원한다.

그러나 이제 막 건국하여 전력이 부족한 왕조는 무력으로 그것을 이루지 못하여 사람들이 실망해 버린다.

그리고, 왕성이 있는 장소에서 왕조가 자신의 무력함을 한탄하고 있을 때—.

"어디선가 『위대한 사람의 왕이여』라고 왕조님을 부르는 소리가 들렸지. 왕조님이 목소리에 이끌려 숲 속으로 가자, 거기에는 처녀 한 명이 기다리고 있었어!"

장사꾼이 가지고 있던 소도구로 효과음을 냈다.

"『멸망한 나라의 폐허에서 성배를 모으세요. 성스러운 그릇을 모은다면, 나는 마물이 다가오지 못하도록 정화의 법술을 그대에게 내리겠지요』 그렇게 말한 처녀는 『당신의 이름을!』이라고 묻는 왕조님을 남기고 사라져 버렸다. 왕조님은 성배를 찾아서 이름 있는 기사들을 대사막이 있는 프루 제국의 유적으로 보냈지."

우와~ 픽션이라는 걸 알고 있어도 엄청 혹독한 명령인데.

어쩌면 영국의 기사왕 전설 같은 게 본래 소재인가?

내가 괜한 생각을 하는 사이에도 그림연극이 진행되어, 천신만고 끝에 기사들이 다섯 개의 성배를 모아 왕조 곁으로 돌아왔다.

『처녀여! 성배를 모아 왔다!』 언덕에서 왕조님이 외치자, 빛과 함께 처녀가 나타났지."

빛을 나타내는 노란 삼각추의 그림이 내려오고, 그 그림을 프레임에서 뽑자 처녀가 나타나는 구조였다. 아마 삼각추 그림을 뺄 때, 또 한 장 함께 빼서 그림을 바꾼 거겠지.

『약속을 잘 이룩해 주었습니다. 다음은 내가 약속을 지키지요』 처녀가 말하자마자, 빛에 휩싸이더니 거대한 성배로 변했다!"

장사꾼이 허리에 단 악기로 빠밤 효과음을 내자, 아이들은 사탕을 핥는 것도 잊고서 그림연극에 빨려 들어갔다.

『신관들이여, 위대한 왕조를 위해 성배를 이용하는 것을 도우세요. 왕조여, 성배의 힘을 써서 마물을 물리치는 것입니다』 처녀가 말하자 신관들이 의식을 시작했다. 마물들이 좋아하는 나쁜 마음이나 악령들이 신관의 힘으로 성배에 모여서, 하나의 시커먼 괴물로 변했지."

장사꾼이 꾸오오오오오 하며 무서운 소리를 흉내 냈다.

심약한 어린 아이들은 귀를 막고 눈을 감았고, 좀 나이가 있는 애들은 클라이맥스를 놓치지 않으려고 그림연극에 주목했다.

"나타난 괴물은 성배 앞에서 의식을 하는 신관들을 공격했지!

그러나, 여기에는 누가 있느냐? 용사 중의 용사! 왕 중의 왕! 우리들의 왕조님이 있었다! 왕조님은 호국의 성검 클라우솔라스를 뽑아서, 훌쩍 괴물 앞에 뛰어들더니, 싹둑 한 칼에 괴물을 두 동강!"

장사꾼이 재빨리 왕조가 괴물을 베는 그림으로 바꾸고, 그림연극에 달린 심벌즈 같은 악기를 좌앙 울렸다.

"왕조님, 멋있다!"

"역시 왕조 야마토 님!"

"나도 이담에 크면 기사님이 돼서 임금님 섬길 거야!"

"나도!"

아이들이 눈빛을 반짝거리며 성검을 휘두르는 왕조의 그림을 보았다.

"이렇게, 이 땅에는 마물이 사라지고, 왕조님은 마물이 없어진 땅에 새로운 왕도를 세운 거다!"

"그래서, 왕도에는 마물이 없는 거야!"

"도시 바깥에도 안전한 밭이 있는 건 왕도 근처뿐이라고 엄마가 그랬어."

"그건 나도 알아."

아이들이 입을 모아 아는 지식을 논했다.

그림연극은 아직 이어지고 있었지만, 아이들은 이미 듣지도 않는다.

"뭐 그래서, 이 마화 떨치기 의식은 지금도 해마다 마지막 날에 이어지고 있다. 한 해 마지막 날에는 다들 왕조님의 위대함을 찬양하면서, 신들께 기도를 해야 한다."

장사꾼이 이야기를 마무리 짓고, 아이들에게 가르쳐 주었다.

"우리 집은 파리온 신전에 간다."

"우리는 집에서 왕조님의 상에 기도해."

"우리 집은 갈레온 님의 신전."

아무래도 왕도에서는 마화 떨치기 의식이 대중에게도 널리 알려진 모양이다.

"조금 장황했지만, 꽤 재미있었어."

"그렇지 않은 거예요! 엄청 굉장히 재미있었던 거예요!"

좀 삐딱한 아리사의 감상에 포치가 정열적으로 반론했다.

"이러고 있을 수는 없는 거예요! 포치의 창작 의욕이 새빨갛게 타오르는 거예요!"

아무래도 포치의 이야기 열에 불이 붙어 버린 모양이다.

우리는 활활 타오르는 눈동자를 한 포치를 따스하게 지켜보면서, 그 날은 일찍 왕도 저택으로 돌아갔다.

◆

"그러면, 오늘은 어쩔래?"

올해 마지막 날까지 앞으로 사흘, 새해 첫날에는 왕성에서 작위를 수여하는 수작이나 작위를 올리는 승작의 의식이 있지만 그때까지는 커다란 예정이 없다.

공도의 귀족이나 왕도에서 알게 된 엠마 릿튼 백작부인 같은 아는 사람들이 야회나 낮의 다과회나 원유회 같은 것에도 초청을 했지만, 너무 연속이면 지치니까 적당히 참가하고 있었다.

가능하면 올해 안으로 시멘 자작을 만나서 새로운 두루마리를 주문하고 싶은데, 연말의 상급 귀족들은 사전 공작을 하느라 바쁜 모양이라 좀처럼 예정이 맞질 않았다.

무노 남작령의 집정관인 니나 여사도 정력적으로 움직이고 있으며, 평소에는 기가 약하고 느긋한 무노 남작도 자기 영지의 백성과 가족을 위해 열심히 노력하는 모양이다.

"오전에는 니나 씨 부탁으로 서류 작업을 하러 다녀올게. 낮부터는 에치고야 상회에서 프랜차이즈 설명회를 한다고 하니까, 참관인으로 참가할 거야."

아리사는 꽤 다망하군.

"저는 올해 마지막 날까지 오세치 요리 연구를 할까 생각해요."

"손이 비면 나도 도울게."

"네!"

루루가 멋진 미소로 수긍했다.

오세치 요리 레시피는 엘프 요리사인 네아 씨가 준 「간편, 오세치 요리 엘프풍」이라는 서브 타이틀이 붙을 것 같은 것밖에 없다.

유감이지만 나랑 아리사는 오세치 요리의 레시피를 모르고, 역대 용사들이나 전생자들이 남겨준 오세치 요리 레시피는 아주 일부밖에 남아 있지 않았다.

일단은 식도락가로 유명한 공도의 먹보 귀족 로이드 후작과 호엔 백작 두 사람의 집에 있는 레시피를 빌려오기로 되어 있었다. 예정에 따르면 내일 도착하는 비공정으로 도착할 거다.

"음악당."

미아는 음악당의 무대에서 연주를 하고 싶은가 보다.

"포치는 맹렬 집필 터언인 거예요!"

어제 그림연극으로 불이 붙은 소설열이 아직 이어지는 모양이다.

"저는 유생체와 노닐고 싶다고 고합니다."

"양육원이라도 돌아볼래? 신전 부속이나 국영이 이래저래 있더라."

나는 맵 검색으로 왕도 저택에서 가깝고 치안이 좋은 장소에 있는 파리온 신전 부속의 양육원 장소를 가르쳐 줬다.

왕도에 도착한 뒤로 신전에 기부를 하러 가질 않았으니, 나나를 바래다주는 김에 기부를 하고 오도록 할까.

"타마는 조각?"

"네잉."

아리사의 질문에 타마가 고개를 끄덕였다.

"리자 씨는? 군것질?"

"조금 운동이 부족하니, 어딘가에서 창을 휘두르고 오겠습니다."

"성기사단의 주둔지 갈 거야?"

"아뇨. 입단 권유를 거절하는 게 힘들고, 괜히 눈에 띠어 반감을 사는 것도 좋지 않으니까요."

미궁도시랑 달리, 왕도 안에서 창을 휘두를 수 있는 장소는 사유지나 무술 도장, 그리고 군 관련 시설 정도밖에 없단 말이지.

무술 도장이라면 근처에도 있지만, 유파가 다르면 도장 깨기 같은 느낌이 되니까 선택지로 꼽을 수 없다.

"걱정 마세요. 왕도 가장자리에 눈에 안 띄는 장소가 있으니까요."

이른 아침 마라톤을 하면서 발견했다고 리자가 말했다.

창술의 형태 훈련을 하는 건 좋지만, 리자의 신체능력을 전부 사용하기에는 별로 적합하지 않은 모양이다.

동료들을 바래다준 다음에라도, 리자랑 애들이 수행할 수 있는 장소를 찾아봐야겠는걸.

◆

"마스터."

신전 앞에서 나나가 나를 불렀다.

아리사, 타마, 미아 순서로 바래다준 뒤, 나는 나나를 데리고 부지 근처의 파리온 신전으로 왔다. 왕도는 넓어서 파리온 신전이 4개나 있다. 내 저택에 가까운 파리온 신전은 그 중에서도 두 번째로 커다란 장소다.

"차분한 느낌이네."

"예스, 마스터."

신탁을 받은 무녀들이 차례차례 혼절하고, 신관들이 「왕도에 미증유의 위기가 닥친다」라고 한 상황으로는 도저히 보이지 않는다.

역시 누군가 말한 것처럼 기부금 모으기를 위한 방편이었을 지도 모르겠다.

"유생체들의 부름이 들린다고 고합니다."

새니티(Sanity) 체크가 필요해 보이는 게임 타이틀 같은 표현 은 관두자.

신전 뒤쪽에 있는 양육원에서 들리는 아이들의 목소리에, 나 나가 차분함을 잃고 있었다.

"기다려, 나나. 먼저 신전에 기부를 하자."

그대로 가면 수상한 사람 취급하여 위병에게 신고를 할 것 같 으니, 나는 폭주할 것 같은 나나의 손을 잡고 신전에 들어가, 금화가 든 주머니로 기부를 마쳤다.

"신전의 양육원을 견학하고 싶습니다만—."

내가 부탁하자, 거금을 기부하여 얼굴이 풀어졌던 기부 담당 신관이 어째선지 납득한 표정으로 변하며 승낙해 주었다.

나는 내심 고개를 갸웃거리며, 나나를 데리고 신관의 안내로 양육원에 갔다.

"마스터, 유생체에 둘러싸인 로렌스가 있다고 고합니다."

나나 말에 수풀 너머를 보니, 로렌스— 아리사가 그렇게 별명 을 붙인 호즈나스 추기경이 양육원 아이들에게 둘러싸여 함께 노는 모습이 보였다.

"추기경 예하, 소개하겠습니다. 신전에 거액의 기부를 하신 무노 남작령의 펜드래건 사작입니다. 사작님, 이쪽은 파리온 신국의 호즈나스 추기경 예하입니다."

신관이 서로 소개를 해주었다.

아무래도 신관은 내가 추기경에게 소개받고 싶어서 거액의 기부를 했다고 오해한 모양이다.

"이거, 또 만났군. 펜드래건 경."

"추기경 예하, 만나 뵈어 영광입니다."

인사를 하는 사이에도 나나가 안절부절 못하고 차분함을 잃은 기색이라, 안내해준 신관의 허가를 받고서 「아이들이랑 놀아주렴」이라고 말하며 나나를 보내줬다.

"저 어여쁜 아가씨는 펜드래건 경의 약혼녀인가?"

"아뇨, 나나는 제 탐색자 동료이자 가족 같은 자입니다. 예하는 이곳에 자주 오시나요?"

"그렇군. 매일은 아니지만, 이렇게 어린 아이들과 직접 접하며 올바른 신의 가르침을 논하는 것은 성직자의 사명이기도 하니까."

신심 부족한 신관에게 들려주고 싶은 말이다.

"—추기경 예하."

양육원과 신전 경계에서 대기하던 파리온 신국의 여성 신관이 추기경에게 말을 걸었다.

"벌써 시간이 그렇게 됐나? 미안하군, 펜드래건 경. 조금 더 자네와 신앙에 대한 이야기를 하고 싶었는데, 시간이 다 된 모양일세."

추기경은 미안한 기색으로 말하고, 여성 신관과 함께 양육원을 나섰다.

엿듣기 스킬로 포착한 두 사람의 대화로, 목적지가 왕도에서 가장 큰 파리온 신전이라는 걸 알았다. 마화 떨치기 의식에 관한 회의가 있는 모양이다.

"마스터! 아이들에게 사탕을 나눠줘도 될까요라고 묻습니다."

"충치가 안 생기게 하나씩이야."

양육원의 수습 신관에게 허가를 물어본 다음, 나나에게 허가를 해줬다. 아직 어린 수습 신관이 부러운 기색이기에, 나나가 나눠주는 것과 같은 사탕을 그녀에게도 선물했다.

잠시 나나와 아이들의 모습을 지켜본 다음, 나는 왕도 저택으로 돌아왔다.

◆

"왕도에서 그렇게 떨어지지 않았는데, 아무도 없구나."

"네, 주인님."

왕도 저택으로 돌아온 나는 리자와 함께 왕도 근교의 전이 포인트까지 귀환전이한 다음, 왕도 남쪽에 있는 마물의 영역 하나로 왔다.

지금 있는 황야의 계곡은, 사방이 다른 마물의 영역에 둘러싸인 장소다.

이 근처라면 동료들이 전투 훈련을 해도 문제없겠어.

"주인님, 세 머리 히드라입니다."

계곡 바닥에 있는 늪지에서, 세 머리가 고개를 내밀었다. 몸이 수몰되어 있어서 잘 안 보이지만, 이곳의 히드라는 무노 남작령의 히드라와 달리 등에 날개가 없는 모양이다.

"저 늪이 이 영역의 마력 웅덩이인가 보다."

여기라면 왕도 저택에서 「귀환전이」 한 번으로 올 수 있고, 마력 웅덩이— 소규모 원천이 있으니까, 비밀 기지의 건설 장소로 최적이다.

"방해되는 마물을 처리할까요?"

어쩐지 이쪽이 악당 같은 기분도 들지만, 그렇게 많던 히드라 고기의 재고도 줄어들고 있으니 리자에게 오케이 사인을 보냈다.

"그래, 부탁한다. 늪을 조사할 테니까, 히드라는 저쪽 황야로 끌어내서 쓰러뜨려줘."

"알겠습니다."

리자가 히드라에게 반지에서 꺼낸 돌창을 던져 위협하고, 황야로 유도했다.

나는 맵으로 조사한 다음, 「멀리 보기」나 「투시」로 걸쭉하고 탁한 늪이나 그 주변을 확인하고, 마지막으로 「이력의 손」을 뻗어 늪에 가라앉은 마물의 뼈를 잔뜩 스토리지로 회수했다.

아마 히드라에게 희생된 거겠지.

그 안에는 인골이나 녹슨 무구 같은 것도 있었다. 상당히 오래된 것도 있는 것 같은데, 신분을 가리키는 문장이 달린 단검 같은 것도 있으니, 한꺼번에 익명으로 유족에게 반납할 생각이다.

늪에서 물이 흘러나오는 냇물이 있는데도, 거대한 히드라가

늪에서 나와 내려간 수위가 금방 회복됐다. 늪으로 흘러드는 냇물이 안 보이는 걸 보니, 아마 늪 바닥에 물이 솟는 장소가 있는 것 같다.

"독기가 짙군⋯⋯."

독기시로 보자 늪 전체에 걸쭉하고 짙은 독기가 가득하기에, 평소에는 억누르고 있던 정령광을 전개하여 정화를 했다.

완전히 정화가 끝나려면 몇 시간은 걸릴 것 같지만, 끝날 무렵에는 작은 정령이 모이는 정령 모임터로 변할 거야.

어느 정도 조사를 마친 참에 리자가 돌아왔다. 멋진 미소다.

"주인님, 히드라 토벌이 끝났습니다. 눈알이나 독선에는 상처를 내지 않았습니다."

"고마워, 리자. 히드라는 회수할 테니까, 주변 탐색을 부탁한다. 모두가 훈련장으로 쓰고 싶으니까, 그걸 가미해서 조사를 해줘."

"알겠습니다."

리자를 배웅하고, 히드라를 회수했다.

히드라의 눈과 간과 심장, 그리고 커다랗고 빨간 마핵이 이미 부분 해체되어 놓여 있었다. 기대하고 있을 테니까 오늘 저녁에 요리해서 줘야겠군.


"그러면, 일단 새로운 두루마리 체크부터네."

거점을 만들어야 하지만, 건물은 「석제 구조물」 마법으로 금방 만들 수 있으니, 이번에는 취미를 좀 우선해야겠군. 시간도 있으니까.

처음은 번무미궁산 복합 마법인「집 제작」이다.

"초라하네."

두루마리를 쓰자, 나무와 지푸라기를 조합한 조잡한 오두막 같은 것이 생겼다.

키가 별로 안 큰 나도 허리를 굽히지 않으면 못 들어가고, 안에는 한 명이 누울만한 공간밖에 없었다. 천장의 지푸라기에 틈이 있어서 비가 내리면 흠뻑 젖을 것 같다.

메뉴의 마법란에「집 제작」마법이 등록된 걸 확인하고, 이번에는 마법란에서 실행해 봤다.

뇌리에 집의 이미지가 떠오른다.

아까 두루마리로 만든 것이 기본형인지, 거기서 자유롭게 설계를 변경할 수 있는 모양이다.

2층짜리 집부터 호화 저택까지 자유자재다. 내장은 유리창이나 샹들리에까지 달 수 있는 것 같지만, 아쉽게도 마법 도구의 설치는 못 했다.

"신축 단독 주택, 100평짜리 집이 순식간이네."

현대 일본에 흔한 일반적인 크기의 집이 십 수 초 만에 나타났다. 조립 과정을 볼 수 있는 게 꽤 즐겁다.

욕실과 화장실도 달렸지만, 물이 나오려면 수도를 접속해야하고 하수도에 접속해야 집 밖으로 물이 흘러 나간다. 유감이지만 그렇게까지 만능은 아닌가 보다.

"빌딩 같은 집도 가능하구나. 혹시……."

혹시나 해서 시험해 봤는데, 늪 안— 수중에도 집을 만들 수 있었다. 완전 방수지만, 흡배기나 출입의 문제가 있으니 실용성은 낮아 보였다.

뭐 그래도 집을 만드는 것뿐이라면 「석제 구조물」보다 응용 범위가 넓어 보이니까 꽤 쓰기 편해 보인다. 너무 정성들인 구조로 만들면 소비 마력이 많아지지만, 내 마력량이라면 호화 저택을 열 채 한꺼번에 만들 수 있을 정도의 양이니까 문제없겠지.

두 번째는 번무미궁산의 흙 마법 「농지 경작」.

두루마리로는 가정 텃밭 정도의 흙을 경작할 뿐이었지만, 메뉴에 등록하고 나니 한 번에 최대 12헥타르— 학교의 교정 10개 분량 정도의 토지를 경작할 수 있었다.

"푹신푹신하네."

모래처럼 단단한 땅이었는데, 마법으로 경작한 장소는 부엽토처럼 부드럽고 검은 흙으로 변해 있었다.

도시 핵의 메뉴에 있던 「농지 개량」 시리즈의 효과랑 같은 게 틀림없다.

몇 번 시험해보면서 알았는데, 마법을 행사할 때 맵을 열어두면 경작 범위를 맵에서 라인으로 지정할 수 있었다.

이 방법을 쓰면 보통은 디폴트로 경작 범위에서 제외되는 수목이나 바위, 건조물이나 급사면도 강제적으로 경작하는 것이 가능한 걸 알았다.

뿌리만 남은 거면 모를까 수목 본체나 커다란 바위를 끌어들여 경작하면 한 번의 경작 범위가 격감했지만, 일본인의 감각으로는 본래 범위 상한선이 말도 안 되게 넓으니까 문제없다.

방금 얻은 「집 제작」과 이 「농지 경작」을 조합하면, 새로운 마을의 개척을 금방 할 수 있겠다.

—그렇지.

이 마법을 몰래 사용하면, 비스탈 공작 저택 습격 사건으로 미개척의 벽령에 가게 되는 것이 결정된 고우엔 씨에게 도움이 될 것 같다.

그의 벽령 파견은 비스탈 공작령의 내란이 진정되고 상당히 나중이 될 예정이지만, 그 때가 오면 몰래 암약해볼까.


그러면 세 번째다.

이번에 고른 두루마리는 번무미궁산 소환 마법 「박쥐 소환」.

두루마리로 불러낸 건 손바닥보다 작은 레벨 1의 「작은 박쥐」가 한 마리. 게다가 소환만 되고서 어딘가로 날아가 버렸다.

나는 기대를 담아 메뉴의 마법란에서 「박쥐 소환」을 사용했다.

소환 대상이 뇌리에 떠오른다. 그 중에서 고를 수 있나 보다. 선택할 수 있는 건 방금 그 「작은 박쥐」에 더해서, 「작은 박쥐<sup>플롯 오브 배트</sup> 무리」, 「거대 박쥐<sup>자이언트 배트</sup>」, 「전서 박쥐<sup>메신저 배트</sup>」, 「그림자들이 박쥐<sup>섀도우다이브 배트</sup>」의 네 종류다. 이미 불러낸 박쥐를 송환하는 것도 가능한 모양이다.

작은 박쥐는 아까랑 같은 크기였지만, 레벨이 10에다 간단한 명령을 할 수 있었다.

작은 박쥐 무리는 그 이름 그대로 두 마리에서 120마리의 작은 박쥐를 불러낼 수 있다. 명령은 무리 단위고 분할은 못하나 보다.

이 무리를 불러냈을 때, 먼저 불러낸 작은 박쥐가 환영처럼 사라져 버렸다.

아무래도 이 주문은 다중 소환을 못하는 시스템인가 보다.

조금 흥미가 생겨서 마커를 달고 작은 박쥐의 다리에 리본 표식을 달아 송환해봤는데, 송환과 동시에 마커가 사라져버렸다. 작은 박쥐를 재소환했지만 마커는 부활하지 않았다. 당연하지만 표식인 리본도 달리지 않았다.

송환하면 마커가 사라지는 건지, 송환과 동시에 작은 박쥐가 소멸하는 건지 신경 쓰이는군. 검증할 방법이 없으니, 다음에 금서고에 갔을 때 마법서를 조사해보도록 할까.

나는 「박쥐 소환」 체크를 계속했다.

거대 박쥐는 내가 양손을 펼친 정도로 날개가 긴 레벨 10의 커다란 박쥐인데, 작은 박쥐와 마찬가지로 간단한 명령을 내릴 수 있으며 흙 마법으로 만든 골렘처럼 시각 공유도 할 수 있는 모양이다.

소환 박쥐의 경우 시각 공유를 하면 「사역마」 취급이 되나 보다. 상세 정보에 내 이름이 표시된다. 소환했을 때 소환자의 이름이 실리지 않도록 하는 방법도 있지만, 그러면 소환한 박쥐들에게 명령을 내리지 못하게 되어 버렸다.

전서 박쥐는 전서구처럼 쓸 수 있지만, 보통의 전서구와 마찬가지로 사전에 목적지를 가르칠 필요가 있어서 쓰기 어렵다. ―

그러나, 맵이랑 연계해서 맵으로 지정한 장소까지 날아가도록 할 수 있는 걸 알아내서 편리성이 크게 늘었다. 비둘기보다 항속 거리나 비행 속도가 떨어지는 건 눈감아줘야겠지.

그림자들이 박쥐는 문자 그대로 그림자에 들어갈 수 있는 신기한 박쥐로, 시각 공유도 되고 맵으로 지정한 장소까지 그림자를 통해 잠입시키는 것도 가능한 모양이다. 간단한 명령도 병용할 수 있으니 암약에 편리하겠군. 뭐, 공간 마법으로도 같은 일은 할 수 있지만.

네 번째 두루마리는 몽환미궁산 술리 마법인「회전 톱니바퀴」.

투명한 톱니바퀴가 공중에 나타나 빙글빙글 돈 다음, 몇 분만에 사라졌다.

마법란에서 쓰자, 직경 1밀리부터 12미터까지의 톱니바퀴를 32개까지 불러낼 수 있게 됐다. 불러낸 톱니바퀴 중에서 하나는 회전 속도나 회전 방향을 자유롭게 설정할 수 있는데, 최고 속도로 돌리면 회전 톱처럼 쓸 수도 있다.

회전 속도나 방향은 불러냈을 때 설정할 수 있고, 중간에 변경하려면 톱니바퀴를 만질 필요가 있다.「이력의 손」을 통해서도 할 수 있으니, 자칫 실수해서 다칠 염려는 없다.

마력이 공급되는 한 계속 도니까, 수차나 풍차처럼 쓰거나 커다란 시계를 만들 수도 있겠다.

그다지 기대 안 했었는데, 응용범위가 넓으니 꿈이 펼쳐지는군.

일단 마력 웅덩이와 접속해서 물을 긷거나 꽃 시계라도 만들어볼까?

마지막 두루마리는 사령 마법인 「뼈 가공」.

스토리지에 있던 마물의 뼈에 사용해 봤는데, 제어가 잘 안 되어 기괴한 무언가가 되어 버렸다.

### 〉「사령 마법」 스킬을 얻었다.

새로운 마법 스킬을 획득했으니 포인트를 할당하고 유효화했다.

이어서 마법란에서 「뼈 가공」을 써봤다.

이번엔 무척 쉽게 뼈를 가공할 수 있다. 마치 점토 공작처럼 자유자재다.

전에 미궁도시의 노점에서 뼈 가공을 이용한 액세서리를 봤을 때부터 이 마법을 써보고 싶었단 말이지.

뼈나 뿔, 손톱, 비늘이 가공 가능하고, 놀랍게도 미궁 하층에서 얻은 사룡의 손톱이나 이빨 조각마저도 가공이 가능했다.

"그렇게 고생했던 용창이 이렇게 간단히······."

툴의 중요성을 실감하면서, 나는 스토리지에 사장되어 있던 여러 가지 물품을 가공해봤다.

사룡의 용창을 스토리지에 수납하고, 히드라의 송곳니 검이나 성채 호랑이의 송곳니 검 같은 것도 만들고 놀았다.

"—어라?"

집중해서 만든 건 평범하지만, 잡스런 이미지로 무기나 방어구를 만들면 어째선지 사악한 모습으로 변화해 버린다.

아쉽게도 제작할 때 마법회로의 애드인은 할 수 없지만, 마력을 주입하면서 가공하면 마물 소재 안에 있는 마핵과 동질의 물질이 결정화해서, 마력이 흐르기 쉬운 의사 마검 같은 것을 만들 수 있었다.

뭐 평범하게 마검을 만들 수 있는 지금의 나한테는 그다지 의미가 없지만, 누군가에게 선물하거나 미궁의 보물 상자에 숨겨두는 물품으로는 좋아 보였다. 주조 마검과 달리 소재가 받쳐주지 않으면 그렇게 강한 무기도 안 되니까.

◆

다음날 아침, 철야로 공사를 마친 나는 모두를 데리고 거점으로 왔다.

"정령 잔뜩."

미아가 새로운 거점을 보고 만족스레 고개를 끄덕였다.

"후~웅, 바깥에는 덩굴이나 칡 줄기 같은 걸 둘러서 집을 바깥에서 안 보이게 했구나."

팔짱을 낀 아리사가 감탄한 기색으로 중얼거렸다. 그녀의 좌우에는 타마와 포치가 같은 모습으로 흥흥, 고개를 끄덕였다.

"주인님, 저기는 텃밭인가요?"

"그래. 루루가 좋아하는 야채나 꽃을 심도록 해."

경작한 상태로 방치해둔 농지를 보고 루루가 눈빛을 반짝거렸다.

"미아, 뭘 심으면 좋을까?"

"어려워."

루루가 식물을 잘 아는 미아에게 상담했다.

"마스터, 골렘이 이끼가 끼었다고 고합니다."

나나가 위장한 경비용 골렘을 가리켰다.

"그런 모양으로 만든 거야."

"과연, 하고 고개를 끄덕입니다."

뭔가 친근감을 느끼는 건지, 나나가 경비용 골렘을 보고 고개를 끄덕였다.

"여기는 뭐에 써?"

"취향 나름이겠지? 여기는 주위에 아무도 없는 장소니까 훈련이든 연주든 조각이든 맘대로 해도 돼."

기뻐하는 동료들에게, 여기는 지금 있는 멤버들 말고는 말하지 말라고 입막음을 해뒀다.

"카리나도 안 돼~?"

"따돌리면 가여운 거예요."

타마와 포치가 예상대로 반응했다.

"여기는 팀 펜드래건의 비밀기지야. 그러니까 카리나 님이 팀 펜드래건에 들어올 정도로 강해질 때까지는 비밀로 해야 된다?"

어떻게 설득할까 망설이고 있는데, 아리사가 능숙하게 달래주었다.

"주인님, 모두를 훈련 장소로 안내해도 될까요?"

리자에게 수긍해주자, 계곡의 급경사를 달려 올라가서 전위진을 계곡 위에 있는 황야의 훈련 장소로 데리고 갔다.

타마의 닌자 훈련이나 포치의 거합 훈련에 적당한 장소도 있다.

아무래도 가속포의 실험을 하기에는 조금 좁지만, 루루의 저격 연습이 가능한 장소도 준비해뒀다.

"그건 그렇고 예쁜 장소네. 마물의 영역 한가운데라지만, 용케 이런 장소가 방치됐어."

"정령, 즐거워 보여."

아리사와 미아가 칭찬하는 늪도, 하룻밤 사이에 걸쭉함과 탁함이 사라지고 지금은 투명한 물이 담겨 있었다. 분명히 정령광으로 독기를 깨끗하게 정화했기 때문이겠지.

"전이 거점이니까 눈에 띠지 않도록 했겠지만, 조금 너무 작지 않아?"

수렵 오두막 사이즈의 거점을 한 바퀴 돈 아리사가 쓴 소리를 했다.

"지상 부분은 그렇지. 본체는 지하야."

흙 마법 「함정 파기」를 몇 번인가 써서 세로 구멍을 파고, 지나치게 단단한 유성우산 운석을 「석제 구조물」로 가공하여 기초를 만든 뒤에, 「집 제작」으로 지하 5층의 기지를 만들었다. 상하수도의 물이나 환기는 마력 웅덩이에 연결한 「톱니바퀴」가 해준다.

더욱이, 미궁도시 세리빌라의 「담쟁이 저택」에 있는 「위핵」과 같은 것을 마력 웅덩이에 접속하여, 기지 안의 자동문이나 조명의 제어, 경보 장치의 감시 같은 것을 담당시켰다.

"메인은 이거."

"거울? —설마!"

은색 거울의 정체를 깨달은 아리사에게 수긍했다.

"그래, 상설형 전이문이야."

이건 「담쟁이 저택」에 있던 것과 같은 걸로, 보르에난 숲에서 수행하는 나나의 자매들을 바래다주는 김에 남아 있는 물품을 나눠 받은 것이다. 직접 만들 수 없는 것도 아니지만, 상당히 복잡하고 귀찮은 공정이 필요하니까 남는 걸 써서 대응했다.

"이게 있으면 나랑 아리사가 없을 때도 왕도 저택을 오갈 수 있잖아?"

전이 마법이나 공도 지하의 전이문과 달리, 고정된 두 점 사이를 연결하는 웜홀 같은 포탈 도어로만 쓸 수 있다.

"긴급시의 피난처로도 좋겠네."

긴급시? 아 맞다—.

"아리사의 『격납고』에 비공정을 수납할 수 없나?"

비공정이 있으면 긴급시의 이동이나 피난에 편리할 거야.

내가 있으면 필요 없지만, 언제나 함께 있는 게 아니니까.

"지금은 모래 골렘용 모래랑 바위 폭격용의 석재밖에 안 들었으니까, 들어갈 거야."

아리사의 「격납고」는 자기 전용의 아공간을 만드는 상급 공간 마법으로, 입구를 여닫을 때 마력을 소모하긴 하지만 「보물 창고」 스킬과 달리 물건을 넣고 뺄 때는 마력이 소비되지 않고, 생물이나 골렘도 넣고 빼는 게 가능한 녀석이다.

"그러면 꺼낸다."

나는 광장에 비공정을 꺼냈다. 대괴어의 표피를 쓴 순백의 장갑에, 금색으로 빛나는 오리하르콘으로 장식된 화려한 선체를 하고 있었다.

조종은 누구나 할 수 있는 간단 설계지만, 아크로바틱한 기동을 좋아하는 타마와 운전을 하면 성격이 바뀌는 포치는 조종간을 쥐지 않도록 일러뒀다. 전투시의 조종은 아리사나 리자가 담당할 예정이다.

"어머? 비행 범선에 실었던 6연장 마포 위치 옮겼어?"

화기 관제는 루루가 담당하지만, 함수의 6연장 마포와 근접 방어는 포치와 타마에게 담당을 맡길 생각이다. 둘은 6연장 마포의 포신 교환을 아주 좋아하거든.

비공정의 방공 레이더 담당은 미아를 예정하고 있지만, 타마 선생님의 감이 더 고성능이라서 그다지 나설 차례가 없을지도 모른다.

"그래. 덤으로 나나의 포트리스 기능을 이동 가능하게 만든 『모바일 포트리스』나, 포트리스의 3배 이상의 방어력을 가진 『캐슬』의 시험판도 탑재했어."

전에 엘프 마을에서 연구 좋아하는 하이 엘프들이나 엘프 기술자들과 함께 연구한 녀석이다.

이것들의 제어는 의외로 어려우니까, 기관부의 제어와 함께 나나가 담당하게 되겠지.

"헤에. 굉장하잖아."

"기능은 그렇지. 아직 너무 커서 황금 갑옷에 탑재 못하지만,

비공정이라면 어떻게 실을 수 있고 대형 성수석로도 있으니까."

이 비공정에는 황금 갑옷의 8배에 해당하는 16기의 성수석로를 실었으니까 출력도 충분하다.

"『격납고』에 들어가겠어?"

"생각보다 커다랗지만, 석재를 꺼내면 들어가."

"돌 잔뜩~?"

아리사가 꺼낸 석재 앞에서, 타마가 눈빛을 반짝반짝 빛냈다.

"조각에 쓰고 싶으면 마음껏 써도 돼."

"와~아."

호탕한 아리사의 말에, 타마가 펄쩍 뛰며 기뻐했다.

이제 그만 아침 식사 시간이니까, 리자를 불러서 왕도 저택으로 돌아갔다.

"이런 방 있었어?"

아리사가 고개를 갸웃거렸다.

"위로 가는 계단은 저 통로 끝이야."

여기는 안뜰 아래쪽에 「석제 구조물」 마법으로 어제 막 만든 장소다. 계단을 올라가면 숨겨진 문으로 내 집무실까지 이어져 있다.

전이 거울이 있는 여기에는, 아다만타이트제 강력한 경비용 골렘을 배치해서 동료들만 출입이 가능하게 했다.

집무실의 숨겨진 문 자체도 감시 골렘인 허수아비를 배치해서 잠금을 제어하고 있으니까 여기는 단순히 보험이긴 하다.

"쿠우포~."

"쿠룻포우, 인 거예요."

"우우움, 구루구구."

집무실을 나섰더니, 타마, 포치, 미아 셋이 기시감이 있는 대화를 하고 있었다.

"왜 그러니?"

"전서구가 왔나 봐요. 보세요, 다리에—."

내가 묻자 루루가 창밖에 머무르는 비둘기를 가리켰다.

루루 말처럼, 컬러풀한 날개를 가진 비둘기 다리에 작은 통이 달려 있었다.

내가 창을 열자, 비둘기가 내 손으로 날아왔다.

재빨리 다리에서 통을 풀어 접혀 있는 편지를 꺼내자, 손 안의 비둘기가 퐁, 하얀 연기로 변해 사라져 버렸다.

"로스트~?"

"사라져 버린 거예요!"

"식신 같네. 소환 마법의 일종일까?"

"우웅, 정령?"

놀라는 타마와 포치 옆에서, 아리사랑 미아가 마법적인 고찰을 하고 있었다.

그런 동료들을 슬쩍 보고 나는 편지를 읽었다.

"이건—."

그것은 뜻밖의 인물이 보낸 편지였다.

# 명(?)탐정

　"사토입니다.「명탐정 가는 곳에 사건이 있다」같은 야유를 할 정도로, 이야기의 명탐정들은 사건을 만납니다. 차례차례 범인을 맞추는 추리력은 부럽긴 하지만, 같은 입장에 서고 싶다고 생각하진 않아요."


"누군데?"

"시스티나 왕녀가 보낸 것 같아."

전서구가 날라온 편지의 주인을 아리사에게 전했다.

"바람."

"아니야. 자, 한번 봐."

"조사?"

붉은 밧줄 사건의 조사에 동행해달라는 내용이다.

"왕녀님은, 분명히 벚꽃이 안 피는 건을 조사하는 거 아니었어?"

"그 원인이 붉은 밧줄의 마물이 아닐까 생각하는 모양이네."

아리사에게도 편지를 보였다.

"흐~응, 분명히 주인님을 농락하기 위한 구실이라고 생각했는데."

"그럴 리 없잖아."

뭐, 마지막으로 본 왕녀의 추태를 생각하면 신기하진 않지만 말야.

아침 식사를 마쳤을 무렵, 왕녀를 태운 마차가 맞이하러 왔다. 6인승 마차에 호위인 근위기사가 4명이다.

"사토 님! 마중하러 왔어요!"

왕녀가 정차하기도 전에 마차의 창에서 손을 흔들었다. 분홍색의 드레스와 맞춘 건지, 안경의 프레임도 핑크색을 띠는 신비로운 색의 금속제다. AR표시를 보니, 사치스럽게도 히히이로카네 합금제였다.

들뜬 기색의 왕녀를 본 아리사가, 「역시 함께 갈래」라고 말했다.

"니나 씨 돕는 거나 에치고야 상회 쪽은 괜찮아?"

아침 식사 자리에서 들은 동료들의 예정은 어제와 비슷한 느낌이었다.

"으, ……주인님 바람 방지가 중요해."

"응, 동의."

미아가 고개를 끄덕이고, 반드시 따라간다는 듯 내 손을 강하게 쥐었다.

그것을 본 리자와 나나도 호위를 한다고 했지만, 사건 조사라는 목적을 생각하면 너무 많은 수로 갈 수는 없었다.

"사토 님, 무슨 일 있으신가요?"

마차에서 내린 왕녀가 시녀 두 사람과 핑크블론드의 미소녀 마법사—「벚지기」 아테나 양을 데리고 이쪽으로 왔다.

"보르에난의 엘프도 오는구나! 진상을 간파하는 건 나야!"

"우음."

아테나 양이 곧장 미아한테 덤벼들었다.

"어머나, 미사날리아 님도 함께 와주시는 건가요?"

왕녀가 「이거 무척 기대되는걸요」라며 손뼉을 쳤다.

아리사가 스륵 끼어들어 「미사날리아 님의 시녀 아리사입니다」 하고 적당한 말을 하더니 동행자 포지션을 채갔다.

왕녀의 마차는 6인승이니까, 자그마한 두 사람이라도 이미 정원 오버다.

"사토 님, 좁지 않나요?"

"배려 감사합니다. 두 사람은 작으니까 괜찮아요."

한 줄의 좌석에 어른 두 사람의 폭이 있으니까, 미아랑 아리사에게 끼어도 꽉꽉 낄 정도는 아니다. 문제는 틈만 나면 성희롱을 하려고 하는 아리사 정도다.

"무리라면 그렇게 말씀해주세요. 마부석도 있으니까요."

엄격해 보이는 시녀가 뒷좌석에서 말했다.

너는 마부석으로 가라고 돌려 말하는 건가 했는데, 또 한 명의 나긋한 시녀가 「저희들은 마부석도 익숙하니까요, 사양하실 필요는 없어요」라고 말해줬으니 분명 아닌 거겠지.

배웅하는 동료들에게 손을 흔들고, 호위기사들의 수호를 받으며 마차가 출발했다.

"오늘은 갑자기 초청을 해서 폐가 되지 않았나요?"

"아뇨, 초청해주셔서 영광입니다."

만약 폐라고 생각해도, 최하급 명예사작이 왕족의 초청을 거절할 수는 없다.

"그렇지만, 어째서 전하께서 조사 같은 것을 하시는지요?"

입 다물고 있으면 주문 담의가 시작될 것 같아서, 이유를 물어봤다.

"왕조님과 나눈 약속을 지키기 위해서입니다."

왕녀가 진중한 표정으로 말하더니, 옆에 앉아 있던 아테나도 자랑스런 표정으로 고개를 끄덕였다.

"왕조 야마토 님께서 양위를 하신 제2대 국왕, 샤로릭 1세 폐하의 대부터 이어지는 약속입니다. 『매년, 반드시 성앵수를 꽃 피운다』. 그 약정을 이루는 것은 대대의 왕족과, 아테나 같은 『벚지기』의 역할이죠."

과연, 그래서 박식한 그녀가 왕족을 대표하여 행동하는 거구나.

"그러고 보니 전에도 들은 것 같습니다만, 벚꽃을 피우기 위해 붉은 밧줄의 조사를 하시는 건가요?"

"네. 저희들은 성앵수가 피지 않는 원인에, 『붉은 밧줄의 마물』이 깊은 연관을 가졌다고 생각하고 있어요."

미아가 내 옆에서 「웅?」 하고 중얼거리며 내 얼굴을 올려다보았다.

성앵수― 왕벚이 피지 않는 원인인 「지맥의 흐트러짐」은 벚꽃 드라이어드의 부탁을 받아서 이미 해결된 것을 알고 있기 때문이다.

나는 공간 마법 「원거리 통화」로, 미아에게 「벚꽃 드라이어드 관련 이야기는 비밀」이라고 입막음을 해뒀다.

"그래서, 어디를 조사하시는 건가요?"

"우선은 왕립연구소입니다!"

그렇군. 「붉은 밧줄의 마물」 시체나 출현 포인트 근처에서 발견된 마법 도구 같은 것을 가지고 간 장소니까 조사하는 모양이다.

◆

"도착."

미아가 사뿐 마차에서 내렸다.

그것에 지지 않으려는 아테나 양도, 서둘러 마차에서 내리더니 가슴을 폈다. 초등학생 여자애랑 기싸움하는 여고생 같은 느낌이라 흐뭇하군.

미소 지은 마부가 하차용 받침대를 꺼내고, 시녀가 선도하여 왕녀의 하차를 도왔다.

"주인님, 도와줘."

받침대를 힐끔 본 다음에, 아리사가 에스코트를 하라는 듯 손을 뻗었다.

"알았어."

나는 아리사의 몸통을 들어서 내려줬다.

"그, 게, 아, 니, 라!"

아리사가 한 글자씩 끊어서 항의했지만 웃으며 무시했다.

"손."

아리사한테 질투를 한 미아가, 내 손을 잡고서 왕립연구소 건물 쪽으로 걸었다.

홀에 들어서자 안에서 허둥거리는 발소리가 들리고, 학자풍 초로의 남성이 나왔다. AR표시를 보니 이 연구소의 소장인가 보다.

"이러한 장소에 발걸음을 주시다니 황송하기 짝이 없습니다, 시스티나 전하."

"왕국 최고의 지식의 전당을 『이러한 장소』 따위로 말해선 안 됩니다."

왕녀가 나를 상대할 때와 다른 사람처럼 차가운 목소리로 답했다.

"이곳으로 『붉은 밧줄의 마물』이 들어왔지요? 조사하겠어요. 안내하세요."

날카로운 표정으로, 왕녀가 명령했다.

"마, 마물의 시체를, 말이옵니까?"

"문제라도?"

"전하께 보여드릴 만한 상태가⋯⋯."

머리 꼭대기에서 요구하는 왕녀에게 소장이 필사적으로 저항했다.

"소장. 전하는 안내하라고 명하셨습니다. 괜한 말을 하지 말고 즉시 안내하세요."

"바, 받들겠습니다."

엄격한 시녀가 명했다.

그녀도 백작가의 영애라서 명령에 익숙한 느낌이다.

백기를 든 소장의 안내를 받아서, 우리들은 연구소 안으로 나아갔다.

"어쩐지 학교의 복도 같아."

"그렇네."

유리창이 거의 없지만, 분위기는 비슷하다.

몇 번이고 복도가 꺾이고, 우리들은 별관에 있는 중후한 2중 문으로 구분된 홀로 들어섰다.

홀 안쪽에 유리로 구분된 격리실이 있고, 붉은 밧줄의 시체는 그 안에 놓여 있었다.

하얀 옷의 연구원은 마스크와 고글을 장비한 채 시체를 조사하고 있었다.

"하나뿐?"

"조사가 끝난 시체는 처분장으로 보낸다."

아테나 양의 말에, 소장이 귀찮다는 기색으로 대답했다.

그는 시가33지팡이에 대해 뭔가 응어리가 있는지도 모르겠다.

"벌써?"

"전하, 보십시오. 저렇듯 마물의 시체는 이미 썩기 시작하고 있습니다. 해부 감식을 마친 시체는 얼른 처분할 필요가 있습니다."

왕녀의 질문에 소장이 붙임성 있는 웃음을 지으며 대답했다.

"아직 이틀도 안 지났는데……."

근육이나 모피가 물컹물컹하게 썩은 것뿐 아니라, 뼈도 연구원이 만지기만 해도 무르게 부서지고 있었다.

"아직 조사중입니다만, 붉은 밧줄의 마물은 시체의 부패나 열화가 이상할 정도로 빠른 것 같습니다. 이것은 어둠 마법으로 급속하게 성장시킨 마물이 흔히 보이는 증상입니다."

엘리트 연구자 같은, 자신감이 옷을 입은 것 같은 남성이 나타나 논하기 시작했다.

어둠 마법에 마물을 급성장시키는 주문이 있다는 건 처음 들었다. 나중에 물어봐야겠군.

"당신은?"

"실례했습니다. 저는 수석 연구원인—."

"부르지도 않았는데 나서지 마라. 전하께 설명은 내가 드린다. 네놈은 재상 각하께 제출할 서류를 작성해와라!"

"그거라면, 여기에 있습니다. 이제는 소장님의 사인만 있으면 됩니다."

수석연구원의 비아냥거리는 옆모습에 소장이 으그그, 신음했다.

시녀 한 명이 왕녀에게 눈짓을 받아서, 수석 연구원에게 서류를 받아 왕녀에게 건넸다.

아리사와 미아도 보고 싶어하기에 두 사람을 안고 왕녀 등 뒤에서 함께 서류를 읽었다.

나는 자세 때문에 어려워서, 공간 마법 「멀리 보기」를 써서 서류를 보았다.

"마법 도구의 기능을 추측했군요. 현물은 있나요?"

"그래, 그쪽 선반 위에 있는 물품이다. 보는 건 상관없지만, 섣불리 만져서 부수지 말라고."

"거기 당신, 마법 개발의 대가인 사토 님께 무례하군요. 연구자라면 예의를 가지고 대하세요."

서류에서 눈을 든 왕녀가, 절대영도의 차가운 시선으로 수석연구원을 질책했다.

"대, 대가? 이 애송— 아니, 소년이?"

"내 말을 믿을 수 없다는 건가요?"

찌릿 노려보는 시선을 받은 수석연구원이 황급히 왕녀와 나에게 고개를 숙였다.

"이것이군요? 마법적인 점화 도구라고 했습니다만—."

"그래, 그렇지. 모두 절반 이상 부서져 버렸지만 추측은 할 수 있다. 술리 마법의 『신호』를 기동 열쇠로, 접속된 마법진이나 지연 술식을 발동하는 구조다."

나는 술리 마법 「투시」를 쓰면서, 마법회로를 체크했다.

수석연구원이 자신 있게 단언한 만큼, 내가 보기에도 서류에 적혀 있는 그대로의 기능 같았다.

"지연 술식이라는 것은?"

"주문의 대가인데 모르는 건가? —뭐, 뭐, 수백 년 전에 쇠퇴한 방식이니까 무리도 아니지."

왕녀의 불쾌한 기색의 시선을 깨달은 수석연구원이 금방 얼버무리는 말을 덧붙였다.

"자네도 영창 뒤에 발동구를 대기하여 타이밍을 조정한 적이 있겠지? 간단하게 말하자면, 그것을 마법의 술식에 짜 넣은 것을 지연 술식이라고 하지."

주로 전쟁이나 안전하게 마물을 사냥하기 위한 기술로 한 시대를 풍미했다고 한다.

쇠퇴한 것은 뛰어난 마술사나 감이 좋은 마물이 지연 술식의 존재를 간파하거나, 지연 술식을 일소하기 위한 방법이 퍼졌기 때문이라고 한다.

지금도 쓰는 자는 나름대로 있다고 하기에 찾아봤더니 내가 가진 마법서에도 지연 술식으로 분류되는 주문이 몇 갠가 있었다.

덤으로 어둠 마법을 써서 마물을 급속 성장시키는 주문에 대해서도 배웠는데, 본래의 사용법이 아니라 왕립연구소의 실험 중에 우연히 발견된 주문의 부작용이라고 했다.

내가 가진 마법서에 실려있는 주문이기에, 다음에 시험해볼 생각이다.

"하지만『신호』를 기동 열쇠로 하면 폭발하지 않아?"

"단신호로 발동하는 게 아니다. 특정한 파장을 반복해서 발동하는 것이다."

어린애를 싫어하지 않는 건지 설명을 좋아하는 건지, 수석연구원이 아리사의 질문에도 성실하게 대답했다.

"마법 도구와 함께 발견된 주술의 마법진은 어디 있죠?"

왕녀가 소장에게 물었다.

"연구원이 베껴온 것이 이 세 장이옵니다."

"세 장? 붉은 밧줄은 다섯 군데에서 발생한 것 아닌가요?"

"나머지 두 군데에서는 발견되지 않았습니다."

—세 군데만 주술의 흔적?

"파괴되거나 지워져 있었다는 건가요?"

"그것은 알 수 없습니다. 모든 현장에 마물이 날뛴 것 같은 흔적이 있었으니까요."

수석연구원이 끼어들자 소장이 노려보았다.

"그리고 이 마법진은 정말로 주술의 것인지 알 수 없습니다. 마법진에도 문법 같은 것이 있습니다만—."

그것이 **엉터리**라는 생각밖에 안 든다고 수석연구원이 말했다.

"파편?"

"있잖아, 이 도기 파편 같은 건 뭐야?"

미아가 선반 구석에 놓인 파편을 가리키고, 아리사가 미아의 말을 번역해서 물었다.

"마법 도구 가까이 있던 파편이다."

"사건하고는 상관없을지도 모르지만, 본 적이 없는 무늬라서 회수했다."

소장의 말을 수석연구원이 보충했다.

기분 탓인지 어린애 상대로는 묘하게 붙임성이 좋다.

"있지, 이 무늬는……."

"응, 데지마."

족제비 상인의 저택에서 본 데지마 섬의 항아리에 있던 무늬랑 비슷하다.

"어린데도 박식하군."

수석연구원이 아리사와 미아를 칭찬했다.

족제비 제국의 제품이라는 건 이미 조사를 마쳤으며, 이미 위병이 사정 청취를 하러 갔다고 한다.

"마인약의 처분도 여기서 했죠?"

왕녀가 소장에게 물어보고, 처분을 한 연구원에게 이야기를 듣고 싶다고 요망을 전달했다.

그녀가 말하는 마인약이란, 군의 창고에서 발견되어 케르텐 후작이 실각할 뻔했던 사건의 녀석이다.

"마, 마인약이라면, 중화제로 무독화하고서 하수로 흘렸습니다."

"하수에……."

왕녀는 찾아온 일반 연구원의 설명에 묵고한 다음, 「그곳을 보고 싶다」라고 말했다.

소장이 부정한 장소라며 난색을 표했지만, 왕녀의 명을 받아 우리들을 안내해 주었다.

"이쪽이옵니다."

부지 안의 떨어진 장소에 있는 처분장은 소장이 싫어할 만큼 냄새가 굉장했다.

소장을 비롯한 왕녀 일행과 동료들도 얼굴을 찌푸리며 손수건으로 입가를 덮었다.

무엇에 쓰는 건지 천장에서 몇 개의 사슬이 매달려 있고, 벽쪽에 커다란 주머니가 쌓여 있었다.

안쪽에 펜스가 있고, 맵을 보니 펜스 건너편에 하수도로 이어지는 구멍이 있는 모양이다.

"쥐."

"꼬리가 삐쳐 나와 있네."

지금도 허드렛일을 하는 남자들이 돗자리로 감싼 돌연변이 큰 쥐의 시체를 처분하고 있었다.

　구멍 바닥에는 슬라임을 기르고 있어서, 슬라임들이 소화 분해하는 걸로 하수도가 막히지 않도록 하는 모양이다.

　"어, 어이, 귀족님이다."

　"아이고~."

　소장을 거느린 왕녀의 등장에, 허드렛일을 하는 남자들이 시체를 땅에 던지고 고개를 숙였다.

　"저는 상관하지 말고 작업을 계속하세요."

　왕녀는 신경 쓰는 기색도 없이, 남자들 옆을 지나쳤다.

　―어라?

　시체를 덮고 있던 돗자리 안이 보였는데, 어쩐지 좀 이상하다.

　"근육이나 내장은 다른 장소에서 조사하는 건가요?"

　"아뇨. 그런 일은 하지 않―."

　연구원이 대답하는 도중에 머뭇거렸다.

　우리들이 주목하고 있는 것을 깨닫고, 허드렛일 하는 남자들이 황급히 시체를 돗자리로 덮었다.

　그런 남자들에게, 연구원이 「어떻게 된 거냐」라며 캐물었다.

　"시체에서 썩지 않은 부분을 받았습니다."

　"모두 버리라고 명했을 텐데. 시체에서 잘라낸 부위는 어디지? 어서 버려라!"

　연구원의 기세에 져서, 남자들이 마지못한 기색으로 숨겨둔 고기도 시체 본체와 함께 버렸다.

"칫, 쩨쩨하긴. 어차피 버리는 거니까 우리가 받아도 상관없잖아."

"이봐 그만둬!"

혀를 차며 불평을 하는 덩치 큰 남자를 자그마한 남자가 말렸다.

"이 고기는 독성이 강하니까 버리라고 명한 거다! 죽고 싶은 거냐!"

연구원이 핏대를 세워가며 남자들을 질책했다.

"중화제라는 건 저걸까요?"

그런 다툼에는 흥미가 없다는 표정으로, 왕녀가 소장에게 물었다.

소장은 잘 모르는 건지, 연구원을 불러 대답을 들었다.

"네, 일반적인 물품으로…… 수가 이상해."

말하는 도중에, 연구원이 중화제 선반으로 달려가 장부를 확인했다.

"이봐! 이 약품 처분을 한 건 누구냐?!"

"접니다만. 뭐 문제 있습니까?"

아까 그 혀를 찬 남자가 대답했다.

"분명히 지시한대로 중화제를 섞고 나서 버린 건가?"

"……네, 네에. 마인약이라면 분명히 중화제를 섞어서 버렸습니다."

"어째서 마인약이라는 걸 알고 있지?!"

혀를 찬 남자의 눈이 흔들렸다.

연구원이 캐묻자, 혀를 찬 남자가 도망쳤다.

"■……."

아테나 양이 남자를 막으려고 영창을 시작했다.

"사토."

"맡겨줘."

나는 재빨리 앞서가서 혀를 찬 남자를 포박했다.

뭔가 날뛰려고 했지만, 무술의 소양이 있는 것도 아닌 상대에게 고생할 리 없었다.

불만스럽게 영창을 중단한 아테나 양에게 가볍게 고개를 숙여 사과했다.

"잘했어."

"멋지세요."

미아와 왕녀의 칭찬을 받으며, 포박한 남자를 소장과 연구원에게 넘겼다.

남자는 체념했는지, 마인약을 횡령했다는 걸 자백했다.

슬라임들이 싫어하는 소재의 방수 주머니에 넣어서 하수로 흘리고, 정수장에서 회수하려고 했다고 한다.

마인약을 버리는 것처럼 보이기 위해 중화제를 물에 녹여서 흘렸다고 하는데, 중간에 귀찮아진 남자가 필요량의 20퍼센트 정도에서 멈췄기 때문에 악행이 노출된 모양이다.

"빼돌린 마인약은 어쨌지?!"

"대부분은 중간에서 방수 주머니가 찢어져서 하수에 녹아버렸어. 대단한 돈벌이도 안 됐다."

캐물은 소장에게, 혀를 찬 남자가 뻔뻔스레 말하고 바닥에 침을 뱉었다.

"꼴사납군요, 소장."

"위험한 약의 처분을 남에게 맡기다니 해이해요!"

왕녀와 아테나 양이 소장과 연구원을 질책했다.

"전하, 죄송합니다. 부하의 실수로 마인약 일부가 유출되어 버렸습니다."

소장이 사죄하고, 연구원과 함께 머리를 숙였다.

"그것이 원인으로『붉은 밧줄의 마물』이 생겼을 가능성은?"

"없다고 단언할 수는 없습니다."

왕녀의 질문에 연구원이 씁쓸한 표정으로 말했다.

"있을 거라 생각해?"

아리사의 물음에, 나는 고개를 옆으로 저었다.

붉은 밧줄의 마물들, 특히 우리가 마주친 다음에 출현한 녀석은 맵에 그 흔적이 없는 상태에서 출현했다. 마인약의 영향으로 서서히 마물화한 거라면 맵으로 검출되었을 테니까.

만약을 위해서 맵 검색을 해봤는데, 마인약의 과잉 섭취 상태가 되어 있는 생물은 없다. 마인약이 들어간 방수 주머니도 존재하지 않았다.

"이번 일은, 내일이라도 폐하께 말씀 드리겠어요. 아랫사람에게 책임을 떠넘기지 말고, 적절한 대응을 기대하겠어요."

몸을 꺾어 사죄하는 소장에게 왕녀가 고했다.

일부러「내일」이라고 말한 건, 신변 정리를 위해 하루의 유예를 준다는 거겠지.

"가요, 사토 님."

왕녀가 재촉하여 처분장을 나섰다.

"다음은 정수장인가요?"

"그래요, 아테나. 수상한 시체가 발견되었고, 두 번째 붉은 밧줄이 출현한 장소이기도 하니까요."

아테나 양의 질문에 왕녀가 대답했다.

"주인님, 저거."

왕립연구소에서 나왔을 때, 수상한 행색의 남자가 가만히 이쪽 마차를 살피고 있었다.

"왔을 때도."

미아가 왔을 때에도 있었다고 했다.

"걸인이겠죠."

엄격한 시녀 씨가 남자의 정체를 말했다.

그녀가 말한 것처럼 그는 걸식 길드에 소속된 걸인이다.

에치고야 상회의 의뢰로 붉은 밧줄 사건의 정보를 모으고 있을지도 모르겠군.

◆

"지저분한 장소네."

"냄새."

아테나 양이 입을 꾹 다물고, 미아가 손수건으로 입가를 덮었다.

악취가 떠도는 정수장 주변에는 왕도 안이라고 생각하기 어려운 빈민가가 있었다.

길에는 쓰레기나 고철이 흩어져 있고, 노상에 주저앉은 지저분한 옷을 입은 사람들이 우리들의 마차를 어두운 눈동자로 올려다보았다.

"있지있지, 저거 로렌스 아냐?"

빈민가 한 구석에 마차가 서 있고, 그 앞에 아리사가 로렌스라고 부르는 파리온 신국의 호즈나스 추기경이 있었다.

"뭘 하고 있는 걸까?"

"추기경 예하군요. 저 분은 자주 저러고 계십니다."

나긋한 시녀 말로는, 추기경은 공무 사이에 치료비를 못 내거나 신전에 기부를 못하는 빈민가 사람들을 무상으로 치유하고 다닌다고 했다.

"잘 아는구나."

"시녀 동료들 중에 예하의 팬이 많아요."

나긋한 시녀가 가르쳐 주었다.

"어쩐지 주인님 같은 사람이네."

"응, 동류."

"그래?"

아리사와 미아는 그렇게 말했지만, 숭고한 신앙심으로 하는 그의 헌신적인 행동을 내 도락과 같다고 보는 건 조금 틀린 것 같다.

"―웬 놈이냐!"

근위기사가 정체를 묻는 목소리에 우리는 잡담을 멈추었다.

철컥철컥 소리가 나고, 근위기사들이 검에 손을 대는 소리가 들렸다.

"근위냐? 나는 시가8검의 헤임이다."

창에서 얼굴을 내밀자, 마차의 진행방향에 외투의 후드를 내리면서 검환증을 들어 보이는 헤임 씨가 보였다.

그는 바스타드 소드를 등에 진 채 걷고 있는 데다가, 성기사단의 제복이 외투에 가려져 있어서 근위기사들이 수상한 자로 보고 경계한 거겠지.

"여어, 펜드래건 경이냐. 왕족 따라다니면서 돌봐주느라 이런 곳까지 오다니, 너도 힘들겠어."

"헤임 공, 그 말은 다소 실례가 아닌가요?"

엄격한 시녀가 나를 밀어내고 창에서 헤임 씨에게 항의했다.

"그건 실례. 시스티나 전하랑 함께 있다는 건 벚꽃이나 붉은 밧줄 사건 조사냐?"

내가 수긍하자, 헤임 씨가 서민가에서 정보 수집하는 방법을 작은 소리로 알려주었다.

걸인에게 대동화 1닢부터 은화 1닢 정도의 돈을 건네고 질문하면 대답을 아는 한 가르쳐준다. 만약 모른다면 알 법한 상대를 가르쳐준다고 했다. 걸인이라기보다는 정보상 같군.

"기본적으로 들을 수 있는 건 그들이 보고 들은 것뿐이지만, 위병들이 모르는 것을 알고 있는 자도 있다. 유용하게 써라."

정수장 주변에는 수많은 걸인들이 있으니, 정보수집 상대는 부족함이 없어 보였다.

"이 근처는 위험하니까 주의해라. 용건이 없으면 얼른 물러가
도록 해."

헤임 씨가 보충 설명과 충고를 더한 뒤에 가버렸다.


"저희들도 가죠."

헤임 씨와 헤어진 우리는 철격자 문을 지나 정수장 안으로 들
어갔다.

정수장의 수조는 몇 개로 갈라져 있고, 하수 너머에 흘러온
쓰레기를 특정한 장소에 쌓아놓는 구조였다.

"안은 바깥보다도 냄새가 굉장하네."

"악취."

아리사가 질색하는 표정으로 투덜거리고, 미아가 얼굴 앞에
손가락으로 가위표를 그리면서 동의했다.

직원이 정수장을 안내해주는 와중에 악취에 진 왕녀나 미아
가 기분이 나빠진 것 같자, 나긋한 시녀가 몇 번인가 바람 마법
「공기 청정」을 발동했다.
<sup>에어 클리너</sup>

"우와~ 쓰레기가 잔뜩— 으엑, 사람이 있는데?"

아리사가 말한 것처럼, 쓰레기장에 슬럼의 주민들이 들어와
서 쓰레기를 뒤지고 있었다.

에치고야 상회에서 일자리를 만들고는 있지만 아직 부족한
모양이군.

차라리 개척 마을이나 광산이라도 만들어서 많은 수가 먹고
살 수 있는 사업을 일으키는 편이 좋으려나?

맵 검색을 해보니, 왕도에서 걸어서 사흘 정도 거리에 개척마을을 만들 수 있을 법한 평지나 지하 깊숙이 귀금속이나 철 광맥이 잠든 산도 있었다. 지배인과 한 번 상담해 봐야겠군.

"시체가 발견된 것은 저 정수조입니다."

직경 50미터급 거대 수조를 가리키면서, 정수장 직원이 가르쳐 주었다.

수면까지 5미터쯤 되고, 점액질 같은 수면이 탁해서 깊이는 알 수 없었지만, 수면의 절반 이상을 뒤덮은 쓰레기나 나뭇잎에 섞여서 슬라임들이 몇 마리나 떠올라 있었다.

정수조 벽에는 몇 개나 토관이 튀어나와 있고, 거기서 꿀럭꿀럭 물이 흘러 들어왔다.

"으엑."

안을 들여다보려고 한 아리사가 코를 막으며 웅크렸다.

나긋한 시녀 씨가 행사한 「공기 청정」의 범위 밖으로 나가버린 모양이다.

"위험하니까 정수조를 들여다볼 때는 숨을 쉬지 마세요."

냄새뿐 아니라, 가끔 유해한 공기도 나오는 일이 있다고 직원이 주의를 주었다.

"마물이 나타난 것도, 여기입니다."

"여기는 어디로 이어져 있죠?"

"왕도 전역입니다."

시녀를 통한 왕녀의 질문에 직원이 대답했다.

—어라?

"저건 시체 아닌가요?"

쓰레기에 섞여서 시체가 떠올라 있었다.

처음에는 악어처럼 보였지만, 도마뱀 수인 같았다.

"아~ 정말이네요. 금방 담당자를 부르겠습니다."

직원은 딱히 놀란 기색도 없이 수긍하더니, 근처에서 작업하고 있던 자에게 사무소로 전언을 부탁했다.

일본이라면 대소동이 일어날 법한 대사건이지만, 인명이 가벼운 시가 왕국에서는 그렇게 큰 사건이 아닌 모양이다.

정수조에서 끌어올린 시체는, 통보를 받고 찾아온 위병이 신원을 특정해 주었다.

"이 녀석 얼굴은 본 적이 있어. 빈민가에 살던 야매 2급 마법 도구사다."

어디선가 들어본 직업이다.

어쩌면 이 도마뱀 수인도 붉은 밧줄 사건에 연관되어 있어서 입막음으로 살해당한 것일까?

"사인은 날붙이 상처, 아마도 도끼칼 같은 칼날이 짧은 무기로 베인 거겠지."

"금품은 없고— 성 녀석들이 감시하고 있는 쥐 자식이랑 관계가 있을려나?"

시체를 감식하면서 위병들이 말을 나누었다.

"글쎄다, 같은 야매 2급 마법 도구사라는 것만으로 단정할 수는 없지."

베테랑 위병의 말이 마음에 박혔다.

죄송합니다. 젊은 위병이랑 같은 추리를 하고 있었어요.

위병들이 시체를 가지고 가는 걸 배웅한 다음, 우리도 정수장을 나섰다.

일단 시체를 발견한 뒤에 정수장을 한 바퀴 돌아봤지만, 딱히 새로운 발견은 없었다.


"사토 님, 헤임 공이 말했던 『정보 수집』이란 걸 시험해 보지 않겠나요?"

정수장의 문 앞에 걸인이 있는 것을 발견한 왕녀가 그런 말을 꺼냈다. 그녀는 호기심이 왕성한 모양이다.

"그러면, 제가 다녀올게요."

내가 일어서자, 아리사도 같이 가려고 마차의 의자에서 내려왔다.

"기다려 주세요, 사토 님. 제가 하겠어요!"

왕녀가 나를 붙잡았다. 난처하게도 자기가 정보 수집을 하고 싶은가 보다.

근위병이나 시녀들이 상당히 난색을 표했지만, 나랑 시녀 한 명이 호위로 붙는 조건으로 어떻게 타협했다.

"고귀한 분, 이 늙은이에게 부디 베풀어 주십시오."

왕녀가 다가가자, 걸인이 시선을 안 올리고 중얼거렸다.

"은화를 건네는 거였죠?"

시녀에게 눈짓을 하여, 걸인 앞에 놓인 그릇에 은화를 던져넣었다.

"고맙습니다요, 고귀한 분."

걸인이 머리를 숙이고, 그 그림자에서 그릇의 은화를 재빨리 품에 넣었다.

"질문을 하는 거였죠?"

나를 돌아보고 작은 소리로 물어보는 왕녀에게 수긍했다.

"아까 발견한 시체에 대해 뭔가 아는 게 있으면 가르쳐 주겠어요?"

"야매 마법 도구사인 게토카입니다요. 『무너진 지붕』 거리의 판잣집에 살면서, 저기 보이는 주점에서 싸구려 술을 마시고는, 쓰레기 산에서 취해서 잠드는 쩨쩨한 자식입니다요."

오오, 위병보다 정보가 자세하군.

맵 정보로 죽어 있던 마법 도구사의 집을 조사하고, 공간 마법「멀리 보기」로 방 안을 확인했다.

놀랍게도 위병들이 벌써 빠르게 가택 조사를 시작했고, 난잡한 방 한 구석에 놓인 마법 도구 같은 것을 발견했다. 겉보기에는 상당히 다르지만, 붉은 밧줄 사건에서 발견된 부서진 마법 도구랑 회로의 구성이 비슷하다.

"그를 죽이려는 사람이 짚이는 데가 있나요?"

걸인은 왕녀의 질문에 답하지 않고, 옆을 보며 머리를 긁었다.

처음 은화로 말할 수 있는 내용은 끝인가 보다.

시녀가 걸인의 그릇에 은화를 추가하자, 다른 곳을 보면서 이야기를 꺼냈다.

"입막음이나 강도가 아니겠습니까요? 커다란 일을 받아서 목

돈을 벌었다고, 어젯밤에 도마뱀 여자를 거느리고서 돈을 펑펑 썼습니다요."

"그 일의 의뢰인은 알 수 있나요?"

왕녀의 질문에 맞추어, 시녀가 걸인의 그릇에 은화를 추가했다.

"쇤네가 본 건 아닙니다마는, 다갈색 털의 수인이 의뢰를 했다는 것 정도밖에 모릅니다요."

"무슨 정보는 없어요?"

시녀가 은화를 추가했다.

"그 수인에 대해서는 아무것도."

"달리 뭔가 신경 쓰이는 점은?"

"얼마 전입니다마는, 외국어 억양의 남자가 서민가의 폐기 노예를 사들이고 있었습니다요. 그 노예 중 한 명이 잡아먹힌 모습으로, 거기 정수장에 떠올랐습니다요."

마물 소동이 있던 날의 다음날 아침입니다요. 걸인이 말을 이었다.

"지금 들은 이야기를 위병들에게 알리고 오세요."

시녀는 또 한 사람과 교대하여 달려갔다.

"나, 어디로 데리고 갔는지 알고 있어."

걸인 근처에 있던 아이가 멋진 미소를 지으며 손을 이쪽으로 내밀고 말했다.

의미를 이해 못하는 시녀 대신, 내가 그 손에 은화를 한 닢 쥐어주었다.

◆

"여기야."

걸인 아이가 수풀 안쪽에 숨겨진 지하도 문을 가리켰다.

그 폐기 노예를 잔뜩 사들인 외국인이 들어갔다는 장소다.

"고마워, 도움이 됐다."

나는 아이한테 인사를 하고, 수고비 대신 알사탕을 주었다.

알사탕을 입에 넣은 아이가, 달콤함에 펄쩍 뛰면서 기뻐한 다음 웃으며 돌아갔다.

"전하를 불러오지. 펜드래건 경은 수상한 인물이 들어가지 않는지 조사해 주게."

나와 함께 온 근위기사가 말하고서, 왕녀 일행이 대기하고 있는 장소로 돌아갔다.

잡초에 뒤덮인 장소라서, 왕녀 일행은 같이 안 왔다.

지금 같이 있는 건 내가 목말을 태운 아리사뿐이다. 가위바위보로 아리사에게 진 미아는 왕녀와 함께 있었다.

"에치고야 상회 쪽에서 조사한 정보는 알았어?"

"그래. 걸인에게 들은 내용은 에치고야 상회 쪽도 알고 있었어."

마차로 이동하며 에치고야 상회에서 원거리 통화로 들은 내용을 아리사에게도 전했다.

이 지하도에 대해서도 몇 가지 정보가 들어와 있고, 수상한 인물이 드나든다는 소문이 있는 장소라고 했다.

"미아한테도 공유를 해두자."

아리사가 말하고 공간 마법 「전술 대화」로 셋을 연결했다.

"폐기 노예에 대해서는 뭐 있었어?"

"그쪽은 정보가 없어. 추가 조사를 의뢰해뒀지."

특히, 폐기 노예의 이름과 구입한 자의 정보를 조사하도록 부탁했다.

폐기 노예의 이름을 알면 맵 검색으로 현재 위치를 알 수 있으니 노예 상인에게 탐문을 하고 싶었지만, 왕녀가 이곳 조사를 우선하려고 해서 이쪽으로 왔다.

"이곳 조사를 한 다음에, 도마뱀 씨 집을 조사하는 걸까?"

"그런 거 아닐까?"

멀리 보기로 확인한 도마뱀 씨— 물에 빠진 시체로 발견된 도마뱀 수인 집의 정보를 두 사람에게 전달했다.

"조사의 우선도는 그쪽이 위지."

"위병이 조사하고 있으니까 그것부터 들어본 다음에 집 조사를 하려는 거 아닐까?"

우리들의 조사는 덤 같은 거니까, 왕녀의 감에 어울려줘도 된다고 생각한다. 본격적인 조사는 재상의 부하나 위병들이 해줄 거야.

"이제 슬슬 도착한 모양이야."

키가 높은 잡초 너머에, 근위병의 투구가 보였다.

"……■ ■ ■ 흙 길."

아테나 양이 마법을 쓰자, 잡초가 흙에 밀려나 길이 나타났다.

울퉁불퉁했던 지면이 제대로 다져져 있었다. 꽤 치밀한 마법

제어다.

"전하, 가시죠."

"고마워, 아테나."

근위기사가 전후좌우를 지키는 왕녀 일행이 다가왔다.

"사토 님, 기다리셨습니다. 여기인가요?"

"네, 그렇습니다."

지하도로 이어지는 문을 가리켰다.

튼튼해 보이는 문의 손잡이에는 사슬이 감겨 있고, 커다란 자물쇠로 고정되어 있었다.

"자물쇠를 걸어놓은 모양입니다만—."

문을 봉쇄하는 사슬을 끌어당기자, 콰직 소리가 나면서 끊어졌다.

"—사슬이 삭은 모양이군요."

자물쇠가 어엿해도, 문을 고정하는 사슬이 삭으면 의미가 없다.

"삭아?"

근위기사 한 명이 사슬을 당기며 고개를 갸웃거렸지만 무시했다.

문을 연 순간에 악취가 흘러나왔다. 안으로 들어가는 건 상당한 각오가 필요할 것 같았다.

"자, 가요!"

"저, 전하! 기다려 주세요."

문 너머로 가려는 왕녀를 근위기사들이 붙들었다.

"여기까지 와서 무슨 말을 하는 건가요!『용의 동굴에 들어가지 않으면 보물을 얻을 수 없다」고 하잖아요?"

왕녀가 「호랑이 새끼를 얻으려면 호랑이 굴에 들어가야 한다」
같은 속담을 말하고 문 안으로 들어갔다.

말리는 시녀나 호위의 말을 기세로 밀어붙였다.

"무, 무리로군요~."

그러나, 금방 악취에 항복하고 눈물지으며 돌아왔다.

뭐, 타당한 결과다. 문을 연 순간에 정수장 이상의 악취가 흘
러나왔으니까.

바람 마법을 쓸 수 있는 시녀가 『공기 청정』 마법으로도 다
정화할 수가 없어요」라고 했지만, 아마 왕녀를 말리려고 일부러
효과를 약하게 발동했을 거다.

"전하는 여러분과 함께 여기서 기다리세요. 제가 혼자서 조사
하고 오겠습니다."

"주인님, 혼자서는 위험해. 나랑 미아도 같이—."

『괜찮아. 긴급시에 왕녀를 피난시켜야 하니까, 아리사랑 미아
는 여기 남아줘.』

연결해둔 「전술 대화」를 통해 두 사람을 설득했다.

미아와 아리사가 「어쩔 수 없네」라는 표정으로 작게 고개를
끄덕였다.

"저, 저도 가겠어요! 제가 가지 않으면, 벚꽃이 피지 않는 원
인을 알 수 없으니까요!"

아테나 양이 강하게 주장하기에, 나긋한 시녀와 아테나 양을
데리고 조사하러 가기로 했다.

나긋한 시녀가 함께 가는 건 「공기 청정」 마법을 쓸 수 있다는 명분에 더해, 조사에 편리한 척후 계통의 「추적」 스킬을 가졌기 때문이다.

나긋한 시녀에게 마음이 있는 근위병 한 명도 동행을 요청했지만, 「갑옷 소리로 수상한 자가 도망칠지도 모른다」라는 이유로 기각 당했다.

근위기사는 그래도 「예측 못한 사태가 일어났을 때 셋이서는 위험하다」라고 하며 매달렸다.

"전하, 긴급시 보고용으로 소환수를 빌릴 수 있을까요?"

탐색하러 가기 직전, 아테나 양이 그렇게 말했다.

"그래요! 그게 좋겠어요! 제 소환수를 아테나에게 맡기겠어요."

왕녀가 손뼉을 치며 기뻐했다. 소환수와 시각을 공유하면, 탐색의 현장감을 맛볼 수 있기 때문이겠지.

왕녀는 올빼미 다람쥐라는 밤눈이 밝은 생물을 소환해서 아테나 양에게 맡겼다.

"그러면, 다녀오겠습니다!"

기합이 들어간 아테나 양을 선두로 세 명과 한 마리가 지하도로 들어갔다.

"■ 마등."
<sub>마나 라이트</sub>

나긋한 시녀가 술리 마법의 마등을 사용했다.

시녀는 접이식 종이통 바닥에 마등을 걸었기 때문에, 빛에 지향성이 있었다.

"이러면 도적이 발견하기 어렵습니다."

재는 표정으로 말하는 시녀가 귀엽다.

잠시 지하도를 나아가자 악취가 강해지고, 물이 흐르는 소리가 멀리서부터 들렸다.

이윽고, 지하도는 하수도로 이어졌다. 하수도는 2미터 정도 폭으로, 좌우에 사람이 한 명 지날 수 있을 정도의 가는 단— 통로가 있었다.

"저것 보세요. 발자국이 있습니다. 발자국은 세 종류. 모두 이쪽으로 이어지고 있어요."

쌓여 있는 진흙 위에 발자국이 있었다.

시녀가 자신만만한 표정으로 말한 것처럼, 발자국은 통로의 상류쪽으로 이어지고 있었다.

나도 「추적」 스킬을 가지고 있다는 걸 떠올리고 그 도움을 빌어 발치를 잘 보니, 흔적을 지운 발자국이 또 한 종류 있는 걸 깨달았다. 같은 방향으로 이어지고 있었다.

"이것도 발자국일까요?"

"옛날 것이겠죠. 신경 쓰지 않아도 됩니다."

시녀에게 전달을 했는데, 그렇게 단정해 버렸다.

우리는 앞장서는 시녀를 따라 안쪽으로 갔다.

"넓군요."

하수도를 나아가자 저수지 같은 장소에 도착했다. 수위 조절을 위한 장소인가?

저수지는 위가 탁 트여 있는 원통형의 벽이 있고, 벽면에 뚫린 구멍들에서, 졸졸졸 물이 흘러들고 있었다.

"저기! 손이 보여요!"

아테나 양이 수면에 떠오른 시체를 발견했다.

—음?

레이더상을 하얀 광점이 다가오고 있었다. 위치로 보면 구멍 중 하나다. 그쪽으로 시선을 돌리자 누더기로 얼굴을 감싼 형체가 있었다. AR표시를 보니 그는 오크다.

공도 지하에서 만난 오크 가 호우처럼 숨어 살고 있는 걸까?

"펜드래건 경, 저쪽입니다!"

시녀가 우연히 그 형체를 발견해 버렸다.

발견된 형체가 황급히 도망쳤다.

"추적해 주세요!"

대답을 용납 않는 시녀의 말에 반사적으로 달리고 말았다.

나는 따라잡지 않도록 조심하면서, 맵으로 지하에 숨어 있는 오크를 검색해봤다. 두 사람밖에 없었던 공도 지하의 가 호우 일행과 달리, 왕도의 지하에는 30명 가깝게 있었다.

아테나 양이나 시녀는 아까 그 장소에 남아 있는 모양이니까, 달리면서 나나시의 모습으로 변신했다.

괜한 일을 하느라 시야에서는 놓쳐 버렸지만, 레이더의 광점이나 발자국을 추적하여 그들의 숨어 있는 숨겨진 문을 발견했다.

열쇠나 함정을 풀고, 숨겨진 문을 통과했다.

조금 나아간 장소에 있는 홀로 들어서자, 입구의 문에 격자가 떨어지고 오크들에게 둘러싸여버렸다.

나이 든 오크들은 대부분 레벨 30을 넘었지만, 젊은 오크들은 레벨 10미만들뿐이다.

여자들은 안쪽으로 숨고, 호기심으로 주거지에서 고개를 내민 아이 오크를 엄마가 끌고 돌아갔다.

『『『침입자에게 죽음을.』』』

창이나 검을 든 오크들이 발을 구르면서 목소리를 모았다. 오크어다.

오크들 가운데, 한층 몸집이 큰 오크가 앞으로 나섰다.

『누구 명령으로 우리들을 캐고 있는지는 모르지만, 너는 여기서 죽어라.』

진중한 느낌의 오크가 용감한 목소리로 말했다.

『내 이름은 호돈 씨족의 리 후우. 황금 폐하께 마검 가이에스부르크를 받은 수마장 중 한 명이다! 검을 집어 나와 싸우고, 전사로서 죽게 해주마.』

우주 요새의 이름 같은 마검을 뽑은 오크 리 후우가 그렇게 선언했다.

그가 이 숨겨진 마을의 리더인가 보다. 그러고 보니 전에 공도에서 가 호우가 그의 이름을 중얼거린 것 같은데.

『기다려, 잠깐. 싸울 생각 없다. 나는 나나시, 공도의 연금술사 가 호우의 친구다.』

나는 양손을 들어 무기가 없는 걸 드러냈다.

『내 붕우의 이름을 들면, 검이 무뎌질 것이라 생각했나!』

가 호우는 리 후우랑 빈번하게 연락을 하는 게 아닌 모양이다.

공도 지하의 전이문은 이곳이랑 안 이어져 있나?

『정말이야! 루 헤우가 만든 악어 요리를 대접 받았고, 「악귀 죽이기」라는 명주도 함께 나누었다.』

『우리들에 대해서 잘 조사한 모양이다만—.』

『기다리세요, 리 후우. 모르시겠나요? 그는 지금 우리들의 말을 쓰고 있습니다.』

안쪽에서 나온 늙은 오크가 리 후우를 말려줬다.

『그리고, 가 호우가 비장의 「악귀 죽이기」를 꺼냈을 정도입니다. 나쁜 분 같지 않아요.』

『큰 할머님께서 그리 말씀하신다면, 일단 칼을 거두지요.』

리 후우가 마검을 거두고, 나를 광장 구석에 있는 테이블로 안내해줬다.

『저 사람, 누구? 밥 가져왔어?』

안에서 나온 아이들이 나를 보았다.

『정말? 나 배고파.』

『나도 배 많이 고파.』

『무 먹고 싶어.』

안쪽으로 끌고 가려는 어머니에게 아이들이 배고프다고 보챘다.

『식량이 부족해?』

『수상한 놈들 탓에 출입을 못해서 말이다.』

『그러면, 아이템 박스에 식량 재고가 있으니까 나눠줄게.』

『그래 주면 고맙겠군.』

미궁도시의 계약 농가에서 구입한 채소류가 대량으로 있고, 고기류나 어류는 도시 단위로 공급할 수 있는 양이 있다.

『무도 넉넉하게 넣어둘게.』

재고는 그렇게 많지 않지만, 아까 무를 먹고 싶어 하는 애가 있었고 오크는 무를 좋아한다고 공도 지하의 루 헤우도 말했었지.

『오옷! 무다!』

리 후우가 채소의 산에서 무를 들고서 외쳤다.

『『『무다!!』』』

『『『무가 있어!!』』』

그 목소리를 듣고서 주위의 오크들이 일제히 모여들었다. 다들 대흥분이다.

단순히 좋아하는 건가 생각했는데, 일본인의 쌀에 필적하는 소울푸드 같은 것이었을 지도 모른다.

『어째서 무를?』

『어묵용으로 상비하고 있어.』

『어묵이 있는 건가!』

오크 중 한 명이 물어보기에 대답했더니 어묵에도 반응이 좋기에 스톡해둔 어묵을 꺼내 제공했다. 밤중에 출출할 때 따끈하게 데운 시가주랑 같이 먹으면 맛있단 말이지.

『아직, 따뜻한데?』

『맛있어 보여.』

내가 커다란 냄비 2개 분량의 어묵을 오크 부인들에게 건네자, 오크 모두에게 배분됐다.

배가 고팠던 것도 있었겠지만, 내가 만든 요리를 「맛있다, 맛있다」라고 웃으며 먹어주니 기쁘군.

기분이 좋아진 나는 어묵의 레시피랑 국물용 다시마나 조미료를 아까 그 부인에게 건넸다.

『주인님, 그쪽 상황 어때? 아테나가 주인님이 수상한 자를 쫓아가서 돌아오질 않는다고 연락했는데.』

전술 대화로 아리사의 목소리가 들렸다. 소환수 경유로 왕녀에게 알린 모양이다.

『미안. 좀 아는 사람을 만나서 이야기를 하고 있어. 나는 괜찮으니까 조금만 더 상태를 보라고 왕녀에게 말해줘. 되도록 빨리 돌아갈게.』

『지하도에 아는 사람? 뭐 알았어. 더 못 기다릴 것 같으면 또 연락할게.』

『부탁한다.』

시녀나 아테나 양이 걱정되니까, 한 가지만 용건을 마치고 금방 돌아가야겠군.

나는 리 후우를 찾아서 그쪽으로 갔다.

『미안하군, 나나시. 이걸로 아이들이 굶주리지 않을 수 있다.』

『그래. 다행이네.』

나는 인사를 하는 리 후우에게 가벼운 어조로 고개를 끄덕이고 본론을 꺼냈다.

『그보다, 한 가지 묻고 싶은데.』

『뭐지?』

『아까, 수상한 녀석들이 뭐라고 했었는데, 어떤 녀석들인지 가르쳐주면 안 될까?』

『아아, 상관없다. 인간족의 별종이 어슬렁거리며 수상한 의식을 하는 일은 지금까지도 가끔 있었지만, 요 며칠은 그것과 일선이 다른 위험한 녀석들이 드나들더군.』

전자는 석필로 의미도 없는 마법진을 그리는 별종들이고, 후자는 폐기 노예를 끌고서 수인이나 군인 출신 남자들을 데리고 온 마법사 등이라고 한다.

『그래, 그런 녀석들이다.』

붉은 밧줄 사건에서 발견된 주술의 마법진을 보여줬더니, 리 후우가 대답하며 수긍했다.

아무래도 의미불명이었던 주술의 마법진은 붉은 밧줄 사건하고는 다른 별종이 그린 것인가 보다.

『위험하다면, 어떤 식으로?』

『데리고 온 노예나 몸 파는 여자를 실컷 고문한 끝에, 마지막에 갈갈이 찢어서 버리는 몹쓸 놈들이다. 큰 할머님이 속세 녀석들과 연관되지 말라고 명하지만 않았다면, 진작에 내 검의 제물로 바쳤을 것을…….』

리 후우가 아쉽다며 말을 이었다.

『신경 쓰이면 안내를 해줄까? 놈들은 벌써 없겠지만, 희생자들의 시체도 방치된 상태라서ㅡ.』

가능하면 장사 지내주고 싶은 모양이다.

나는 리 후우의 안내를 받아, 그들의 아지트라는 고문을 하는 데 쓰였다는 장소로 안내를 받았다.

그곳은 썩은 내가 나는 광장으로, 손상이 격한 시체가 잔뜩 널브러져 있었다.

　나는 그로테스크 내성이 없으니까 시체를 똑바로 바라보지 않도록 주의하며 주위를 조사했다.

　광장의 중앙이 막자 형태가 되어 있고, 막자의 바닥에 고인 수면에는 거품이 불룩불룩 올라오고 있었다.

　천장에서 사슬이 내려오고, 막자 주위에는 고문 기구나 수상한 마법진이 있었다.

　『이건…….』

　이 마법진은 「엉터리 주술」의 엉망인 것이 아니라, 미궁 상층의 미적들 거점에 있던 마족 관련이랑 비슷하다.

　『악취미군. 피 문자 마법진인가.』

　리 후우가 중얼거린 순간, 마법진이 발동하여 검붉게 발광했다.

　『떨어져라, 나나시!』

　외친 리 후우가 마법진과 거리를 벌렸다.

　레이더에 붉은 광점이 출현했다. 막자의 바닥 쪽이다.

　"새로운 소재포요인가?"

　몸에 시체나 쓰레기를 붙인 분홍색의 점액이 솟아올랐다.

　AR표시를 보니 레벨 41의 중급 마족이다.

　"오크는 희귀한 소재다포요. 소환자는 연구에 열심이포요네. 새로운 전마환은 기합을 넣어 만든다포요."

　"어디서 나타났지?"

　방금 전까지 레이더에 비치지 않았다.

　"빈틈에서다포요. 포요들은 주께서 주신 빈틈에 들어간다포요."

마족이 일부러 아이템 박스 같은 검은 공간을 열어서 보여줬다.

과연, 자기가 숨을 수 있는 아이템 박스 같은 능력이군…….

분명히 그거라면 내 맵 검색이나 레이더에 걸리지 않는 것도 납득이 된다.

마족의 상세정보를 훑어서 읽었다. 빈틈이란 것에 해당할 법한 건 종족 고유 능력에 있는 「마소 틀기」라는 녀석이다.
<sub>데몬 네스트</sub>

놓치면 성가실 것 같으니까 중급 마족에게 마커를 달아뒀다.

『중급 마족 발견. 이제부터 퇴치한다.』

덤으로, 아리사에게 중간보고도 넣었다.

"왕도에 마물을 뿌린 건 너희들이냐?"

이 녀석 능력이라면 내 맵 검색에서 벗어나 마물을 「빈틈」에 숨기는 것도 가능할 거다.

"무슨 말을 하는 거냐포요? 그런 엉뚱한 것을 물어본다는 건, 소환자의 심부름꾼이 아니포요다? 길을 잃은 바보 같은 소재다포요."

엉뚱했구나…….

뭐, 마물을 숨기려면 상급 공간 마법으로도 가능하니까.

"너는 누가 소환했지?"

이 녀석의 상세 정보에 소환자의 정보는 없다. 소환자는 소환을 통한 지배가 아니라, 말로 마족과 협력 관계를 구축한 모양이다.

맵 검색으로 조사해보니, 왕도에서 소환 마법 스킬을 가진 건 시스티나 왕녀를 포함하여 양손양발의 손가락 발가락에 꼽을 정도밖에 없다.

그 중 누군가가, 이곳에 마족을 소환했다. ―아니, 전에 미궁 도시에서 시가8검의 헤르미나 양을 죽이려고 한 녀석이 썼던 소환 아이템도 있으니까 소환 마법으로 한정할 수는 없네.

"말할 리 없다포요."

기가 막힌 듯 말하는 마족의 몸에서 분홍색 촉수가 뻗어 공격해왔다.

내 눈앞에서 촉수가 갈라지더니, 금속질의 빛을 가진 가시 달린 칼날로 변했다.

―참.

리 후우가 마검 가이에스부르크로, 가시 달린 칼날이 된 촉수를 한꺼번에 베어냈다.

『무르군― 정보 수집은 끝났나?』

히히이로카네 마검이 리 후우의 마력을 받아 붉게 빛났다.

『응, 더 이상은 무리 같아.』

『―그렇군. 그러면, 베어도 되겠지?』

『괜찮지만, 속세에는 관여 안 하는 거 아니었어?』

『마족이 상대라면 사양할 것 없지.』

―PWYOYOOPWYOYOO.

공격을 받아 흘린 마족이, 점액을 융기시켜 부정형의 문어라고 표현하고 싶은 모습이 됐다.

『오크류 참철검(斬鐵劍), 삼의 태도(太刀)―「유철참(流鐵斬)」.』

리 후우의 마검이 마족의 몸을 베어냈다― 그러나, 부정형의 마족은 금방 절단면을 융합시켜 버렸다.

"소용없다포요. 포요한테 참격은 무효다포요."

나는 리 후우에게 반격하려는 마족을 걷어차 벽으로 날려버렸다.

"효과 없다포요. 타격도 무효다포요."

마족이 포요포요하며 우리를 도발하는 움직임을 보였다.

아까 그 참격을 포함하여, 체력 게이지는 줄어 있었다. 무효라는 건 마족의 허세고, 실제로는 대미지를 경감하는 것뿐이다.

『■ ■ ■ ■ ■ ■ 전염인(纏炎刃)』
<sup>인챈트 플레임</sup>

열에 강한 히히이로카네 마검에, 리 후우가 만들어낸 불꽃이 뱀처럼 들러붙었다.

과연, 리 후우는 불을 부여해서 싸울 셈인가 보다.

―PWYOYOO.

포요 마족의 몸 표면이 파도치면서, 무수한 가시가 리 후우를 공격했다.

『그 정도로 황금 폐하의 기사를 칠 수 있을 줄 아는가!』

리 후우가 어마어마한 검기와 몸놀림으로, 모든 공격을 흘려내고 종이 한 장 차이로 피했다.

『오크류 참철검, 육의 태도―「전염참(纏炎斬)」.』
<sup>플레임 버스터</sup>

리 후우가 불꽃을 두른 마검으로, 자기 간격에 들어온 포요 마족을 태우면서 베어냈다.

―BZZOO.

포요 마족이 비명을 질렀다.

"제, 제법하는포요구나. 하지만, 마족을 얕보면 안된다포요."

리 후우가 옆구리에서 피를 흘리고 있었다.

『큭, 오의로 벤 순간에 동귀어진을 노렸나―.』

말하는 중간에 리 후우가 피를 토하며 무릎을 짚었다.

『독인가…… 마족답게 비겁하군.』

"마족은 그런거다포요. 기분 좋으니까 더 경멸하고 증오를 뿜어내줘라포요."

포요 마족이 베이기 전의 모습으로 돌아왔다.

"또 한 명은 어디 갔다포요?"

"여기야."

축지로 마족의 측면에 돌아간 나는 성검 클라우솔라스로 놈을 두 동강으로 베어버렸다.

"차, 참격은 무효포―."

표면적이 늘어난 단면을 향해서, 나는「빙결」마법을 발동했다.

―BYZZOO.

마족이 비명을 질렀다.

"이, 이 정도에 얼 정도로, 포요는 약하지 않다포요."

센 척하는 마족에게, 얼어붙을 때까지「빙결」마법을 연속 발동했다.

가끔「마력 강탈」을 써서 마력을 듬뿍 빼앗았다.

"아, 안 언다포요. 포요는 절대로 안 언다포요."

몸의 대부분이 얼어붙은 마족이, 잠꼬대처럼 반복했다.

『그러면, 부숴주마!』

리 후우의 마검 가이에스부르크가, 얼어붙은 마족을 베어 몸을 산산이 박살내버렸다.

『독은 괜찮아?』

『이곳에서 생활하려면 해독제가 필수다.』

—그런 생활 싫은데.

상처를 억누르는 리 후우를 마법으로 치유해줬다.

『무영창…… 아까 그 성검으로 얼핏 알고 있었지만, 역시 용사로군?』

『응, 그렇지.』

『내 목 하나를 쳐서 넘어가줄 수 없나?』

용사는 오크 토벌이 기본 같은 말은 그만합시다.

『아무도 안 쳐. 가 호우랑 친구라고 했었지? 적은 마족이나 마물 정도로 충분해.』

나는 가벼운 어조를 의식하면서 리 후우의 오해를 풀고, 검은 안개가 되어 사라지지 않은 분홍색 얼음 덩어리— 살아있는 마족의 파편을 성검 클라우솔라스로 줄였다.

『이제 됐다. 리 후우, 도와줘서 고마워. 뭔가 답례를 해야겠는데.』

『신경 쓰지 마라. 아까 그 식량으로 충분하다.』

나는 숨겨진 마을로 돌아간다는 리 후우에게 손을 흔들고, 아리사에게 마족 토벌을 보고했다.

『마침 잘됐어. 이쪽에 전하가 부른 수색대가 도착했으니까 들여보낼게. 공간에 숨어 있는 마족이 있었다면, 나도 같이 가는 편이 좋겠네.』

『현장이 지독해. 정서교육에 안 좋으니까 무리해서 오지는 마.』

『아하하, 몸은 어린애라도 알맹이는 어른이니까 괜찮아. 이래 봬도 호러 영화나 스플래터 영화로 단련했는걸. 도적이나 해적의 아지트에서 고문당한 시체도 본 적 있으니까 문제없어.』

아리사의 공간 마법을 이용한 조사는 필요하니까, 아리사의 주장에 어리광을 부리기로 했다.

『―아.』

『왜 그래?』

『이쪽에 소마족이 나왔어. 멀리서 이쪽을 살피는 것 같아.』

『여기서 마족이 토벌된 것을 감지한 소환자가 살피러 보낸 걸까?』

『응, 그럴 가능성이 높아.』

맵으로 확인했는데, 처음 붉은 밧줄 소동에서 발견한 임프와 마찬가지로 호칭이 「사역마」가 되어 있고 주인란은 기묘한 문자가 있었다.

추적용 마커를 달아서, 맵을 축소하여 시야 끝에 표시해뒀다.

『아, 도망쳤다! 전하가 소환한 추적용 새가 좇아가고 있어.』

맵의 마커가 이동을 시작했다.

도망친 임프는 왕녀가 소환한 「추적 새」를 따돌리기 위해서 엉망진창으로 도망쳐 다니고 있었다.

『나도 감시를 해둘 테니까, 그쪽은 왕녀한테 맡겨두면 돼.』

『응, 알았어.』

나는 아리사와 통화를 마치고, 시녀나 아테나 양 일행과 헤어진 장소로 돌아갔다.

"어디까지 쫓아간 건가요!"

"그래요! 하수도에서 길을 잃고 돌아오지 못하게 된 사람도 있어요!"

시녀나 아테나 양에게 잔뜩 혼난 다음, 수상한 자가 수상한 장소에서 마족을 소환하기에 저지하고 있었다고 말했다. 처음에는 믿지 않았지만, 마족이 드롭한 거무죽죽한 마핵을 보여주니 믿어줬다.

그때 내 시야 끝에 흰 천으로 덮여있는 무언가가 눈에 들어왔다.

"……저것은?"

"사작님이 수상한 자를 뒤쫓기 전에 발견한 시체입니다. 아테나 님이 골렘으로 끌어올려 주셨어요."

가까이 가서 천을 들춰보다가 손이 멈췄다. 아는 얼굴이다.

스아베 상회에 있던 족제비 수인족의 마법사가 틀림없다.

나는 전술 대화를 통해 동료들에게 전하며, 시녀나 아테나 양에게도 그것을 고했다.

"상회의 마법사가, 어째서 이런 곳에서 시체로……."

"일련의 사건에 스아베 상회가 연관된 걸까요?"

아테나 양이 생각에 잠긴 얼굴로 중얼거렸다.

시녀의 시체 감식으로 사인이 교살을 통한 질식사라는 걸 알게 된 무렵에, 나를 수색하기 위해 불러온 위병들이 찾아왔다.

몇 명을 여기 조사로 남기고, 우리들은 나머지 인원과 함께 마족이 나온 현장을 감식하기로 했다.

"이거 굉장하군……."

베테랑 위병이 표정을 찌푸리고, 너무 지독한 참상에 젊은 위병이 아까 먹었던 점심을 역류시켜 베테랑에게 혼나고 있었다.

나는 처음부터 시체를 똑바로 바라보지 않도록 했으니 괜찮다.

시녀 한 명이나 아테나 양도 동행했지만, 너무나 처참한 현장을 보고 얼굴이 파래져서 쓰러질 것 같았다.

괜찮다고 말했던 아리사도 얼굴이 새파래졌다.

"괜찮아?"

"응, 주인님이 준 약으로 기분이 좀 편해졌어."

아리사가 공간 마법으로 주위를 조사했다.

"뒤틀린 건 있지만, 이건 마족이 숨어 있던 흔적이네. 그밖에는 나나 주인님의 아이템 박스 같은 것뿐이야."

미약한 공간의 왜곡을 조사하는 건 생각보다 힘든 일인지, 끝났을 무렵에 아리사는 굉장히 피로해졌다.

아리사를 쉬게 하고, 의젓하게 마법진을 조사하기 시작한 아테나 양을 도왔다.

생각보다 수고가 들어서, 위병들의 감식이 끝난 것은 오후가 절반쯤 지났을 무렵이었다.

의복의 잔해 같은 것을 보고, 살해당한 자의 절반 정도는 우리가 여기로 찾으러 온 폐기 노예들의 시체라는 걸 알아냈다.

구하질 못했군……. 나는 아리사랑 같이 희생자들에게 묵도를 바쳤다.

나는 이 자리를 떠나기 직전에, 박쥐 소환으로 만들어낸 그림자들이 박쥐를 천장의 그림자에 숨겨뒀다. 이걸로 범인이 현장에 온다면 그 꼬리를 잡을 수 있다. 희생자들의 응보를 내리기 위해서라도, 범인을 붙잡아 사법의 심판을 내려줘야겠군.


"사토."

오랜만에 바깥 공기로 기분을 전환하고 있는데, 미아가 「거품 세정」으로 나랑 아리사를 씻겨 주었다. 마법 발동의 타이밍에 맞춰 생활 마법 「소취」를 실행했다.

"고마워, 미아."

위병들 앞에서 「소취」나, 「부드러운 세정」 같은 생활 마법을 쓸 수 없으니 참 기쁘다.

"전마환."

"현장에는 없었어."

미아의 질문에 아리사가 대답했다.

마족전으로 알게 된 정보는 아리사와 미아에게 공유했다.

맵으로 전마환을 검색해봤지만 마족의 거점 주변에는 보이지 않고, 딱 하나가 뜻밖의 장소에서 발견됐다.

"족제비."

"응, 아마도."

그렇다. 발견된 장소는 족제비 제국의 상인 호미무도리 씨가 회장을 맡고 있는 스아베 상회의 어느 방이었다.

"이제는 전하의 소환수가 추적하고 있는 임프가 어디로 도망 치는가인데."

우리는 아직도 추적을 계속하는 왕녀를 보았다.

"또, 도망쳤어! 이번에는 나무 아래? 아! 노점의 지주를 쓰러뜨리다니 비겁해! 절대로 안 놓쳐요!"

장시간 추적을 하고 있는데 왕녀는 상당히 활기차다. 소환수와 동기하고 있는지 오른쪽 왼쪽으로 몸이 기울고 있었다. 레이싱 게임을 하며 몸이 기울어지는 사람 같아서 좀 귀엽다.

"아아아아아, 놓쳤어! 어디? 있다! 사람이나 골렘이 있어. 어느 상회의 안뜰— 저택 방 안에 들어갔다— 아얏."

왕녀가 한 손으로 머리를 누르고, 분노에 몸을 맡기며 앉아 있던 의자를 두드렸다.

"죄송해요, 사토 님. 제 소환수가 쓰러져 버렸어요. 어딘가의 상관이라고 생각하는데, 여기저기 도망쳐 다녀서 장소가 불명확해요."

나를 본 왕녀가 말했다.

괜찮아요, 레이더로 추적해서 알고 있으니까.

그녀의 소환수가 사라진 장소는, 아까 아리사와 전마환 이야기로 이름이 나왔던 스아베 상회다.

임프가 전마환이 있는 방에 침입한 다음에 맵에서 사라졌다. 마커 일람에서도 사라졌으니, 아마 임프를 송환한 거겠지.

"아까 골렘을 봤다고 말씀하셨습니다만, 골렘의 머리 부분에 사람이 타고 있지 않던가요?"

"네, 분명히 그랬어요."

나는 그밖에 두세 가지 질문을 하고, 그것이 스아베 상회라고 단언했다.

"수상한 의식의 현장 근처에서 죽어 있던 상회의 마법사…….
붉은 밧줄 사건 근처에서 발견된 데지마 섬 무늬의 파편. 주석
을 다루는 스아베 상회. 마법 도구사에게 발주한 수인. 더욱이
사토 님이 마족을 토벌한 직후에 나타난 임프가 도망친 곳—."

왕녀가 중얼중얼 지금까지 입수한 정보를 중얼거렸다.

"—틀림없어요! 붉은 밧줄 사건의 범인은 스아베 상회입니다!"

수수께끼는 모두 풀렸다! 라고 말할 것 같은 표정으로 왕녀가
단언했다.

범인을 체포하러 가려는 왕녀의 재촉을 받아서, 우리들은 보
충으로 와 있던 위병—으로 분장한 재상 각하의 첩보원과 함께
스아베 상회로 가게 됐다.

"캐묻기에는 아직 이른 것 아닐까요?"

아리사는 조심스레 외부용 말투로 말렸지만, 왕녀가 자신 있게
괜찮다고 말했고 그밖에 막는 자도 없어서 목적지에 도착했다.

뭐 물증이 부족한 것 같긴 하지만, 나도 상황을 볼 때 그가 범
인이라고 생각한다.

◆

"셰셰셰, 이거 펜드래건 사작님 아니십니까. 오늘은 상당히
고귀한 공주님을 데리고 오셨군요."

"며칠 만이군요, 호미무도리 공. 갑작스런 면회 희망에 응답

261

해주셔서 감사합니다."

스아베 상회에 도착한 우리는 왕녀의 왕족 파워로 금방 회장 호미무도리 씨를 면회할 수 있었다. 위병으로 위장한 재상 휘하의 첩보원 두 명도 동행했다.

"오늘은 당신과 면식이 있는 연유로, 전하의 안내를 맡아 찾아왔습니다."

그가 붉은 밧줄 사건의 범인 관련자라고 생각하지만, 일단 시작은 조금 가다듬어두고 싶은데⋯⋯.

"사토 님, 그런 서론은 필요 없답니다."

왕녀는 범인 맞추기를 하고 싶어서 견딜 수가 없는지, 의자에서 일어서자마자 호미무도리 씨에게 가지고 있던 부채를 척 겨누었다.

"우리들의 용건은 붉은 밧줄의 마물에 대해서입니다. 물론, 알고 있겠죠?"

"붉은 밧줄의 마물인가요? 물론 알고 있습니다."

무슨 말을 물어보는지 잘 모르겠다는 표정으로, 호미무도리 씨가 대답했다.

"그러면, 자신이 흑막이라는 걸 인정하는 거군요?"

"흑막? 무슨 흑막인지요?"

왕녀의 말을 대변하는 시녀에게, 호미무도리 씨가 고개를 갸웃거렸다.

"붉은 밧줄의 마물을 왕도에 풀어놓은 흑막이 당연하지 않나요!"

"세세세, 저는 그런 기억이 없습니다."

근위기사들이나 위병에 둘러싸여서도 평범하게 대답하는 것은 제법 굉장하다.

『그럼그럼, 범인은 시치미를 떼야지.』

『범인 맞추기, 중요.』

아리사와 미아가 작은 소리로 긴장감 없는 말을 나누었다.

"무슨 증거나 증언이 있는지요? 아니면 심의관의 판정이라도 하시겠습니까?"

그러고 보니, 이 세계에는 심의관이라는 거짓말이 진짜인지 알 수 있는 직업이 있었지.

『에이, 범인 맞추기에서 그런 거짓말 탐지기를 쓰면 흥이 식잖아.』

『응, 못나.』

누명도 사라지니까 좋지 않아?


"좋아요. 아테나, 그는 증거와 판정을 바라는 것 같아요."

왕녀가 아테나 양에게 신호했다.

고개를 끄덕인 아테나 양이, 품에서 메달리온을 꺼내 들었다.

나중에 알았는데, 저 메달리온은 심의관의 신분을 나타내는 물품이라고 했다. 아테나 양은 심의관의 스킬을 가진 모양이다.

"심의관인 아테나가 묻는다. 쥐 수인의 2급 마법 도구사 즈네와 도마뱀 수인 2급 마법 도구사 게토카에게, 붉은 밧줄 소환에 이용된 마법 도구의 제작을 직접적 혹은 간접적으로 의뢰했지요?"

"아뇨. 그 두 사람은 알고 있습니다만, 의뢰한 것은 일반적인 벌레 퇴치 마법 도구이고, 그것도 반년 전입니다. 소환에 이용된 마법 도구를 두 사람이 만든 것도 모릅니다."

—마법 도구 제작 의뢰는 무죄.

"심의관인 아테나가 묻는다. 도마뱀 수인 게토카의 살해에 직접적 혹은 간접적으로 관여했지요?"

"아뇨, 관여하지 않았습니다."

—마법 도구사 살해는 무죄.

"심의관인 아테나가 묻는다. 이 주석은 당신이 판매한 물건이지요?"

"모르겠습니다. 저희들이 다루는 물품과 비슷합니다만, 3급품은 흔해빠진 물품이라 제가 판 물품이라고 단언할 수 없습니다.

—주석은 그레이.

"심의관인 아테나가 묻는다. 이 파편은 당신이 판매한 물품이지요?"

"모르겠습니다. 데지마 섬의 무늬는 틀림없고, 비슷한 항아리나 그릇을 판매했습니다만, 데지마 섬에서는 흔한 물품이라 저희들이 판매한 물품인지, 다른 상인이 판매한 물품인지는 판별할 수 없습니다."

—데지마 섬 무늬 파편은 그레이.

"빈민가— 정수장 길의 노예 상회에서 폐기 노예를 간접적 혹은 직접적으로 구입 혹은 판매했지요?"

"아니요. 저희들은 신뢰할 수 있는 노예 상회밖에 이용하지 않습니다.

—폐기 노예 살해는 무죄.

"상회의 마법사를 지하도로 파견했지요?"

"아니요. 저는 명하지 않았습니다."

그러면 족제비 수인 마법사는 회장의 명령을 받은 것도 아닌데, 그 현장에 있었다는 거군.

"상회의 마법사 살해에 관여했지요?"

"아니요. —시포로호이가 죽었단 말입니까?!!"

놀란 표정을 지은 호미무도리 씨에게 수긍했다.

"심의관인 아테나가 묻는다. 직접적 혹은 간접적으로, 마족 소환을 행했지요?"

진짜 질문이 왔다.

"아니요."

"정말로?"

"네, 정말입니다."

호미무도리 씨의 대답을 들은 왕녀가 무심코 그런 느낌으로 되물었다.

—마족 소환은 무죄.

"아리사."

"응응, 아테나, 잠깐 귀 좀 빌려줘."

미아의 말을 들은 아리사가, 아테나 양에게 작은 소리로 속삭였다.

"심의관인 아테나가 묻는다. 소마족을 만난 적이 있는가?"

"네, 있습니다."

그 대답에 왕녀 일행의 표정이 밝아졌다.

"언제, 어디서 만났는지를 말하세요."

"이틀 정도 전에, 상회의 뒤뜰에 나타났습니다. 문을 열자마자 머리를 부딪쳐 저주에 걸리고 말았습니다."

왕녀의 질문에 호미무도리 씨가 대답하고, 아테나 양의 판정에 따라 그것이 사실이란 게 판명됐다. 대화나 물품의 수주도 부정했다.

—소마족 사역도 무죄.

"아테나, 마지막 질문을."

"네. 심의관인 아테나가 묻는다. 당신은 『전마환』이라는 물품을 소지하고 있지요?"

전마환이라는 명칭에 대해서는, 내가 마족을 토벌했을 때 들었다고 왕녀에게 전달했다.

마족을 소환한 자가 연구하고 있었다고 했으니, 마지막 질문으로 아껴둔 거겠지.

"아니요."

—어?

당황하여 맵 검색을 해보니 전마환이 사라져 있었다.

아이템 박스를 가진 누군가에게 맡겼나?

"심의관인 아테나가 거듭 묻는다. 당신은 『전마환』이라는 물품을 누군가에게 건넸지요?"

"아니요."

호미무도리 씨가 평정한 표정으로 말했다.

—어떻게 된 거지?

나는 아테나 양 쪽을 보았다.

"아테나?"

"거짓말은, 하지 않았어요."

왕녀의 재촉을 받아서, 아테나 양이 결과를 대답했다.

—전마환 소지나 양도도 무죄.

『여기에 있었지?』

『그래. 내가 조사했을 때는 회장실 안에 쌓여 있는 상자 안에 있었어.』

아리사의 물음에 전술 대화를 통해 대답했다.

『회장이 모르는 사이에 누군가가 가져왔다가, 또 가져갔다는 거야?』

『그렇게 되네…….』

나는 만약을 위해, 호미무도리 씨에게 질문했다.

"회장. 조금 엉뚱한 걸 물어보는데, 지난 일각 정도 사이에 회장실에서 나간 짐이 있나요?"

"네, 물론이죠. 귀족님들에게 의뢰를 받은 성인식 장식이 잔뜩 있었습니다."

고가의 물품이 많아서 그의 집무실에 보관하고 있었다고 한다.

납품 리스트를 봤더니 100건 이상이었다.

이걸 조사하는 건 힘들겠는데.

그건 그렇다 치고—.

"저의 용의는 걷힌 것입니까?"

내심을 간파할 수 없는 표정으로 묻는 호미무도리 씨에게, 왕녀 일행은 고개를 끄덕이는 수밖에 없었다.

호미무도리 씨를 다른 사건으로 체포할 것 같은 첩보원과 헤어져서, 우리는 다른 몇 군데 예정하고 있던 장소를 조사했지만 유감스럽게도 새로운 사실이나 새로운 발견은 없었다.

◆

"펜드래건 사작님의 저택에 도착했습니다."

마차가 멈추고, 마부가 말을 걸었다.

"그다지 도움이 못 되어 죄송합니다."

나는 왕녀에게 사과했다. 추리물의 범인 맞추기는 서투르단 말이지.

"―네?"

왕녀 일행이 신기하단 표정으로 나를 보았다.

"사토 님! 무슨 말씀을 하시나요! 범인을 추적하고 처참한 의식 현장을 발견하여, 왕도에 숨어 있던 마족을 발견해 퇴치까지 하셨는데요?"

"그래요! 마족을 단독으로 쓰러뜨리다니, 굉장해요!"

"서훈은 확실! 하급 귀족이라면 승작도 고려하는 대무훈입니다!"

"게다가, 상처 없이……."

왕녀가 단숨에 말하고, 아테나 양과 나긋한 시녀도 칭찬해 주었다.

"붉은 밧줄 사건의 범인은 발견 못했습니다만, 애당초 하루 만에 발견될만한 것이 아니었고— 아테나, 저기!"

"아앗!"

왕녀와 아테나 양이 정원에 있는 벚나무를 가리켰다.

"봉오리."

미아가 중얼거렸다.

"아아, 봉오리가 달렸군요."

드라이어드가 금방 필 거라고 했었지.

"호, 혹시 엘프가 있어서?"

"아니야. 사토."

굉장한 표정으로 미아 쪽을 돌아본 아테나 양에게, 미아가 짧은 말로 대답했다.

아마도, 드라이어드랑 있었던 일을 말하는 거겠지.

"사토 님이? 어떻게 봉오리를?"

왕녀가 대답하기 어려운 걸 물었지만, 아리사가 태연한 기색으로 입을 열었다.

"지하도에 둥지를 튼 마족을 퇴치했기 때문 아닐까?"

"마족을 퇴치해서, 벚꽃이 자랐다? 벚꽃이 자라지 않는 원인이 마족…… 그러고 보니 왕도의 지맥 흐름이 신경 쓰인다고 벚지기의 장이 말했어요. 지맥을 흐트러뜨린 것이 하수도에 숨어 있던 마족이었던 거군요!"

아리사가 말한 적당한 이유를, 아테나 양이 자기가 아는 정보와 연결 지어 결론을 이끌어냈다.

벚꽃이 자라지 않은 원인이 지맥의 흐트러짐이라는 건 벚꽃 드라이어드에게 들었지만, 그 원인이 마족인지 아닌지는 나도 모른다.

"과연 사토 님! 근사하군요!"

아테나 양의 추론에 납득했는지, 왕녀가 범인 맞추기를 하러 스아베 상회에 쳐들어갔을 때보다도 몇 배나 빛나는 표정으로 말했다.

그러고 보니 왕녀와 아테나 양이 붉은 밧줄 사건을 조사한 것도, 왕벚이 피지 않는 원인이 붉은 밧줄 사건이 아닐까 의심해서였지.

"혹시, 왕벚— 성앵수도 피었을지도 모르겠군요."

내 말에 왕녀와 아테나 양이 마주보았다.

"전하!"

"네, 조사해야죠!"

아테나 양이 허둥지둥 마차에 올라탔다.

"사토 님, 너무 서둘러서 죄송합니다만—."

"어서 가세요. 성앵수가 전하를 기다립니다."

"네!"

왕녀를 태운 마차가 왕성으로 돌아갔다.

아무리 그래도 꽃은 안 피었겠지만, 봉오리 하나 정도는 붙었을 거야.

나는 왕녀 일행의 건투를 빌면서, 마중 나온 동료들에게 손을 흔들며 저택으로 돌아갔다.


"그런데 주인님. 이동하면서 뭔가 조사하는 것 같았는데, 뭔가 알아냈어?"

"아니, 리스트에 있던 귀족이나 시종들 중에 『보물 창고』 스킬이나 『마법의 가방』을 가진 자를 리스트업 해봤는데, 수상한 자는 없었어. 전부 10명 정도니까 느긋하게 체크를 계속해야지."

상당히 귀찮다.

"족제비 상회의 『보물 창고』 스킬이나 『마법의 가방』을 가진 사람은?"

"아아, 그쪽도 있었지. 그러면 15명으로 늘어나네."

생각만 해도 귀찮아.

"사토, 생물."

미아가 조용히 말했다.

—생물?

"그런 거였군!"

"응."

나는 리스트 안에 생물이 있는지 조사했다.

성인식의 장식이라고 하기에 생물을 상정하지 않았었는데, 「공작 벌레」와 「유리 새」라는 두 종류의 생물이 있었다.

"어느 쪽이 목표일까?"

"둘 다 같아."

공간 마법 「멀리 보기」로 확인했는데, 양자의 바구니에 환약의 조각이 떨어져 있었다.

맵 정보의 상태란에 변화가 있으면 편하겠지만, 그렇게까지 이지 모드는 아닌가 보다.

"가는 곳은 둘 다 상급 귀족인 것 같으니, 암살이나 테러를 꾸미고 있을지도 모르겠어."

나는 「원거리 통화」로 국왕에게 「전마환」의 존재와, 전마환을 먹인 애완동물을 암살이나 테러에 쓸지도 모른다는 얘기를 전달하여 애완동물의 격리를 의뢰했다.

"다음은—."

"기동 열쇠."

"왕립연구소 사람이 말했던 거구나."

마법 도구의 기동 열쇠가 되는 신호를 발신하는 마법 도구라……

술리 마법 「신호」를 쓴다고 가정하고, 만든 인간이 기본에 충실하다면—.

"—발견했다."

쿼츠 같은 「신호」 발진 소재를 사용한 회로를 검색해보니, 상당한 수가 나왔다.

어느 상인의 창고에 대량으로 놓여 있었다. 「원거리 통화」나 「멀리 보기」 마법으로 확인했더니, 전자는 맥크레 가문의 어용 상인이었다.

그 밖에 재주꾼들도 몇 갠가 갖고 있어서, 그쪽도 리스트업했다.

이건 피리나 북 같은 악기의 형태를 하고 있으며, 재주꾼들 중에는 우리가 마주친 붉은 밧줄 사건 때 본 뱀 조련사도 있었다.

『폐하, 추가 정보―.』

나는 국왕에게 신호 마법 도구의 장소를 전달했다.

『이번에도 맥크레 가문이옵니까…….』

그러고 보니 위병에게 쫓기던 붉은 밧줄 사건의 실행범에게서도, 맥크레 가문의 이름이 나왔었지.

국왕이 씁쓸한 어조로 말한 뒤, 나에게 감사를 하고 그 창고나 재주꾼들을 조사할 약속을 해주었다.

기동 열쇠 관련해서는 이거면 괜찮겠지. 마법으로도 재현 가능하겠지만, 상당히 재주 좋은 사람이 아니면 어려울 거야.


만약을 위해 그 날 밤에 아리사를 데리고 포요 마족이 숨어 있을 법한 독기가 짙은 장소를 몇 군데나 돌아봤는데, 흔적은 발견되지 않았다.

그게 마지막 한 마리였는지는 모르겠지만, 막무가내로 찾기에는 아리사의 체력과 마력과 스태미나가 부족하다.

일단, 이걸로 일단락인가?

정말이지, 테러리스트 따위는 정말로 몹쓸 놈들이라니까.

# 막간


"—뭐라고?!"

어둠 속에 노호가 울렸다.

"기동 열쇠인 마법 도구류를 관청이 확보했다니 어떻게 된 일이냐?"

"뺄 나치 어스니하."
*뵐 낯이 없습니다*

수인 종자가 땅바닥에 이마를 대면서 엎드렸다.

"우리들과도, 그리고 입막음을 한 마법 도구사들하고도 상관없는 상가의 창고를 빌렸을 텐데! 그것을 속성 마물의 기동 실험을 한지 불과 이틀 만에 발견했다고? 시가 왕국의 공권력은 신들과도 같은 눈동자를 가지고 있다는 것인가!"

흥분한 남자가 테이블에 주먹을 내리쳤다.

"불행 중 다행이라 해야 할지, 왕도의 눈은 상가와 가깝게 지내던 군벌의 맥크레 가문을 노려보고 있습니다. 이 틈에 압수당한 마도구를 대신할 것을 발견하는 수밖에 없을 것입니다."

주인의 역정을 산 종자 대신, 실행 부대의 대장이 건설적인 의견을 말했다.

"가타히 마하느쿤. 으시큰 내이이타! 크 에카지 수시히나 대는 마허 도쿠을 마드 수 이케나!"
*간단히 말하는군. 의식은 내일이다* *그 때까지 수십이나 되는* *마법 도구를 만들 수 있겠나*

"그러면 내일 의식을 미루자는 건가? 교주님께 파문까지 받아서 이 땅에 임한 우리들의 각오를 무르게 보지 마라!"

"카오마으로 이리 서치대다며 고새하이 아는다!"

<sub>각오만으로 일이 성취된다면 고생하지 않는다</sub>

"흥, 광대들의 낙서가 있는 장소에서 기동 실험을 하는 것이 네놈의 고생인가?"

광대들의 낙서— 태평스런 오컬트 집단 「자유의 바람」이 주석으로 그린 엉터리 주술진을 그는 그렇게 표현했다.

"아니면 기동 열쇠인 마법 도구를 일부러 악기 형태로 만들어, 재주꾼으로 분장한 노예들에게 쓰도록 한 것인가?"

"머아고! 사우느 거파케 모으는 전재카 노미!"

<sub>뭐라고! 싸우는 것밖에 모르는 전쟁광 놈이!</sub>

"그렇고말고. 싸우는 것이 나의 사명. 사람의 도리에 반할지언정 사명을 다해내겠다."

말다툼을 하는 부하들을 바라보던 남자가, 뭔가 떠올린 표정을 지었다.

"외도라—."

남자는 부하들의 말다툼을 멈추고, 자신의 생각을 부하들에게 말했다.

"—가능한가?"

"네. 그 방법으로도 속성 마물로 폭동을 일으키는 것은 가능합니다. 본래 계획보다도 규모는 축소되겠습니다만…….."

"상관없다. 계획이 좌초되는 것보다는 낫다."

남자가 말한 다음 수인 종자에게 새로운 계획에 필요한 것을 모으도록 지시하여 보냈다.

"그 지하도를 살피던 자가 있기에 처리했습니다."

부대장이 남자에게 귓속말을 했다.

"그 건이라면 들었다. 족제비 제국의 왕제파에서 보낸 간자다."

그들이 이야기하는 것은, 사토 일행이 지하도에서 발견한 스아베 상회의 마법사 시포로호이였다.

"놈들도 전마환을 바라고 있는 것일까요?"

"후방 교란에 편리하니까."

부대장의 말에 남자가 수긍했다.

"뭐, 그건 됐다. 족제비 제국의 왕제파에 정보가 전해질 무렵이면, 시가 왕국은 이미 없을 거다."

그리고. 남자가 말을 이었다.

"전마환을 만들던 마족이 처리됐다."

"용사에게, 말이옵니까?"

"모르겠다—. 그러나, 중급 마족을 일방적으로 쓰러뜨리는 자 따위, 용사나 시가8검 정도겠지."

"우리들에 대해서는 아직 알지 못한다?"

"지금까지의 거점 제거를 생각하면 그렇게 단정해도 될 거야."

요즘 들어서 시가 왕국의 거점이 제거될 때는 복수의 도시에 있더라도 같은 날 안에 처리되어 있었다.

"교주님께 파문을 받은 보람이 있었던 모양입니다."

"귀공들에게 고생을 끼쳤다."

"황송한 말씀이십니다."

그들은 거점이 발견되는 이유를, 그들이 가진 인식 저해 마법 도구 이상의 능력을 가진 감정사 부대일 거라고 생각했다.

　그 탓에 실행부대를 비롯한 인원을 미리 파문하여 「자유의 빛」 구성원이 아니게 만든 뒤 시가 왕국으로 보낸 것이다.

　"내일은 드디어 진짜 무대다. 왕궁의 개가 냄새를 맡지 못하도록 유념하라."

　"예."

　남자의 말에 부대장이 엎드렸다.

　"모든 것은 『자유의 빛』으로 무지몽매한 백성을 이끌기 위해서."

　어둠 속에서 남자의 말이 언제까지고 울렸다.

# 마화 떨치기 의식

"모든 것은 달에 봉인된 우리들의 신을 해방하기 위해, 우리들의 신이 사랑한 지상을 불사르고 사람들을 연옥으로 떨구마. 용서 받지 못할 대죄 는 내 몸을 영혼마저 남기지 않고 멸하리라. 그러나, 그럼에도, 내 결의는 변함이 없다. 그렇다, 모든 것은 위대한 우리들의 신을 우신(愚神)의 족쇄 에서 해방하기 위해서."


"생각보다 사람이 많군요."

한 해의 마지막 날 아침, 사토는 무노 남작의 호위기사라는 명목으로 왕성에 준비된 마화 떨치기 의식장으로 찾아왔다. 호 위기사라고 하면서도, 사토는 갑옷을 입기는커녕 검도 차지 않 았다. 귀족의 예복을 입은 그는 호위기사라기보다 영주를 따르 는 상급 문관처럼 보였다.

"정말이네."

"정말이지, 너희들은 참 태평하구나."

안내 담당자를 놓쳤는데도 마이페이스인 무노 남작과 사토의 모습에, 니나 집정관이 기가 막힌 것처럼 탄식했다.

"에이. 영주석 장소는 알고 있으니 괜찮아요."

물론 의식을 위해 여기저기에 출입금지 장소가 있어서, 그들은 몇 번이고 우회하게 되었다.

"사토 님!"

자신을 부르는 목소리가 들려 사토가 돌아보자, 웃는 표정으로 손을 흔드는 시스티나 왕녀의 모습이 보였다.

그녀와 자주 함께 있는 「벗지기」 아테나는 시가33지팡이의 일이 있어서 이 자리에 없었다.

"사토 님, 들어주세요. 성앵수가 봉오리를 맺었습니다."

"그렇군요. 축하드립니다."

"우후후, 사토 님 덕분이에요."

냉랭한 평소 모습과 동떨어진 그녀의 달콤한 태도에, 주위 사람들이 놀란 소리를 내고 무슨 상상을 하는지 소문을 속삭여댔다.

사토가 틈을 놓치지 않고 남작과 니나에게 왕녀를 소개하고, 관계를 캐묻는 니나에게 왕녀의 조사에 협력했다고 간단히 설명했다.

"사토 님, 저기에!"

느슨했던 왕녀의 표정이, 뭔가 발견하고 팽팽하게 굳어졌다.

"그 족제비 수인이 있어요."

"스아베 상회의 호미무도리 공이군요."

사토가 왕녀가 가리키는 상대의 이름을 중얼거렸다.

붉은 밧줄 사건으로 한없이 그레이에 가까운 인물이, 이 마화떨치기 의식 장소에 있는 이유를 사토와 왕녀는 의심스레 생각했다.

"전하, 저 족제비 수인은 의식의 비품을 수주한 고오쿠츠 상회의 하청으로 온 업자라고 합니다."

왕녀의 시녀가 준비 작업을 하고 있는 관리에게 들은 정보를 두 사람에게 전했다.

"괜찮아요. 저도 호미무도리 공의 움직임에 주의를 할 거고, 여기에는 요인 경호를 위해 시가8검 여러분도 계십니다. 붉은 밧줄의 마물이 나타난다고 해도, 금방 토벌되어 버릴 겁니다."

걱정하는 왕녀에게 사토가 괜찮다고 보증했다.

그가 말한 것처럼, 여기에는 완전무장한 시가8검 3명과 시가 33지팡이, 더욱이 성기사단원이나 각 신전의 고위 신관들까지 있다. 그 자신이 싸우지 않아도, 이 정도 전력이 있으면 대부분의 난적과 싸울 수 있다. 만약 감당 못한다면 자신이 나서면 된다고 사토는 생각했다.

이곳에 없는 시가8검 「잡초」 헤임과 「풀 베기」 류오나는 왕도 서민가와 귀족가를 분담해서 순찰하고 있었다.

"사토 님이 그렇게 말씀하신다면 괜찮겠죠."

"전하의 신뢰에 부응할 수 있도록 미력하나마 힘을 다하겠습니다."

왕녀의 우려를 떨쳐낸 사토가 부담 없는 미소로 말했다.

"전하, 이제 그만 왕족의 자리로."

진행 담당의 움직임을 보고 이동할 무렵이라고 판단한 시녀가 왕녀를 재촉했다.

"무노 각하, 방해해서 죄송해요. 사토 님, 그러면 나중에 또."

왕녀의 사과를 듣고서 송구해하는 무노 남작을 데리고, 왕녀와 헤어진 사토 일행도 영주들에게 배당된 구역으로 이동했다.

◆

사토가 영주석에서 의식이 시작되는 걸 기다릴 무렵, 그의 피
보호자들은——.

"지지쳤어~?"

"포치는 비실비실이인 거예요."

가정교사의 수업을 마친 타마와 포치가 거실에서 데굴 누웠다.

"두 사람, 그래서는 가정교사의 수업시간이 늘어날걸?"

"뉴!"

"포, 포치는 똑바로 앉는 거예요!"

사악한 미소를 지은 아리사가 있을 법한 미래를 말하자, 타마
와 포치가 펄쩍 뛰면서 **차렷** 자세를 취했다.

데굴데굴 구르며 웃는 아리사의 모습에 놀린 걸 깨달은 타마
와 포치가 아리사에게 항의했다.

"뉴~."

"아리사, 너무한 거예요!"

"아하하, 미안미안. 그래서 오늘은 다들 어떡할 거야?"

두 사람에게 사과한 다음, 아리사가 동료들의 예정을 물었다.

"음악당."

"미아, 저는 소년소녀 합창단에 흥미가 있다고 주장합니다."

미아가 음악당에서 소년소녀 합창단을 지도하는 걸 알고 나

나가 동행을 애원했다.

"갈래?"

"동행 허가에 감사한다고 고합니다."

흐뭇한 눈웃음을 지은 미아가 허가를 내리자, 나나는 그 손을 양손으로 잡고 무표정하게 기뻐했다.

"미아랑 나나는 음악당이구나. 타마는 조각?"

"네잉."

타마가 고개를 끄덕이고, 요정 가방에서 꺼낸 아리사 수제 예술가 코스프레 세트를 입었다.

"포치는 오늘도 집필?"

"포치는 조금 **스탬프**인 거예요."

"어머 그래? 그럴 때는 휴식을 하거나 인풋을 늘리면 좋아."

슬럼프를 잘못 말한 포치를 모른 체 하며, 아리사가 조언했다.

"**임플란트**인 거예요?"

"그래그래, 머릿속에 이야기를 주입해서— 가 아니지! 그림책을 읽거나, 전에 갔던 공원에서 그림연극을 보거나."

잘못 말한 걸 2연속으로 모른 체 하는 건 가엾다고 생각했는지, 아리사가 시간차 태클을 건 다음 제대로 된 조언을 말했다.

"그림책은 모두 기억했으니까, 그림연극 공원에 가는 거예요!"

포치가 예의 바르게 손을 들고 행동을 선언했다.

"포치는 그거면 됐고, 루루는? 오늘도 오세치 만들어?"

"응, 그거 말인데. 어제 받은 레시피를 만들려면 식재료나 조미료가 부족하니까 장보러 다녀올 거야."

"혼자서는 위험하니까 저택 메이드도 데리고 가."

"아하하, 괜찮아. 아리사는 걱정도 많다니까."

루루가 명랑하게 웃었다.

옛날이라면 모를까, 지금 루루는 하급 마족의 기습마저도 여유롭게 넘길 수 있는 호신술을 쓴다. 그런 그녀를 해칠 수 있는 자는 웬만해선 없다.

"그래? 하지만 방심하지 말고, 방패 팔찌나 마법 권총은 가져가."

"응, 그럴게."

루루는 소매를 걷어 방패 팔찌를 보여주고, 요정 가방에서 마법 권총— 사토가 「용의 계곡」의 전리품으로 얻은 마법총을 꺼내서 보여줬다.

"리자 씨는 어제 비밀 기지에서 수행?"

"아뇨. 오늘은 주인님도 왕성으로 외출하셨으니, 붉은 밧줄이 나오지 않나 왕도를 순찰하겠습니다."

리자는 타마와 포치에게 들리지 않도록 목소리를 죽여 아리사에게 말했다.

취미에 매진하는 두 사람을 방해하기 싫기 때문이리라.

"아리사는 어제 말했던 용건인가요?"

"응, 무노 남작 저택에서 회계 처리를 마치고 나면, 에치고야 상회에 갈 거야."

아리사가 마차를 향해 걸으면서 예정을 말했다.

"아리사, 조금 기다려 주세요."

리자가 아리사를 불러 세웠다.

"아아, 역시. 『혼각화환』을 다는 걸 잊었어요."

"어? 어머나, 정말이네. 아까 옷 갈아입을 때 풀어놨었어. 고마워, 리자 씨."

아리사가 요정 가방에서 「혼각화환」을 꺼냈다.

이것은 사토가 아리사를 위해 구한 물품으로, 유니크 스킬의 사용 탓에 「영혼의 그릇」이 부서지는 걸 막아주는 비보다.

"주인님의 사랑이 담긴 결정이니까. 약혼반지 같은 거니까, 꼭 몸에 지녀야지."

사토가 들으면 항의할 법한 말이지만, 이 자리에서는 미아가 「우움」 하고 불만의 소리를 내기만 하고 다른 동료들은 다들 따스한 눈으로 아리사를 지켜보고 있었다.

"그러면, 다녀올게! 리자 씨도 뭔가 이변을 발견하면 연락해줘."

"네, 물론입니다."

걸으면서 왕도를 순찰할 예정인 리자를 남기고, 모두를 태운 마차가 각자의 목적지로 출발했다.

◆

"쟁쟁한 얼굴들이구나."

무노 남작령의 니나 집정관이, 영주들 자리를 둘러보고 감상을 중얼거렸다.

영주마다 구별된 자리에, 영주 부처 혹은 영주 부자 2명, 문관 1명, 수호기사 1명의 합계 4명까지 구성으로 앉아 있었다.

요전에 암살 소동이 있었던 비스탈 공작 옆에는 시가8검 후보인 「붉은 귀공자」 제릴이 수호기사로서 서 있고, 그 밖에도 많은 근위병이 뒤에 대기하고 있었다.

겉모습이 수호기사답지 않은 수호기사가 있는 건 무노 남작뿐이다.

"그렇네."

"장관이네요."

무노 남작 옆에 앉은 사토가, 남작과 집정관의 감상에 동의했다.

보통은 수호기사로서 뒤에 서야 하지만, 안내해준 담당자의 착각으로 사토는 문관 자리에 안내되었다.

그리고, 본래 문관석에 앉아야 할 니나는 영주부인 자리에 앉게 됐다.

니나는 당초에 문관석으로 옮기려고 했지만, 착석감의 압도적인 차이에 져서 영주부인 자리에 눌러앉게 되었다.

"사토, 너도 수호기사 역할로 왔으니까 갑옷 정도는 입어라. 갑옷은 가지고 있지?"

"갑옷은 무거우니까 그다지 좋아하지 않아요."

사토가 주위의 기사들이 들으면 눈을 까뒤집을 발언을 했다.

영주들의 자리는 바람 마법의 결계로 차음이 되어 있으니 그 발언을 들은 자는 없었다. 영주석마다 배당된 메이드들도, 영주들이 부르지 않는 한 결계 밖에서 대기한다.

니나는 굳이 지적하지 않았지만, 그는 애용하는 요정검마저 가지고 오지 않았다.

"뭐, 주위에 근위병이 꽉 차 있으니까 만에 하나라도 나설 차례는 없겠지."

나설 차례가 있다면, 마족이 습격해왔을 때 정도라고 니나는 생각했다.

"여성 영주나 젊은 영주도 있군요."

영주는 모두 서른을 넘긴 연배의 남성들이었지만, 세류 백작령 서쪽에 있는 카게우스 백작령은 냉혹한 인상의 서른 살 전후 미녀가 영주였다.

영주의 칭호가 없는 소년 영주는, 중급 마족의 습격으로 전 영주를 잃은 차기 렛세우 백작이이라.

"젊은 쪽은 너랑 동갑이다. 운이 나쁜 녀석이지. 사실은 1년쯤 전에 시스티나 전하가 시집갈 예정이었는데, 그 직전에 친모를 잃었어. 1년간 상을 치를 때까지 결혼이 연기가 됐는데, 그 사이에 그 마족 소동이 일어나서 아버지까지 잃은 데다가 약혼까지 파기됐지."

왕국 회의 사전공작에 실패하여, 다른 영주나 문벌 귀족의 협력을 얻기는커녕 반감을 사서 자작으로 강등해야 한다는 의견이나, 작위를 계승할 자격이 없으니 다른 친족에게 권리를 양보해야 한다는 억지 의견도 나왔다고 니나가 말을 이었다.

사토는 소년 영주의 처지에 「힘들겠네요」라는 코멘트만 남기고 흥미를 보이지 않았다.

괜히 동정하지 말라고 못을 박으려던 니나는 맥이 빠진 기분으로 의식 회장을 둘러보았다.

"그건 그렇고 신관들의 준비가 늦는구나."

예정보다 4반각— 30분 정도 지난 것을 신경 쓴 니나가 가볍게 손을 들어 결계 밖에서 대기하는 메이드를 불러 진척을 물었다.

조금 기다려주십시오, 라고 말하고 영주석을 나선 메이드가 함께 대기하고 있던 젊은 메이드에게 심부름을 보냈다. 금방 돌아온 젊은 메이드를 데리고 나이가 좀 있는 메이드가 사정을 전달했다.

"파리온 신전의 신전장님과 신관장님이 모두 몸이 안 좋아지셨다고 하여, 그 대역을 준비하느라 시간이 걸렸다고 합니다. 파리온 신전에서 다망하신 여러분의 시간을 빼앗은 것에 사의를 표했습니다."

"그렇구만, 그 대역이 저 멋쟁이야?"

니나가 턱으로 가리킨 곳에, 파리온 신국의 호즈나스 추기경이 있었다.

"네! 경건한 호즈나스 님이라면 어엿하게 대역을 맡아주실 겁니다!"

젊은 메이드가 들뜬 목소리로 말했다.

아무래도 그녀는 잘 생긴 추기경의 팬인가 보다.

"삼가도록 하세요. 영주님 어전입니다."

"죄, 죄송합니다."

나이 든 메이드가 무노 남작에 대한 무례를 질책했다.

"상관없어. 수고해줬네."

무노 남작은 메이드를 스스럼없이 용서하고, 늦어진 이유를 알아온 메이드들을 격려했다.


"이제 슬슬 시작되는 모양이네요."

땅바닥에 그려진 마법원 중심에 대성배가 놓이고, 마법원에 내접되는 오망성의 정점에 소성배가 배치됐다. 그 중에서 하나는 비스탈 공작령에서 소미에나 양이 가져온 소성배다.

마법원의 바깥에는 궁정 마술사— 시가33지팡이들이 같은 간격으로 나란히 서고, 마법원에서 조금 떨어진 제단에 국왕이 서 있었다.

그 오른쪽에는 시가33지팡이의 수장— 궁정 마술사장이 왕조에서 유래된 성지팡이를 들고, 왼쪽에는 시가8검 필두인 쥬레바그가 호국의 성검 클라우솔라스를 뽑은 채 섰으며, 왕의 대각선 앞에는 성방패를 든 시가8검 레이라스가, 왕 뒤에는 신관들이 대기하고 있었다.

"신관은 뒤에 있네요."

"아아, 그래. 나도 의식을 입회하는 건 처음인데, 이 의식을 집전하는 건 왕조님 대부터 국왕폐하의 역할이야. 신관들이 나설 차례는 더 나중에, 의식 마지막쯤이지."

사토의 의문에 니나가 대답했다.

옆에 앉은 무노 남작도 첫 참가라서, 니나의 설명에 몇 번이나 고개를 끄덕였다.

"이제부터 의식을 집행한다."

국왕이 도시 핵의 단말로 보이는 파란 수정의 왕홀을 들어 선언했다.

"마술의 장이여, 영창하라."

"시가33지팡이, 동기 영창을 시작하라."

궁정 마술사장이 휘하의 시가33지팡이들을 지휘하여 영창을 행했다.

용린분으로 그린 마법원이 시가33지팡이의 마력에 호응하여 파랗게 깜빡거렸다.

"왕국의 힘이여, 이 자리에 차오르라."

국왕의 왕홀이 파랗게 빛나더니, 도시 핵에서 공급된 마력이 마법원에 흘러들어 깜빡이고 있던 파란 빛이 눈부시게 빛나기 시작했다.

이윽고 눈부신 빛이 잦아들면서 안정된 빛이 마법원을 채우자, 크고 작은 여섯 성배에는 마력이 구현화된 살짝 붉은 물이 담겨 있었다.

"모이라, 사람의 업이여."

마법원 위에 시계방향으로 바람이 일어났다.

"모이라, 사람의 더러움이여."

바람이 격렬해지자, 숙녀들이 머리칼을 누르고 메이드들이 뒤집히려는 스커트를 필사적으로 눌렀다.

독기시를 가진 자는 바람에 이끌려서 왕도 전체— 아니, 왕도 주변의 광역에서 독기가 흘러들어 소용돌이를 이루는 광경이 보였으리라.

"모이라, 모든 악한 것이여."

국왕이 「모이라」 하고 명할 때마다, 성배에 담겨 있던 살짝 붉은 물이 조금씩 검게 탁해졌다.

그것을 지켜보던 메이드나 문관 몇 명이 몸이 안 좋다고 호소하여 실려나갔다.

마법원을 둘러싼 결계는 성배에 모이는 독기가 외부로 새어나오는 것을 차단하고 있었지만, 그래도 성배에 모이는 과정에서 짙어진 독기가 이 광장을 통과하기 때문에, 보고 있는 자들 중에 내성이 낮은 자부터 순서대로 독기의 악영향을 받아버리는 모양이다.

그리고, 급격한 독기의 움직임은 그녀들 말고 다른 곳에도 영향을 주고 있었다.

◆

그 무렵, 의식이 진행되는 왕성과 떨어진 어느 기술자 거리의 공방에서—.

"스승님, 그 애 작품을 보셨습니까?'

"『구름과 노니는 도너츠』였던가? 신기한 모티프지만, 보는 자의 마음에 호소하는 강력한 매력이 있더군."

조각가가 연장자 제자와 이야기를 하면서 작업하는 제자들 사이를 걸었다.

조각가의 저택에서는 오늘도 깡깡 커다란 소리를 내며 조각가들이 자신의 작품을 만들고 있었다.

"뉴?"

조각에 집중하고 있던 타마가 이변을 감지하고 고개를 들었다.

"뭔가 이상해~?"

"응? 이 강풍이랑 기분 나쁜 느낌말이니?"

"네잉."

가까이서 조각하고 있던 남자가 묻자, 타마가 고개를 끄덕였다.

"오늘은 올해 마지막 날이니까."

"성에서 마화 떨치기 의식을 한다."

"이상한 거 아냐~?"

"그래, 매년 있는 일이야. 걱정 말고 조각에 전념하렴."

"네잉."

어른들에게 괜찮다고 보증을 받은 타마는 순순히 수긍하고 조각을 재개했다.

그래서, 사람들이 이변을 감지하는 것은 조금 나중이 되었다.


"─시작됐군."

왕도에 있는 한산한 공원 하나에서, 저 멀리 우뚝 선 왕성을 바라보던 남자가 중얼거렸다.

동료들을 돌아본 그의 등 뒤에서, 나무가 쏴아아 흔들리고, 날개를 멈추고 있던 새들이 일제히 날아올랐다.

"그래, 끝의 시작이다."

"진정한 신의 강림이 가깝다."

"엎드리는 때는 끝을 고하고, 새로운 시대가 시작되는 것이다."

"그래, 우리들의 비원이 이곳에 결실을 맺는다."

로브를 깊숙이 눌러쓴 남자들이, 처음 남자에 이어서 의미심장한 말을 했다.

남자들을 축복하는 것처럼 까마귀들이 까악까악 불길한 울음소리를 내고, 들개들이 겁먹은 걸 숨기려는 것처럼 짖어댔다.

"""모든 것은."""

남자들이 목소리를 모아, 주석이 달린 지팡이를 겨누고 응어리진 눈동자에 수상쩍은 눈빛을 빛냈다.


"""『자유의 바람』아래서!"""


수상쩍게 그들을 보고 있던 사람들이 연관되기 싫다는 기색으로 발 빠르게 물러갔다.

"─역시, 한해 마지막 날은 이거지."

"그래그래, 『마화 떨치기』때는 수상쩍은 바람이 부니까 분위기가 나서 좋아."

"역시, 마왕이나 멸망 같은 말을 넣어야 하나……."

포즈를 푼 남자들이 즐거운 기색으로 말을 나누며, 아무래도 좋은 걸로 고민하기 시작했다.

사토가 이 광경을 봤다면, 태평스런 오컬트 집단이라는 이름에 어울리는 행동이라고 평가했으리라.

"후우, 보람찬 일을 했어."

리더격인 남자가 후드를 벗고, 흘리지도 않은 땀을 소매로 닦았다.

"—응? 무슨 소리지?"

남자가 덜컥덜컥하는 소리를 깨닫고 주위를 둘러보았다.

"봐라! 맨홀 뚜껑이다!"

다른 남자가 가리킨 순간, 덜컥덜컥 소리를 내고 있던 맨홀 뚜껑이 날아가고 거기서 붉은 밧줄 무늬의 도롱뇽— 붉은 밧줄의 마물이 나타났다.

"마, 마물이다!"

"소문의 붉은 밧줄인가?!"

"내 부름 소리에 응답해, 명부에서 망자가 나타나—."

"바보 자식! 장난칠 때가 아냐! 도망치자!"

혀를 낼름낼름 내미는 도롱뇽의 시선이 남자들을 보았다.

"위험해, 진짜 위험해."

"우와, 잡아먹힌다!"

"도망쳐라아아아아아아아아아!"

남자들이 지팡이를 내던지고 발걸음이 꼬이면서 허둥지둥 도망쳤다.

중형견 정도의 도롱뇽은 남자들이 아니라, 지팡이에 붙어 있는 주석에 흥미를 보이며 으적으적 씹어 먹었다.

이것이, 그 날 일어난 사건의 시작이었다.


왕도의 번화가가 있는 길 하나에서, 순찰을 돌던 위병 소대가 하수구에서 기어 나온 붉은 밧줄의 마물과 마주쳤다.

"유오와 우도는 피난을 지원, 나머지는 나랑 같이 마물을 견제해라! 포위망 사이로 놓쳐서 민간인에게 피해를 내지 마라!"

소대장의 명령에, 갈고리창을 든 위병들이 척척 행동했다.

그들 앞에는 하수도에서 기어 나온 다섯 마리 정도의 귀뚜라미 마물— 돌연변이 귀뚜라미가 있고, 더듬이를 흔들면서 주위를 살피고 있었다.

그 중 한 마리가 위병들과 전투를 시작했다.

"생각 이상으로 강하군……."

"그래, 위병소에 왔던 보고서 이상으로 강해."

평소보다도 중장비라지만, 치안 유지 목적— 범죄자 상대로 편제된 위병에게는 부담이 크다. 자기들보다 격이 높은 마물을 상대하려면 그에 따른 희생을 각오할 필요가 있을 것 같다고 소대장은 느꼈다.

"신호탄을 올려라. 기사님의 증원을 불러."

소대장은 자기들이 무리를 하여 공적을 올리는 것보다, 싸우는 것에 뛰어난 기사들에게 맡기는 편을 선택했다.

"신호탄, 쏩니다!"

부소대장이 왕도의 하늘에 신호탄을 쏘아 올렸다.

그 행방을 보고 있던 부소대장이, 다른 장소에서 올라가는 복수의 신호탄을 발견하고 표정이 떨렸다.

마물은 여기서만 출현한 게 아닌 모양이다.


그리고, 왕도를 떠들썩하게 만든 것은 붉은 밧줄의 마물뿐이 아니었다.

『떨어져라! 골렘이 움직이기 시작했다!』

문벌 귀족의 저택에서, 스아베 상회에서 막 구입한 유인 골렘이 움직이더니 놓여 있던 창고 울타리를 쓰러뜨리며 정원으로 걸어 나왔다.

『머리 의자에 타고 있는 게 누구냐!』

『아무도 안 탔어!』

『족제비 놈들! 불량품을 팔다니!』

동요한 사람들이 우왕좌왕하며 유인 골렘에서 도망쳐 다녔다.

발치에서 보기에는 무인으로 보였던 조종석에서, 투명인간이 조작하는 것처럼 레버나 페달이 움직이고 있었다.

만약 이곳에 고위의 감정 스킬을 가진 자가 있었다면 골렘이 무언가에 빙의된 것을 알았을 것이다.

골렘에 빙의한 소마족이, 도망쳐 다니는 사람들을 보며 캬캬 비웃었다.

◆

『진척은 어떤가?』

어두운 방 하나에서, 후드를 깊숙하게 눌러쓴 남자들이 목소리를 죽이며 외국어로 대화를 나누었다.

『전마환을 이용한 속성 마물들은 순서대로 지상에 출현하여, 사람들을 공격해 공포를 부추기고 있습니다.』

그들이 말하는 속성 마물이란, 왕도 사람들이 「붉은 밧줄」이라고 부르는 마물이다.

이 자리에 있던 남자들이 일련의 붉은 밧줄 사건을 일으킨 것이다.

『기동 열쇠인 마법 도구류를 압수당했을 때는 조바심이 났지만, 노예들을 피리 대신 쓰고 버리는 것은 떠올리지 못했습니다.』

『차선책이지만, 기동 유발약을 노예들에게 뿌려서, 전마환을 먹인 생물들에게서 속성 마물들을 만들어낼 수 있으니까.』

남자는 씁쓸한 표정으로 「효과범위는 크게 떨어진다만」이라고 중얼거렸다.

신호 파장이 닿는 마법 도구와, 약을 먹인 먹이를 먹이는 것. 전자보다도 후자의 범위가 큰 폭으로 작아지는 것은 상상하기 어렵지 않았다.

실제로 그들이 상정한 것보다도 붉은 밧줄의 마물 발생량이 크게 내려가 있었다.

『소환한 임프 놈들은?』

『네, 임프들은 왕도에서 소동을 일으키도록 지시하여 방치했습니다. 소환사의 지배하에 둔 임프 셋은 왕도에 인접한 마물의 영역에서 영역의 주인들에게 빙의가 완료되어, 왕도로 급행하고 있습니다.』

『셋이라고? 파견한 임프는 넷이었을 텐데?』

『히드라에 빙의할 예정이었던 하나가 목적한 히드라를 발견하지 못하고 적당한 마물에 빙의한 것을, 지나가던 주황 비늘 종족으로 보이는 여자가 쓰러뜨렸습니다.』

『흠, 운이 나빴군……. 뭐 좋다. 진짜배기인 「노인머리 사자」나 「사왕 비룡」이 있으면 양동에는 충분하다.』

탁자에 펼친 지도에는 마물이나 시가 왕국의 전력을 가리키는 말이 놓여 있고, 시시각각 그 위치를 바꾸고 있었다. 사토의 맵을 연상시키는 이 마법 장치는 프루 제국시대에 만들어진 비보였다.

『왕도 방공대 녀석들은 쫓아냈겠지?』

『그것이, 그게…….』

후드 아래서 날카로운 안광이 머뭇거리는 남자를 노려보았다.

『뇌물을 먹인 녀석들이, 지난번 비스탈 공작 저택 습격 사건으로 좌천되어 버렸습니다…….』

커다란 바위를 안은 딱정벌레가 왕도에 침입하여, 비스탈 공작 저택을 파괴했다는 이야기가 남자의 뇌리를 스쳤다.

매수한 상대는 자신들 말고도, 널리 뇌물을 받은 모양이다.

『걱정 없습니다. 만티코어와 카오스 와이번이 왕도에 도착할 무렵에는, 파리 놈들이나 박쥐 놈들 상대로 우왕좌왕하고 있을 겁니다. 남방의 감시탑이나 감시소에는 암살자들을 파견했습니다. 성가신 비룡 기사들이 알 무렵에는―.』

『이미 늦었다는 것이군.』

『그러하옵니다.』

『또 하나 손을 써둬라. 또 하나의 임프를 지배해서, 비룡 기사 주둔지의 와이번에 빙의시켜라. 주둔지에서 날뛰면, 놈들의 움직임을 늦출 수 있겠지.』

『그것은 좋은 생각이옵니다. 곧장 준비하겠습니다.』

와이번의 마구간에는 결계가 몇 개나 펼쳐져 있지만, 무슨 수단으로 돌파할 방법이 있는 것이리라. 남자는 그것을 건드리지 않고 방을 나섰다.

『이제, 조금이다―.』

남자가 한 번 고개를 끄덕이고 지도에 눈길을 주었다.

그 눈은 왕성에 있는 그들의 주인을 가리키는 말을 바라보고 있었다.

◆

"젠장, 강철 검인데 날이 나갔어."

"칫, 내 창도 그래."

돌연변이 귀뚜라미와 위병들이 분전하고 있었다.

"안되겠다. 우리들은 상대가 안 돼."

"정면으로 부딪히지 마! 방어에 전념해라! 시간을 벌어서 원군을 기다린다!"

소대장이 지시를 내리면서, 위병소에 들어온 보고서 내용을 떠올렸다. 거기에는 「붉은 밧줄의 마물 평균 레벨은 10전후, 같은 레벨의 마물보다 강하고, 붉게 빛나는 마법 장벽을 가졌다」라고 적혀 있었다.

위병들의 레벨이 5부터 10이고, 평균 레벨 7. 레벨 10의 마물이라면 완전 장비라도 1개분대의 총력을 기울여 싸워 아슬아슬하게 상대할 수 있는 레벨이다.

그 상대가 격이 높은 검사가 휘두르는 검을 튕겨낼 정도의 장벽을 가졌다.

평범하게 생각해서 악몽 같은 상황이다. 누구나 돌연변이 귀뚜라미의 손톱이나 더듬이에 상처를 입어 피를 흘리고 있었다.

그러나, 점점 몰리고 있던 그들 곁으로 구원이 찾아왔다.

신호탄을 보고 찾아온 10명쯤 되는 기사들이 길 너머에서 나타난 것이다.

"도우러 왔다! 마물 상대는 우리에게 맡겨라!"

"오오! 기사님, 감사하우!"

기사대장이 미스릴 합금의 마상창을 겨누어 마물의 정면으로 돌격했다.

그 공격은 마물의 몸 표면에 나타난 붉은 장벽에 막혔지만, 위병들의 검처럼 날이 나가지는 않았다.

잠시 맞선 뒤, 붉은 장벽이 유리처럼 깨졌다.

그러나, 붉은 장벽의 저항 탓인지 마상창의 날 끝이 마물의 중심선에서 벗어나 허무하게 몸 표면에서 미끄러졌다.

"이것이 붉은 밧줄인가!"

기사대장이 기세를 죽이지 않고, 마물 옆을 달려 지나갔다.

나머지 기사들이 대장을 따르라는 것처럼 돌격을 시작했다.

기사들 대부분은 아까 대장과 마찬가지로 장벽을 부수거나 힘이 다해서 장벽을 깎아내는데 머물렀지만, 기사대장이 장벽을 부순 마물에 돌격한 부관의 마상창은 훌륭하게 마물을 꿰뚫었다.

"할 수 있다! 장벽을 부수면 보통 마물과 다를 것 없다!"

기사대장의 말에 기사들이 기염을 토하며 재돌격을 위해 말 머리를 돌렸다.

"기사님! 위험해!"

위병의 외침과 거의 동시에, 절반 가까운 기사들이 말과 함께 날아가 버렸다.

방금 전까지는 더듬이와 앞 다리로 싸우고 있던 돌연변이 귀 뚜라미가 기사들을 향해 몸통박치기를 한 것이다.

"신체 강화를 쓰는 마물의 도약력이 이렇게까지 커질 줄이야."

안쪽에 침입을 허용한 기사들은 마상창을 버리고, 허리의 검 을 뽑아 마물들을 베기 시작했다.

개중에서도 기사대장의 활약은 눈부셨다.

"과연 폐하께서 내려주신 『영걸의 검』. 장벽을 가진 붉은 밧줄 마저도 손쉽게 베어낼 수 있다!"

부하 기사들은 검을 든 기사대장을 부러운 기색으로 보았다.

영걸의 검— 용사 나나시가 시가 왕국에 양도한 미스릴 도금 주조마검은 기사들에게 선망의 대상이었다.

"살아있나?"

"괜찮습니다. 마물에게 당하다니, 면목이 없습니다."

부관이 말을 걸자, 마물에게 날아가 버린 기사들이 일어섰다.

"굉장해, 저 돌격을 맞고서도 살아있다."

"과연 기사님이야."

위병들이 태연하게 일어선 기사들을 보고 놀란 소리를 냈다.

두꺼운 갑옷과 단련된 근육으로 수호 받는 기사들 중에 사망자는 안 나온 모양이다.

◆

"도, 도, 도~, 도넛츠의 도~."

조각가의 저택에서는, 타마가 독특한 리듬을 타면서 조각을 하고 있었다.

"우와아아아."

안뜰에서 누군가 소리를 질렀다.

돌아본 타마 옆으로 뭔가가 지나갔다.

덜컥, 쨍그랑, 콰직 하는 파괴 소리가 들리고, 황급히 시선을 되돌린 타마의 시야에 부서진 조각상이 보였다.

"타마의 조각상이……."

조각상 옆에 주저앉은 타마가 눈물지으며 부서진 상을 쓰다듬었다.

방금 전까지 타마가 영혼을 담아 만들던 것이다. 최고의 모티프를 발견하여 한마음으로 만들고 있었다.

그것이 부서진 것이다.

타마는 격노했다.

—GWEECHKOOO.

정원 안쪽에서 마물의 포효가 들렸다.

"범인 발견~?"

타마의 모습이 사라지고, 마물 앞에 나타났다.

"타마, 용서 안 해~?"

—GWECHKO?

개구리 모습을 한 붉은 밧줄의 마물이 고개를 갸웃거리며, 둘둘 만 혀를 타마의 얼굴을 향해 쏘아냈다.

또 다시 타마의 모습이 사라지고, 긴 혀가 뿌리 부근에서 잘려 날아갔다.

—GZWEGHOOOOOO.

마물이 혀의 절단면에서 피를 뿌리며 비명을 질렀다.

마물의 몸이 세로로 쪼개졌다.

그 너머에서 수도를 휘두른 모습으로 서 있는 타마의 모습이 나타났다.

"죽은 주검, 미워하는 자 없다~."

타마가 아리사에게 배운 드라마 대사를 중얼거렸다.

분노가 잦아든 타마의 수도에서 붉은 빛이 사라졌다. 마물을 맨손으로 양단한 절기는 맨몸에 마인을 만드는 것으로 이룬 모양이다.

"굉장해. 맨손으로 쓰러뜨려버렸다."

"조각만 잘하는 게 아니라 싸우는 것도 특기구나."

어른들의 칭찬을 받자 분노가 잦아든 타마가 돌아보았다.

"닌자는 맨손이 최강~?"

아리사가 말했다고 타마가 덧붙였다.

대부분 아리사 탓이다.

◆

타마의 조각상이 파괴된 것과 같은 무렵—.

포치가 그림연극을 즐기는 평화로운 공원에도 붉은 밧줄의 마물이 나타났다.

"마물이다아아아아아아아아아아!"

"도, 도, 도, 도망쳐어어어어어어어어어어."

사람들은 마물의 모습에 겁을 먹고 도망쳐 다녔다.

그것은 포치랑 같이 그림연극을 보던 아이들도 마찬가지다.

"포, 포치, 어떡하지."

"괜찮은 거예요. 여기에는 포치가 있는 거예요."

다리에 힘이 풀린 아이나 매달리는 아이를 달래고, 포치가 경쾌하게 일어섰다.

"그, 그치만, 어른들도 못 이기잖아!"

아이들이 마물에 치어 날아가는 어른들을 가리켰다.

그리고, 그림연극을 하던 장사꾼은 놀라서 흩어버린 장사 도구를 필사적으로 긁어모으고 있었다.

"괜찮은 거예요. 그림연극 아저씨 데리고 피난하는 거예요."

걱정하는 아이들의 머리를 쓰다듬고, 포치가 요정 가방에서 일본도를 꺼냈다.

마물에게 쫓기는 어른들은 엉망이었지만, 다행히 아직 사망자는 나오지 않았다.

"포치의 휴일은 끝난 거예요. 자, 싸우자, 인 거예요."

일본도를 살짝 뽑으면서 마물에게 다가가, 거합의 간격에서 발을 멈추었다.

"거합일섬, 인 거예— 빠, 빠빠 빠지질 않는 거예요!"

힘이 너무 들어가서 거합에 실패한 포치의 얼굴에 돌연변이 귀뚜라미가 돌격했다.

그 돌연변이 귀뚜라미가 상단에서 일격으로 두 동강 났다.

"—다친 데 없냐?"

포치를 구해준 인물이 대검을 지고 물었다.

"혜엠 대선생님인 거예요! 고맙습니다인 거예요. 포치는 괜찮아요인 거예요."

"그러냐. 그럼 도와라."

시가8검 제7위 「잡초」 혜임이 공원 연못에서 나타난 새로운 마물을 노려보면서 포치에게 협력을 요청했다.

"생각보다 수가 많다. 못 싸우는 사람 쪽에 마물을 보내지 마라."

"네, 인 거예요."

포치는 손에 안 익은 일본도를 요정 가방에 수납하고, 대신 애용하는 마검을 꺼내 뽑았다. 달려가는 혜임을 따라 달리며, 그가 놓친 마물을 스치기만 해도 죽이는 기세로 쓰러뜨렸다.

그것은 마치 방금 전의 추태가 환상 같은 대활약이었다.

"역시, 컴뱃 프루룽한 검이 아니면 안 되는 거예요."

여유롭게 마물을 베어내면서, 변명처럼 중얼거렸다.

여기에는 「실전 증명」을 잘못 말한 포치에게 태클 걸어주는
자가 없었다.

◆

"유생체는 제가 지킨다고 고합니다."

음악당의 홀에서는 대형 방패와 검을 겨눈 나나가, 무대에 다
가오는 마물의 대군에서 소년소녀 합창단을 지키며 고군분투하
고 있었다.

"나나 선생님! 무대 옆에서도 와!"

한 소년이 나나를 향해 외쳤다.

나나는 합창을 지도하러 온 미아와 동행했을 뿐이지만, 말이
부족한 미아의 통역을 하는 사이에 아이들에게 「선생님」이라고
불리게 됐다.

"『자유 방패』 발동이라고 선언합니다."

나나가 이슬로 만들어낸 자유 방패를 무대 옆을 방어하도록
배치했다.

"나나 선생님! 미아 선생님이 눈을 떴어요!"

"움?"

미아는 마물이 출현할 때 패닉을 일으킨 소년소녀들에게 깔
려서 눈을 핑핑 돌리고 있었다.

"미아, 에머젠시라고 고합니다. 지원을 요청합니다."

나나의 표정은 변함이 없지만, 마물 무리는 당장이라도 나나

의 방어선을 돌파할 것 같았다.

"응, ■■ ■ ■ <ruby>급팽창<rt>벌룬</rt></ruby>."

영창이 빠른 미아의 하급 물 마법이 발동하여 마물 무리를 날려 버렸다.

"실드 배쉬 발동을 선언합니다."

미아가 밀도를 줄인 타이밍에 맞추어, 나나가 대형 방패 위를 넘으려는 마물을 쓸어버렸다.

"■■■■……■■ <ruby>물줄기 결계<rt>스트림 쉘터</rt></ruby>."

영창 시간을 번 타이밍에 미아가 중급 방어 결계를 쳤다.

일련의 흐름은 미궁에서 배양한 연계의 묘기이리라.

"미아, 결계를 유지한 채 정령 마법이나 공격 마법이 가능한지 묻습니다."

"여유."

미아가 재는 표정으로 V사인을 나나에게 보이고 긴 영창을 시작했다.

영창을 하는 동안 천장을 부수고 나타난 파리 마물이나 도롱뇽 마물은, 나나가 담담하게 이력의 창이나 검으로 격파했다.

"……■■■ <ruby>풍령왕 창조<rt>크리에이트 가루다</rt></ruby>."

미아 앞에 금색으로 빛나는 가루다가 나타났다.

음악 홀에 떠올라 날개를 펼친 모습은 왕년의 대스타처럼 관록이 있었다.

"해치워."

미아의 짧은 지령을 받은 가루다의 금색 깃털이 날개에서 떨어져, 붉은 밧줄의 마물들을 일방적으로 유린했다.

"미아 선생님 굉장해."

"역시 엘프님이야."

"금색 새도 굉장해."

미아를 칭찬하는 아이들의 순순한 감상에, 나나가 무표정하게 쓸쓸한 분위기를 둘렀다.

"나, 나나 선생님도 멋있었어."

"그래! 우리를 지켜준 건 나나 선생님이잖아!"

"고마워, 나나 선생님!"

"유생체."

분위기를 읽을 줄 아는 아이들의 두둔에 나나가 감개무량한 분위기가 되었다.

"미아 선생님도, 고마워!"

"응."

미아는 여유로운 표정으로 한 번 고개를 끄덕였다.

아직 쓰러뜨려야 할 마물은 남아 있지만, 그것들의 청소가 끝나는 건 시간 문제였다.

◆

"모기떼? 그런 것치고는 벌레가 커다랗군요."

타마와 포치가 마물과 마주친 것과 같은 때에, 리자 또한 정수장의 거대한 연못에서 이변을 발견했다.

리자 근처에 있던 사람들도 같은 것을 발견했는지, 정수장의 울타리를 붙잡고 수면 위에서 소용돌이치는 검붉은 벌레떼를 가리켰다.

그 꼬리가 정수장과 이어진 입수관으로 이어지고 있었다.

"검붉은 벌레— 아니, 마물이군요."

요정 가방에서 애용하는 마창 도우마를 꺼냈다.

"루루나 아리사가 있다면 좋겠습니다만……."

대공 기술이 많지 않은 리자가 긴급 통지용 마법 도구를 조작하여 「마물 발견」 버튼을 눌렀다.

'이제부터는 아리사나 주인님이 준비를 해주시겠죠.'

리자는 마음속으로 한 번 중얼거리고, 마창 도우마에 마인을 깃들였다.

"그냥 벌레가 아냐! 저건 마물이다!"

큰 소리에 이끌려, 벌레들이 도망치기 시작한 구경꾼들을 뒤쫓았다.

운하처럼 공격하는 벌레들의 선두집단을 붉은 광탄이 쓸어버렸다.

그것은 일부러 집속을 느슨하게 한 리자의 마인포였다.

"마물이여! 내 창이 두렵지 않다면 덤벼라!"

도발 스킬의 힘이 깃든 리자의 외침이 마물들을 끌어당겼다.

"위험해! 마물이 꼬리 아가씨 쪽으로 갔다."

"도망쳐, 아가씨! 수가 많아! 혼자서는 무리야!"

리자를 걱정하는 구경꾼들이 외쳤다.

그 외침보다 빠르게, 사람 머리 정도 되는 파리 마물이 포탄 같은 기세로 리자를 공격했다.

격류 같은 파리 마물의 대군 앞에서, 리자의 자세는 흔들리지 않았다.

찌르고, 휩쓸고, 다시 찌른다.

딱히 기발할 것 없는 창놀림이지만, 그 속도가 보통이 아니었다.

리자의 팔이 흐릿해질 때마다 마물의 시체가 리자 주위에 늘어났다.

"검붉은 눈사태가……."

"창 앞에서 흩어진다……."

"……저 아가씨, 정체가 뭐야?"

있을 수 없는 광경에, 구경꾼들이 도망치는 것도 잊고서 넋을 잃고 싸움을 보았다.

"창잡이에, 꼬리가 달렸―."

중얼중얼 뭔가 말하던 구경꾼 한 명이 리자의 정체를 깨달았다.

"그렇지! 『흑창』의 리자다!"

"시가8검, 『부도』의 쥬레바그를 쓰러뜨린 최강의 창잡이다!"

남자가 외치는 것과 동시에, 입수관 안에서 검은 그림자가 뛰쳐나왔다. 그것은 날개 길이 10미터가 넘는 거대한 박쥐 마물이었다.

파리를 뒤쫓는 것처럼 하늘을 날아서, 리자를 향해 급강하 공격을 걸었다.

"위다!"

"위에서 온다!"

이미 리자는 하늘을 향해 창을 겨누고 있었다.

사방팔방으로 도망치는 파리의 움직임으로 박쥐의 습격을 감지한 것이다.

"파리 다음은 박쥐인가요—."

중얼거리는 말이 끝나는 것과 동시에 하늘로 치켜 올린 창이 공격해오는 박쥐를 입부터 배까지 일격으로 꿰뚫었다.

잔심을 행하는 리자의 귀에「전술 대화」의 호출 소리가 들리고 조금 늦게 아리사의 목소리가 들렸다.

『다들 들려? 왕도에 붉은 밧줄의 마물이 나타난 것 같아.』

차례차례 하늘에 쏘아져 올라가는 신호탄의 색깔 연기를 올려다보며, 리자는 이변이 여기서만 일어난 게 아니라는 걸 알았다.

리자는 요정 가방에서 꺼낸 투창으로 도망친 파리를 격추하면서 아리사의 이야기에 귀를 기울였다.

『주인님에게서 지시가 있어. 건네둔 지도를 펼치고, 장소 지정은 기호니까 틀리지 말고—.』

요정 가방에서 꺼낸 지도를 보면서, 자신이 가야 할 장소로 달려갔다.

◆

—리자가 긴급 통지기를 누르기 조금 전.

사토 일행 눈앞에서 마화 떨치기 의식이 마지막 단계를 맞이

하고 있었다.

성배에는 독기가 구현화된 것처럼 흑색의 액체가 가득 차고, 마법원 바깥쪽에 서 있던 시가33지팡이가 퇴장하더니 신관들 성직자가 그 위치로 이동했다.

그때, 사토의 주머니에서 긴급 통지 마법 도구가 진동으로 긴급 사태를 알렸다.

누구의 보고인지 확인하려던 사토에게 아리사의 「원거리 통화」가 들어왔다.

『주인님, 다른 애들이 붉은 밧줄이랑 마주쳤어. 내가 있는 무노 저택 주변은 지금은 괜찮은 것 같아.』

아인 소녀 세 명의 조우 보고가 있었나 보다.

『식재료 시장의 루루도 보고. 붉은 밧줄은 안 마주쳤지만 신호탄 같은 게 몇 개나 하늘로 올라갔대!』

아리사는 사토와 통화를 하면서 루루하고도 「원거리 통화」를 쓴 모양이다.

사토는 맵을 열어 왕도에 출현한 마물의 분포를 조사했다.

『전부 합쳐서 30군데 이상이야. 번화가나 시장, 극장이나 공원 같은 장소가 많아. 지상형 마물은 이동범위가 좁지만, 파리나 날벌레, 그리고 박쥐 같은 비행형은 상당한 범위로 퍼진 모양이다.』

『귀족가는 피해가 없어?』

『하급 귀족의 주택이 밀집한 장소나 원유회가 열렸던 장소 정도야.』

『이상하네……. 왕성 주변을 공격하지 않다니.』

마물의 출현 지점이 도형을 그리는 것도 아닌 모양이다.

사토의 레이더 권역 안에는 마물이 없었다.

『―역시, 양동일까?』

『아마도.』

대화하는 사토의 시야에, 숨을 헐떡거리며 재상에게 보고하는 관리가 보였다.

그들 곁에도 붉은 밧줄 출현의 정보가 도달한 모양이다.

『그러면, 노리는 건―.』

『여기겠지.』

너무나 노골적인 양동에, 사토는 말하기 어려운 불안을 느꼈다.

『주인님은 거기 있어. 안락의자 탐정 같은 느낌으로 우리들이 이동해야 될 장소를 가르쳐줘. 그 다음은 우리가 잔챙이를 처리할게.』

아리사가 밝은 어조로 사토에게 제안했다.

『알았어. 모두에게 맡길게. 「전술 대화」로 모두 연결해줘.』

『오케이!』

"무슨 일이 있었나 봅니다. 조금 이야기를 듣고 올게요."

아리사가 마법을 다시 연결하기 전에, 사토는 니나 집정관과 무노 남작에게 고하고 영주석에서 떨어진 근처 정자에 귀환용 각인판을 설치한 뒤 왕성 한 구석으로 이동했다.

"애들한테 맡기는 건 좋다 치고, 세세하게 흩어진 건 내가 처분해두자."

사토는 마법란의 「유도 화살」을 선택하여 맵을 열고 광범위로 흩어진 비행형 마물들이나 절망적 상황에 있는 전역의 마물을 차례차례 록온했다. 3연사, 합계 360개의 마법 화살이 하늘을 날아가 일격필살의 페이스로 마물들을 섬멸했다.

인파가 몰린 장소나 격렬한 전투를 하고 있는 장소는 유도 화살의 대상으로 안 넣었다.

자칫 난전이 벌어지는 장소를 공격하면 마물과 유도 화살 사이에 끼어드는 자가 휘말릴지도 모른다고 우려했다. 사토의 공격 마법은 연약한 사람들에게 마물보다도 위험하다.

그쪽은 비살상 대인제압용 마법 「유도 기절탄」을 썼다. 이 마법으로는 방어력이 높은 붉은 밧줄을 쓰러뜨릴 수 없지만, 그래도 마물과 대치하는 사람들이 도망치거나 태세를 바로잡는 귀중한 시간을 벌었다.

지원 사격을 마친 사토는, 아까 있던 정자로 귀환전이하여 영주석으로 돌아왔다.

『주인님, 모두 지도를 펼쳤어. 지시 부탁해.』

『왕성에 3마리 정도 대형 마물이 접근하고 있는데, 그건 무시해도 돼. 이쪽에는 원거리 공격이 특기인 시가33지팡이가 다 모여있고, 시가8검 3명이랑 제릴도 함께 있다. 안심해도 돼.』

동료들의 반론이 없는 걸 확인하고, 사토는 전력이 부족한 장소를 지시하여 동료들을 급행시켰다.

『주인님, 에치고야 상회 쪽에는 지시 내렸어?』

『그래, 물론이지.』

상회 본점과 둘 있는 공장에는 강력한 경비용 골렘이 몇 개나 있으니, 주변 주민의 피난 장소로 개방하도록 지시했다.

당장의 지령을 다 내린 사토는 영주석에서 기다리는 니나와 무노 남작에게 붉은 밧줄 출현 이야기를 전달했다.

"……그렇군. 저 허둥거리는 건 그런 거였니? 이쪽 의식은 최종단계에 들어간 참이야."

니나가 대답했다.

의식장 중심에서는, 소성배에 가득한 먹처럼 검게 변색된 액체를 신관들이 대성배에 따라 하나로 합쳤다.

신관들이 정화의 의식 마법 영창을 시작했다.

대성배에 모인 묵색 액체가 슬라임처럼 꿈틀거리며 대성배에서 도망치고자 몸부림치지만, 국왕이 다루는 파란 빛이 그것을 용납하지 않는다.

이윽고 의식 마법이 발동하여, 묵색의 액체가 조금 줄었다.

다음은 의식 마법을 몇 번이고 계속하여, 대성배 안의 묵색 액체가 모두 정화되면 끝인가 보다.

그러면, 대성배의 액체 정화가 끝나려면 조금 더 걸릴 것 같다.

사토는 맵을 확대하여 광점의 움직임에 집중했다.

◆

"조금 급한 용건이 생겼으니 돌아갈게. 여기는 괜찮을 거라 생각하지만, 내가 밖으로 나가면 문에 빗장을 걸고 밖으로 나오지마.

무노 남작 저택의 집무실을 뛰쳐나온 아리사가 처음에 만난 메이드들— 에리나와 신입 아가씨에게 말했다.

"알았슴다."

"무슨 일 있나요?"

두 사람이 되물은 타이밍에 비상사태를 알리는 경종이 들렸다.

"이제야 경종이 울리다니 태만이야."

아리사가 혼잣말로 불평하며 복도를 달렸다.

경종이 늦은 것은 왕성에서 이루어지는 마화 떨치기 의식을 방해하지 않도록, 경종을 울려야 할 부서의 누군가가 신경을 써 버린 것이리라.

"아리사! 무슨 일 있나요?!"

"가— 카리나 님!"

경종을 들은 카리나가 방을 뛰쳐나왔다.

무심코 「가슴」이라고 내심 붙여둔 별명을 말하려던 아리사가 직전에 어떻게 수정에 성공했다.

『아리사! 무노 저택 근처 하수도에 마물이 두 마리 정도 접근한다.』

전술 대화 너머로 사토가 아리사에게 말했다.

그것과 거의 동시에, 이웃집 쪽에서 파괴음과 비명이 들렸다.

『카리나 님! 마물의 기척이다!』

"알겠답니다, 라카 씨!"

카리나의 가슴에서 「지성을 지닌 마법 도구」 라카가 보고하고, 카리나가 드레스 차림 그대로 창문에서 뛰쳐나가 이웃집의 담을 넘어섰다. 뒤에서 카리나에게 사교를 가르치는 귀부인이 비명과 질책하는 소리를 질렀지만, 카리나는 그것을 깨닫지 못했다.

"에리나 씨, 카리나 님이 이웃집에 가버렸어요."

"신입, 사다리입다! 사다리를 가져와서 좇아가는 겁다!"

"네!"

카리나의 호위 메이드를 맡은 두 사람이 헛간으로 달려갔다.

『주인님, 카리나 양이 마물 요격을 하러 가버렸어.』

『그러면 그쪽은 카리나 님한테 맡겨도 돼. 아리사는 루루랑 합류를 서둘러줘.』

『오케이!』

메이드들의 시선이 사라진 타이밍에서 아리사는 공간 마법을 사용해 왕도 저택으로 귀환전이한 뒤, 「멀리 보기」로 전이할 곳을 확인한 다음 루루 근처로 전이했다.

"루루!"

"아리사!"

웃는 표정의 노점 주인이나 장보러 온 사람들에게 둘러싸인 루루가 돌아보았다.

인파 너머에 흩어진 식재료에 섞여서, 급소를 마법 총으로 관통당하거나 목뼈가 부러진 마물의 시체가 몇 개나 굴러다녔다.

"빠르게 대활약을 했구나."

"반 정도는 주인님이 도와줬어."

사토의 유도 화살 공격을 놓친 아리사에게 루루가 설명했다.

"헤에, 과연 주인님이네."

아리사는 공간 마법으로 주위에 마물이 없는 것을 확인한 뒤 루루의 손을 잡고 뒷골목으로 달렸다.

"아가씨, 고마워!"

"또 장보러 와! 잔뜩 깎아줄게!"

"검은 머리 언니, 구해줘서 고마워!"

루루가 구해낸 사람들이 달려가는 루루에게 인사를 했다.

사람들의 시선이 끊어진 타이밍에, 아리사가 루루를 데리고 수도교 위로 전이했다.

"생각한 것보다 많네."

사토의 정보로는 왕도 방공대의 새 수인병으로는 붉은 밧줄과 공중전이 어렵고, 무슨 트러블로 초동이 늦어진 비룡 기사들은 왕성으로 다가오는 대형 마물의 요격을 하러 가서 왕도 안의 하늘을 제집마냥 날아다니는 마물에 대한 대처가 늦은 모양이다.

사토의 유도 화살로 대다수는 섬멸 당했지만, 그래도 꽤 많은 마물이 남아 있었다.

"루루, 보이는 범위의 마물을 쓰러뜨려줘. 주인님에게 휘염총이나 광선총 사용 허가는 나왔어?"

"응, 괜찮아."

루루가 아리사에게 수긍하면서 요정 가방에서 꺼낸 휘염총으로 하늘을 나는 마물들을 노려서 쏘았다.

"노려서 쏩니다!"

300미터 안의 마물을 루루가 백발백중으로 쏘아 떨어뜨렸다.

"나도 질 수는 없지."

근거리에서 집단으로 비행하는 파리 무리를 아리사의 불 마법 「화염 폭풍(파이어 스톰)」이 휩쓸고, 불꽃을 뚫고서 접근하는 박쥐를 「호화탄(豪火彈)(블래스트 샷)」으로 잿더미로 만든다.

보이는 범위의 적을 다 쓰러뜨린 두 사람의 귀에 사토의 지시가 들렸다.

『아리사, 미아를 회수해줘. 미아 주위에는 사람이 없어.』

『오케이.』

『나나는 음악당 경비를 위병에게 인계하고서, 방금 말한 포인트로 이동해줘.』

『예스, 마스터.』

『미아는 의사 정령으로 지상의 마물 제거를 부탁해.』

『응.』

미아와 합류한 아리사와 루루가 높은 곳을 거점으로 왕도의 치안 회복에 종사하게 됐다.


"쿠로 님의 지시를 전달합니다. 오늘 영업을 종료하고, 주변 주민을 상회 본점으로 피난시킵니다. 점원은 진열된 상품을 정리해서 피난 장소를 확보. 지하창고 및 4층까지의 공간을 개방합니다."

에치고야 상회 본점에서는 지배인 에르테리나가 척척 지시를 내리고 있었다.

"지배인, 공장의 폴리나 공장장에게 연락원을 보낼까요?"

티파리자가 지배인에게 말을 걸었다.

"괜찮아요. 폴리나에겐 쿠로 님이 연락을 해주셨어요."

"알겠습니다. 그러면 저는 피난 유도 계획을 시작합니다."

"그래요, 부탁해요."

티파리자가 몇 명의 간부 아가씨들에게 말을 걸고, 피난 유도에 배당할 점원 확보나 구체적인 순서를 정했다.

"지배인, 상품을 치워둘 장소가 없는데?"

"저나 상회원의 방에 밀어 넣어두세요. 집무실과 주방 말고는 어디든지 밀어 넣어도 돼요."

황급한 작업을 끝낼 틈도 없이 피난 유도를 받은 사람들이 도망쳐온다.

입구를 지키는 강해 보이는 골렘들을 본 사람들의 얼굴에 안도의 색이 떠올랐다.

"붉은 밧줄이다! 붉은 밧줄이 왔다!"

외치면서 뛰어 들어온 남자와 교대하듯 골렘들이 뛰쳐나가고, 중후한 문이 닫혔다.

피에 젖어 쓰러진 남자를 치유 마법을 가진 간부 아가씨가 치료했다.

쿵쿵. 밖에서 마물과 골렘이 싸우는 전투 소리가 벽 너머로 들렸다.

"엄마, 우리도 마물한테 잡아먹혀?"

"괜찮아, 너는 반드시 엄마가 지켜줄 테니까."

겁먹은 아이를 엄마가 끌어안았다.

주위의 피난민들도 크든 작든 겁을 먹은 채 떨고 있었다.

"걱정할 것 없어요."

티파리자가 평정한 목소리로 피난해온 사람들에게 말을 걸고, 천장이 트인 2층 복도에 나란히 선 간부 아가씨들을 가리켰다.

"모두, 발사!"

지배인의 지시로, 간부 아가씨들이 공격 마법이나 속성 지팡이를 쏘아 붉은 밧줄의 마물을 격멸했다.

실전 경험이 적은 그녀들이라도, 안전한 장소에서라면 높은 레벨을 살려 충분히 공격을 할 수 있다. 자신들에 대해 잘 아는 지배인의 작전이 승리했다고 할 수 있으리라.


그 무렵, 리자 일행은—.

『리자, 그 앞 십자로를 오른쪽으로 돌아가면 기사들과 싸우는 돌연변이 큰 쥐가 있다.』

고속으로 골목을 달린 리자가, 커브를 도는 스피드 스케이터 같은 자세로 십자로에 침입했다.

『목표 확인, 처치합니다.』

붉은 빛을 나부끼면서, 한 줄기 바람이 되어 기사들 사이를 빠져나가 돌연변이 큰 쥐의 옆을 지나치며 찌르기로 죽였다.

『목표 제거, 전방에 다음 목표를 발견했습니다.』

『제거해. 그 다음은 모퉁이 건물 너머에 마물이다. 위병들이 위기야.』

『알겠습니다!』

신체 강화 스킬을 중복 발동한 리자의 달리는 속도가 올라가고, 시체를 먹고 있던 돌연변이 귀뚜라미 두 마리를 섬멸했다.

"―나선창격."

눈앞에 다가온 건물을 부수며 반대쪽에 있던 돌연변이 큰 쥐를 기습했다.

잔해에 섞여서 육박해온 리자의 창이 돌연변이 큰 쥐의 심장을 꿰뚫고, 여파가 돌연변이 큰 쥐의 몸을 반대쪽으로 날려버렸다.

또 한 마리 있던 돌연변이 큰 쥐가 황급히 리자를 돌아봤을 때는, 이미 그 이마에 리자의 창이 박혀 있었다.

『다음 목표는 길 3개 너머. 남은 마력이 적으니까 마력 회복약이랑 영양제를 마셔라.』

사토의 안내에 따라, 허리의 파우치에서 꺼낸 마법약을 들이켜고 다음 목적지로 달렸다.

"……굉장해."

"지금 그건 시가8검님인가?"

"그렇지 않을까?"

"사람이 저렇게 강해질 수 있구나……."

위병들이 보내는 동경의 시선을 등으로 받으면서, 리자가 흙먼지 너머로 모습을 감췄다.


『포치, 헤임 씨를 데리고 길 3개 앞으로 가라.』

"네, 인 거예요. 헤임 대선생님! 다음 적은 이쪽인 거예요!"

"누구랑 얘기를 하는 거지?"

포치 앞을 달리던 헤임이 아까부터 신경 쓰인 것을 물었다.

"아, 아닌 거예요. 포치는 아무하고도 얘기 안 한 거예요. 포치의 소녀의 감이 울부짖으라고 말한 것뿐인 거예요."

"잘은 모르겠지만, 정말로 있었구나."

전방에서 들리는 전투 소리에, 포치를 추궁하는 걸 포기한 헤임이 신체 강화 스킬을 발동해서 단숨에 거리를 좁혔다. 포치도 짧은 다리를 필사적으로 회전시켜 헤임을 따라갔다.

"시가8검 헤임이다! 돕겠다!"

먼저 전장에 도착한 헤임이 고전하는 기사나 위병들에게 외쳤다.

"헤임 님이다!"

"시가8검이 도와주러 왔다!"

절망에 물들어 있던 남자들의 얼굴에 희망의 빛이 돌아왔다.

"포치는 포치인 거예요! 포치도 돕는 거예요."

포치도 헤임을 흉내 내서 자기소개를 하며 전장에 뛰어들었다.

"위험해, 아가!"

"그쪽은 안 된다!"

헤임을 따르는 포치를 걱정하는 소리가 들렸다.

그러나 그 소리도 포치가 마인을 두른 검으로 마물을 싹둑싹둑 베어 버리기 시작할 때까지였다.

헤임에게 뒤지지 않는 검술에, 남자들의 목소리가 걱정에서 성원으로 바뀌었다.

『포치, 거기가 끝나면, 그 앞에 있는 공원이야.』

"네, 인 거예요!"

"정말로 누구랑 이야기하는 거 아닌 건가?"

"무, 물론인 거예요. 포치의 소녀의 감이 으르렁대며 빛나는 거예요."

헤임이 다시 물었다. 그는 진실을 추궁한다기보다는 포치의 반응을 즐기는 모양이라, 사실이 드러날 일은 없어 보였다.

"지원하러 왔다고 보고합니다."

"나나 씨!"

에치고야 상회 공장 앞에 도착한 나나가 공장 입구를 지키고 있던 공장장 폴리나에게 말을 걸었다.

공장부지 안에는 근처 사람들에 더해 왕립학원의 학생으로 보이는 자들의 모습도 많았다.

"옆 공장에서 마물이 날뛰고 있는 것 같아요."

폴리나가 나나에게 설명하며 옆 공장과 경계로 안내했다.

"젊은 나리네 금발 대형 방패 거유언니다."

"나나 씨임다, 나나 씨이!"

돌 늑대 등에 탄 간부 아가씨 로우나와 바람 지팡이를 든 붉은 머리 넬이 나나를 발견했다.

그 밖에도 로우나와 함께 시찰을 와 있던 간부 아가씨 메리나도 함께다.

그녀들은 양식 마물을 이용한 강제 레벨 업으로 레벨 30에

이르러 있으며, 마법 스킬을 가지고 있어서 쿠로가 배치한 경비용 골렘과 함께 여기 있었다.

"찻집에서 배달을 왔을 뿐인데, 어째선지 바람 지팡이까지 들어버렸슴다. 귀여운 제복이 꽝임다."

"메이드복은 전투복이라고 고합니다."

넬과 나나가 메이드복풍 제복에 대해 얘기했다.

『나나, 모두 뒤로 물러라. 마물이 온다.』

"마물이 옵니다. 벽에서 피난을 권장합니다."

나나의 경고보다 조금 늦게 마물들이 담을 돌파하여 모습을 드러냈다.

"귀뚜라미여! 변소 벌레라는 말을 듣기 싫으면 싸우라고 고합니다!"

도발 스킬을 담은 나나의 외침에 반응하여 마물들이 나나에게 쇄도했다.

나나의 마검과 대형 방패가 마물들을 차례차례 처리했다.

"우리들도 해치움다!"

"신참한테는 안 져."

넬의 바람 지팡이가 뿜어낸 바람탄이 돌연변이 귀뚜라미를 비틀거리게 만들고, 로우나의 흙 마법 「석순<sub>토스 스톤</sub>」이 돌연변이 귀뚜라미를 아래쪽에서 치켜 올리고, 메리나가 벼락 마법 「전격<sub>썬더볼트</sub>」을 뿜었다.

"으엑, 마법을 튕겨냈슴다!"

"저게 붉은 밧줄?!"

"장벽을 어떻게든 해야 돼!"

"맡겨두라고 선언합니다!"

나나가 머리 부분을 지키는 머리띠를 블라인드 삼아서, 이술 「마법 파괴」로 붉은 밧줄들의 방어 장벽을 파괴했다.

"지금이라고 고합니다."

나나의 재촉을 받아서 아가씨들이 뿜어낸 마법이 돌연변이 귀뚜라미들을 쓰러뜨렸다.


그 무렵, 타마는─.

"닌닌~."

핑크색 닌자 복장으로 몸을 숨기고, 집들의 지붕에서 지붕으로 뛰어다니면서 도움을 바라는 목소리 곁으로 급행했다.

"누가 구해줘! 엄마가 아래 깔렸어!"

"오~케이."

아래 깔려 있는 사람이 있으면 그곳에서 구해내고─.

"아직, 딸이 저택 2층에 남아 있다!"

"안 됩니다. 어르신, 지금 들어가면 타 죽어요! 물 마법사가 올 때까지 기다리세요."

불타는 저택 안에 남겨진 사람이 있으면─.

"다녀올게~?"

물을 뒤집어쓴 타마가 벽을 달려올라가 연기가 뿜어 나오는 2층 창으로 침입했다.

"다녀왔어~?"

금방 어린 소녀를 안고서 타마가 돌아왔다.

"아아, 치나!"

"아버님!"

끌어안는 두 사람에게 손을 흔들고, 닌자 타마가 도움을 바라는 사람을 찾아서 달려갔다.

닌자 타마가 있는 곳에 비극은 결코 용납되지 않는다.

◆

그런 기적의 바겐 세일이 일어나는 왕도였지만, 모두를 구할 정도로 그녀들의 손은 길지 않았다.

개중에는 그녀들이 구해내지 못하고 계속 고전하는 자들도 있었다.

"드디어 정리됐군……."

상처투성이 동료들을 도와 일으키고, 출혈이 많은 자들에게 붕대를 감는다.

비교적 유복한 기사들이라지만, 마법약을 가볍게 써서 회복할 정도는 아니다.

"아아, 귀뚜라미도 아슬아슬했군. 쥐는 이길 것 같단 생각이 안 들어."

"대장처럼 『영걸의 검』을 가지고 있다면 또 다르겠지만, 우리들이 가진 강철제 검이나 마상창으로는……."

말만 들으면 한심하게 느껴지지만, 쥐—「돌연변이가 큰 쥐」와 처음 마주친 위병들이나 기사들은 많은 희생을 냈다.

보고서에도 붉은 밧줄의 마물들 중에서 가장 강하고, 왕국기사들이 다수가 둘러싸고 상대했지만 쓰러뜨리지 못해, 지나가던 시가8검 「풀 베기」 류오나가 와서야 간신히 쓰러뜨렸다고 적혀 있었다.

"꺄아아아아아아아!"

그들이 싸우는 길과 이어진 골목 하나에서 여자애의 비명이 들렸다.

"이런, 아까 도망친 한 마리다."

"쉴 틈도 없군."

기사들이 골목으로 달려갔다.

골목 끝에는 돌연변이 귀뚜라미가 아니라, 이쪽에 등을 보이는 커다란 쥐― 돌연변이 큰 쥐의 모습이 있었다.

주섬주섬 움직이는 입가에서 삐쳐 나온 것은, 아마도 그들이 놓친 귀뚜라미의― 돌연변이 귀뚜라미의 다리일 것이다.

방금 비명을 지른 여자애는 작게 보이는 돌연변이 큰 쥐의 손에 잡혀 있었다. 정신을 잃은 건지 여자애는 움직이지 않았다.

"하필이면 쥐냐."

"그렇다고 도망칠 수는 없지."

"그래, 왕국기사의 긍지에 걸고, 저 애는 반드시 구해낸다."

"우오오오오오오오! 네 상대는 이쪽이다, 이 해수 자식아!"

기사들은 기합을 쥐어짜 돌연변이 큰 쥐 앞으로 달려가, 영혼을 담은 도발의 말을 외쳤다.

여자애한테 코끝을 향하던 돌연변이 큰 쥐의 흥미가 기사에게 옮겼다.

높은 곳에서 내려다보는 흉흉한 눈에, 기사들은 자신의 죽음을 예감하고 목을 꿀꺽 움직였다.

떨면서도, 기사들은 기사로서의 긍지와 남자의 오기로 그 자리에 버티고 머물렀다.

그러나, 현실은 비정하다.

기사들은 꼬리 한 번에 휩쓸려 날아가 버렸다.

쓰러진 기사의 피에 젖은 시야에, 돌연변이 큰 쥐가 입가로 옮기는 여자애 모습이 보였다.

"젠장, 몸이 안 움직여……. 움직여라! 앞으로 조금이면 되니까 움직여라!"

기사가 필사적으로 몸을 일으키고자 기합을 넣었다.

"장하네, 과연 남자애. 하지만, 무리하면 안 돼."

어둡게 흐려지는 기사의 시야에 빗자루를 든 마을 처녀의 모습이 보였다.

"이번엔 도와줄 테니까, 조금만 더 쉬고 있어."

마을 처녀는 어린애한테 말하는 것처럼 기사를 타이르고, 손에 든 빗자루를 빙글빙글 돌렸다.

아무래도 그녀는 빗자루 하나로 마물과 싸울 셈인가 보다.

"도, 도망쳐라. 빗자루 따위로 어떻게 될 상대가 아니다."

다소 체술이나 마법을 쓸 수 있는 정도로 쓰러뜨릴 수 있는 어중간한 상대가 아니라고 기사가 충고했다.

"괜찮~아, 맡겨~둬."

기사에게 브이 사인을 보낸 마을 처녀의 얼굴에는, 잠행중인 귀족이 다는 것처럼 인식 저해의 베일이 걸려 있었다.

"덤벼보렴!"

빗자루를 겨눈 마을 처녀를 향해 돌연변이 큰 쥐의 꼬리가 채 찍처럼 공격하지만, 마을 처녀는 그것을 재주 좋게 빗자루로 좌 우로 비껴냈다.

짜증이 난 돌연변이 큰 쥐가 여자애를 내던지고, 앞다리를 마 을 처녀에게 휘둘렀다.

마을 처녀는 그 공격을 훌쩍 날아서 피했다. 내동댕이쳐진 여자 애가 보이지 않는 손으로 이동되어 기사 앞에 조용히 내려졌다.

"그 애를 맡길게."

마을 처녀가 손에 든 빗자루의 자루부분으로, 마물의 머리를 밑에서 튕겨 올렸다.

마치 거인이 휘두르는 망치로 맞은 것처럼, 마물의 머리가 힘 차게 젖혀졌다.

"세상에……! 말도 안 돼."

용사 이야기나 희극 같은 현실과 동떨어진 광경에, 기사의 입 에서 현실 도피의 말이 흘러나왔다.

"무슨 마인약 중독인 애 같은 장벽이 있네."

마을 처녀가 손을 휘두르자 돌연변이 큰 쥐를 지키고 있던 붉 은 장벽이 부서졌다.

이 자리에서 붉은 장벽을 파괴한 것이 무영창의 「마법 파괴」

라는 걸 아는 사람은 마을 처녀 본인밖에 없었다.

"이거면 됐다, 영차!"

더욱이 마을 처녀가 빗자루 3연속 찌르기를 마물의 아래턱에 질러냈다.

마물이 **퍼엉** 소리와 함께 도로 옆에 있는 가옥에 처박히고, 건물을 잔해와 흙먼지로 바꾸었다.

"이런, 이거 변상 같은 거 청구하려나?"

마을 처녀의 그런 엉뚱한 걱정과 달리, 기사들이 차례차례 만신창이인 몸을 일으켜서 마물을 향해 무기를 겨누었다.

여인만 싸우도록 둬서는 기사로서 면목이 안 선다.

그들의 타오르는 눈동자는 그렇게 대변하고 있었다.

"시대가 변해도 시가 왕국의 기사혼은 건재하구나."

마을 처녀가 팔짱을 끼고 흡족한 듯 응응 고개를 끄덕였다.

잔해에 파묻히면서도 마물은 엉망으로 꼬리를 휘둘러 기사의 접근을 방해했다.

기사들이 검이나 방패로 꼬리 공격을 막을 때마다 불똥이 튀었다.

"좋~아, 누나가 주는 선물이야! 이런 서비스 잘 안 하는 거라니까."

은하의 가희 같은 대사에 태클을 거는 자는 여기 없었다.

마을 처녀가 빗자루를 든 손을 휘두르자, 기사들의 검이 빛을 띠면서 빛나기 시작했다.

만약 여기에 감정 스킬을 가진 자가 있었다면, 상급 술리 마법 「신위 광인」이라는 것을 간파했으리라.

"한 번, 더!"

이번에는 기사들의 몸이 빛을 띠고 빛나기 시작했다.

기사들의 상처가 아물고, 몸에 힘과 용기가 솟았다. 현대에는 실전된 상급 술리 마법인 「초인 강화」다.

"쥐가 나왔다! 공격에 대비해라!"

잔해 아래서 빠져 나온 돌연변이 큰 쥐의 꼬리 공격을 기사들이 여유 있게 피했다.

"보인다! 나에게도 꼬리의 움직임이 보인다!"

또 다시 공격해오는 쥐의 꼬리를, 기사 한 명이 빛나는 검으로 받아냈다.

방금 전까지 불똥을 튀기며 튕겨냈던 꼬리가, 검에 닿자마자 싹둑 잘려서 날아갔다.

"뭣이!"

너무나 좋은 절삭력에, 꼬리를 베어낸 기사 자신이 놀랐다.

그것을 본 다른 기사가, 돌연변이 큰 쥐의 사각에서 달려가 장검을 찔렀다.

또 다시 돌연변이 큰 쥐의 몸 표면에 붉은 밧줄 무늬의 붉은 빛을 띤 장벽이 생겼지만, 그 또한 마을 처녀가 팔을 한 번 휘두르자 소멸해 버렸다.

기사들은 차례차례 돌연변이 큰 쥐를 공격했다.

"미토, 뭘 놀고 있어."

"아, 텐짱. 노는 거 아닌걸?"

긴 은색 머리칼을 한 예리한 눈빛의 여성이, 옥상 위에서 마을 처녀— 미토 앞으로 내려섰다.

미토와 같은 인식 저해의 베일을 달고 있어서 얼굴 아래쪽 절반은 가리고 있지만, 이 자리에 있던 모든 기사가 베일 안쪽에 숨겨진 그녀의 맨 얼굴이 아름다울 것이라는 것을 확신했다.

"비행형 마물은 됐어?"

"내가 달려가기 전에 실력 좋은 총잡이나 불 마법사가 전부 쓰러뜨렸다."

미녀가 조금 토라진 느낌으로 내뱉었다.

"미토, 저걸 봐라."

텐짱이라고 불린 은발 여성이 하얀 손가락으로 하늘을 가리켰다.

그에 이끌려 하늘을 올려다본 기사들이 왕도 상공을 날아가는 거대한 마물을 보았다.

"거물이네에."

"내 본체를 부를까?"

"우~응, 이대로 방치하는 것보다, 텐짱의 본체가 오는 편이 피해가 크니까 안 돼."

"부당한 평가다."

"정당한 평가야."

미토가 건물 벽을 차고 옥상으로 올라가자, 은발 미녀는 등에 돋아난 박쥐 날개로 그 뒤를 따랐다.

"왕성으로 가는 모양이네."

"흠. 노리는 것이 왕성이라면 도움은 필요 없나?"

"응, 아마도. 클라우솔라스나 쥴라혼도 있을 거고, 성검의 후계자나 시가3검의 후계자들도 있을 거라고 생각하니까.

"그러면 가까이서 지켜볼까—."

"응, 위험할 것 같으면 구해주자."

"이 과보호 녀석."

"아하하, 그렇지 않다니까~."

두 여성이 지붕에서 지붕으로 이동하여, 왕성으로 갔다.


◆


"걱정이군."

무노 남작이 사람 좋은 표정을 흐리면서 중얼거렸다.

대성배의 정화를 행하는 신관이 또 한 명 후송되어 버린 것이다.

마력 회복약을 너무 써서 과잉 섭취 상태가 된 자가 3명, 고농도 독기를 견디지 못한 자가 2명, 합계 5명의 신관이 탈락하여 다른 신관과 교대하고 있었다.

처음부터 남아 있는 건 호즈나스 추기경과 레벨 50을 넘는 노신관뿐이다.

"—왜 그러니?"

사토가 갑자기 고개를 드는 걸 보고, 니나가 물었다.

"뭔가 옵니다."

그 말과 거의 동시에, 아까 전하고는 다른 경종이 울려 퍼졌다.

와이번치고는 너무나 거대한 그림자가 나타나고, 상공을 선회했다.

"와이번의 우두머리인가?"

"사왕 비룡이란 종류인 것 같아요."

니나의 질문에 사토가 대답했다.

사토의 시야에는 레벨 60이라고 AR표시가 떴다.

"오, 온다! 이쪽에 온다!"

무노 남작이 하늘을 올려다보며 외쳤다.

급강하한 사왕 비룡은 재상이 펼친 도시 핵 유래의 장벽에 격돌했다.

장벽이 깨지고, 휘몰아친 폭풍에 영주석을 둘러싼 바람 마법의 차음 결계가 밀려나갔다.

"《파헤쳐라》─수접총(水蝶銃)!!"

마법총을 겨눈 시가8검 총잡이 헤르미나가 최초의 일격을 뿜었다.

"""왕도의 영혼이여, 내 적을 치라!"""

영주석에서 도시 핵 유래의 광탄 몇 개가, 장벽의 파편과 함께 내려오는 사왕 비룡을 향해 날아가 사왕 비룡을 지키는 마력 장벽을 꿰뚫고 박혔다.

"빌린 힘으로는 이 정도군."

"히드라보다도 강해 보이는군요."

세류 백작과 크하노우 백작이, 비명을 지르며 땅을 구르는 사왕 비룡을 노려보았다.

"비스탈 공작, 무노 경, 우리들도 가세하지."

"흥, 네놈이 말할 것도 없다!"

"아하, 네!"

초격에는 참가하지 않은 오유고크 공작이 마찬가지로 참가하지 않았던 두 사람에게 말을 걸었다.

차기 렛세우 백작 소년도 참가하지 않았다. 그는 아직 도시 핵을 장악하지 못했는지 호위기사들의 수호를 받으며 떨고 있었다.

대신들 대부분도 도시 핵의 단말을 받기는 했지만, 영주들과 함께 요격에 참가할 수 있었던 건 군무 대신 케르텐 후작과 부대신 봅판 백작 둘뿐이었다.

근위기사들은 의식을 지켜보고 있던 요인들을 지키고, 성기사들이 사왕 비룡을 둘러쌌다.

"시가33지팡이! 동기 마술을 쓴다! 영주들이 번 시간을 낭비하지 마라!"

"""네."""

마술사들이 궁정 마술사장의 지휘에 따라 긴 영창을 시작했다.

"햣하~~~~~~~~~! 이 녀석은 내 사냥감이다아아아아아!"

세기말 같은 외침을 지르면서, 반라의 여성이 사왕 비룡에게 달려갔다.

"시가8검 『풀 베기』 류오나다!"

누군가 여성의 이름을 외쳤다.

"먹어라아아아아아아! —사극단두대(死極斷頭臺)!"
데스 길로틴

붉게 타오르는 마인을 나부끼면서, 거대한 낫이 호를 그리고 사왕 비룡의 목을 내리쳤다.

일격으로 목을 절단할 것처럼 보였지만, 날개에 돋은 발톱이 방해했다.

"칫, 덩치는 커다란 주제에 재주가 좋은 놈이군."

류오나가 등 뒤로 뛰었다.

"거기 애송이! 너 말이야, 너! 고우엔 나리랑 호각으로 싸운 너! 날 도와라!"

"여기는 괜찮으니까 가봐. 남작이랑 나는 다른 영주들이 지켜 줄 거야."

류오나의 지명을 받아 난처한 표정을 짓는 사토를 니나가 떠밀었다.

"알겠습니다. 다녀올게요."

"이걸 써라! 마녀 공의 벗이여!"

맨손으로 달려가는 사토에게, 크하노우 백작이 허리에 차고 있던 의례용 미스릴 검을 던져 건넸다.

"빌리겠습니다!"

세련된 미스릴 검을 뽑은 사토가 류오나를 보좌하여 사왕 비룡과 싸웠다.

그것을 본 「붉은 귀공자」 제릴도 참전할 것을 비스탈 공작에게 청원했지만, 호위에 전념하라는 명을 받아 입술을 깨물었다.


"새로운 적이 왔다!"

젯츠 백작이 하늘을 올려다보며 외쳤다.

하나는 공영 마호라는 레벨 50의 하늘을 달리는 호랑이 마물이고, 또 한쪽은 노인의 머리에 사자의 몸을 가지고 등에 박쥐 날개가 달린 레벨 62의 만티코어라는 마물이다.

"영창이 끝났다! —화염지옥."

궁정 마술사장이 외쳤다.

전술급 상급 불 마법이 지근거리에서 두 마물에게 뿜어져 나갔다.

동기 마술로 보통의 몇 배나 위력이 늘어난 홍련의 소용돌이가, 피할 수 없는 거리에서 두 마물을 집어삼켰다.

공영 마호는 어떻게든 불꽃의 범위 밖으로 날아갔지만, 온몸이 타 들어가고 뒷다리가 탄화된 상태로 땅에 떨어졌다.

성기사들이 일제히 뛰어들어, 바람의 칼날을 뿜어내 공영 마호에게 마무리를 지었다.

『인간치고는 제법이구나.』

몸에서 연기를 피우며 착지한 만티코어가 고대어로 말했다.

『그러나, 그렇게 긴 주문을 영창해서는 막아달라고 말하는 거나 마찬가지.』

비웃는 만티코어의 뺨에 헤르미나의 마법총 탄환이 명중했다.

—BAWOOOOOWN.

만티코어가 반격으로 뿜어낸 얼음 산탄이 헤르미나와 국왕 쪽으로 갔다.

"그렇게는 못 한다!"

성방패를 가진 시가8검 레이라스가 국왕을 지켰다.

영주들은 도시 핵을 이용한 장벽이 지키고 있지만, 의식을 보좌하는 국왕은 자신의 수호를 레이라스에게 맡기고 있었다.

"쥬레바그, 짐의 곁에서 떨어지는 것을 허가한다. 마물을 쓰러뜨려라."

"알겠습니다."

쥬레바그는 클라우솔라스를 국왕의 시종에게 맡기고, 헤르미나에게 받은 애용하는 창을 겨누었다.

"폐하, 이쪽은 우리들 신관들만으로 충분하니 왕의 힘은 그 몸을 지키는데 쓰소서."

이마에서 피를 흘리며 호즈나스 추기경이 국왕에게 말했다.

그 또한, 방금 만티코어의 얼음탄에 상처를 입은 모양이다.

"감사하네. 귀공들의 청을 받지."

국왕이 마화 떨치기의 보좌를 멈추자, 점성이 늘어난 묵색 액체가 파도치며 대성배에서 넘치려고 했다.

"놓치지 않겠다."

양손에서 빛을 내는 추기경이, 대성배의 액체를 붙잡아 안으로 밀어 넣었다.

그것을 본 신관들이 놀란 소리를 질렀다.

"추기경, 위험합니다! 생기를 빨려 말라죽을 겁니다!"

"걱정하실 것 없습니다. 의식을 중단할 수는 없어요."

추기경이 하얀 이를 빛내며 웃었다.

그 웃음과 달리, 그의 이마에는 비지땀이 떠오르고 독기를 붙잡은 양팔도 칠흑에 침식되고 있었다.


"왕도의 영혼이여, 시가 국왕인 세테라릭이 소원하노라. 징벌의 사슬이여, 내 적을 붙들라! ■ 청광 속쇄."

국왕이 도시 핵의 힘을 이용해 만티코어를 대지에 묶었다.

"레이라스, 그대도 가라. 쥬레바그와 함께 마물을 쓰러뜨려라."

"아뇨, 제 역할은 왕을 지키는 것입니다."

만티코어가 발악하며 뿜어낸 얼음창을 레이라스가 성방패로 막았다.

"그리고 쥬레바그 공에게는 충분한 원군이 있습니다."

전장에는 사왕 비룡을 쓰러뜨리고 합류한 「풀 베기」류오나와 「상처 모르는」펜드래건이 「부도」의 쥬레바그와 함께 만티코어와 격전을 펼치고 있었다.

"과연 쥬레바그. 류오나도 지지 않지만, 저 자의 창에는 아직 미치지 못하는가."

"예. 그렇지만, 저는 펜드래건 경의 공이 큰 것으로 보입니다."

국왕은 레이라스의 말을 듣고 새삼 싸움을 보았다.

"과연, 만티코어의 회피를 방해하여 쥬레바그나 류오나의 공격을 돕고, 둘에 대한 공격을 받아 흘려 두 사람이 다치지 않도록 막고 있군."

사토는 최전선에 서 있으면서, 「상처 모른다」는 별명처럼 긁힌 상처 하나 없이 움직이고 있었다.

약관 15세. 국왕은 장래가 두려운 소년이라고 생각했다.

"계속 발악이야! 바람이 필요해! 안개를 흩어줘!"

류오나가 외쳤다.

만티코어가 차가운 안개로 주위를 감싼 것이다.

누구나 안개를 떨치려 생각하고, 누구 한 사람 바람을 일으키지 못한 사이에, 대성배 주위에서 사건이 일어나고 있었다.

◆

"독기의 압축은 충분하다. 나머지는 생략하고, 곧장 정화를 행하지요."

의식의 지휘를 하고 있던 신전장이 보좌하고 있는 호즈나스 추기경에게 말했다.

"아뇨, 정화는 하지 않습니다."

"―정화를 하지 않는단 말이오?!"

의문스러워하는 신전장에게 호즈나스 추기경이 미소를 보였다.

"그러나, 추기경. 여기서 중지하면 왕도 주변에서 모은 독기가 왕도에 충만하여 왕도의 백성이 무거운 독기 중독으로 쓰러질 걸세!"

"좋지 않습니까?"

추기경의 냉혹한 말에, 주변 신관들이 귀를 의심했다.

"뭣이라고? 예하가 아끼는 양육원의 아이들이나 서민가의 노인들이 맨 먼저 쓰러지게 되지 않겠소?"

"약육강식은 세상의 섭리. 이 눈으로 고통 받는 것을 볼 수 없는 것이 유감입니다."

"고농도 독기에 너무 닿아서 마음에 병이 드셨는가? 구호반을 불러라, 추기경을—."

"독기 정도에 병이 들 정도로 약한 마음은 가지지 않았습니다."

추기경이 구호반을 부르려는 신관의 입을 막았다.

"그러면, 어째서? 파리온 신을 섬기는 성인으로 이름 높은 당신이—."

"지저분하군. 우신의 성인 따위 구역질이 난다."

추기경의 얼굴에서 웃음이 사라지고, 냉혹한 표정을 지었다.

"나의 신은 오로지 하나. 진정한 신을 불러 깨우기 위해, 사도인 내가 여기에 있는 겁니다."

"우신…… 진정한 신……. 네놈, 마왕 신봉자인가!"

신전장이 추기경의 정체를 깨달은 그때, 만티코어가 싸우는 장소에서 흘러 들어온 안개가 주위를 감쌌다.

"그야말로 천우신조."

추기경이 손가락을 튕기자, 대성배에 가득한 묵색의 점액이 안개로 시야를 빼앗긴 신관들에게 쇄도했다.

묵색의 점액으로 머리 부분이 휩싸인 신관들은 대성배 안으로 끌려들어가서 순식간에 생기를 빼앗겨 몸부림치며 말라 죽었다.

"그럼, 마지막 마무리입니다."

대성배의 중앙에 서서, 스테이지에 선 배우처럼 양팔을 펼쳤다.

추기경에게 이끌린 것처럼, 묵색을 한 점액의 바닥에서 몇 개의 결정이 공중으로 떠올랐다.

"검은 결정이여. 내 바람을 도우소서."

추기경은 칠흑의 결정―「사념 결정」<sup>이블 필로소피아</sup>을 붙잡아, 가장 커다란 덩어리를 단숨에 삼켰다.

"으으으으으으으으으으으."

추기경은 격통에 가슴과 머리를 움켜쥐었다.

머리를 감싸고 있던 터번 같은 천이 스르륵 풀리고, 한 움큼만 보라색으로 물든 머리칼이 드러났다.

"신이여, 진정한 나의 신이여. 우신의 간계에 빠져, 달에 봉인된 자비 깊은 우리들의 신이여."

추기경이 고통에 떨리는 목소리로 하늘을 향해 기도했다.

추기경의 몸에 어두운 보라색으로 빛나는 파문이 돌고, 그 발치에 같은 색의 마법진이 나타났다.

"그 몸의 조각을 매개로, 지금 다시 한 번, 봉인의 쐐기에서 빠져 나와, 내 몸에 깃든『조각』을 길잡이 삼아, 이 땅에 현현하소서."

하늘을 향해 손을 뻗는 끝에는, 몇 겹의 마법진이 나타나 왕성을― 아니, 왕도까지 뒤덮고 있었다.

◆

"텐짱, 저거!"

왕성을 중심으로 거대한 마법진이 출현했다.

"저 마법진은— 위험해. 저건 위험하다!"

왕성을 한눈에 볼 수 있는 첨탑 하나에서 멀찍이 싸움을 바라보고 있던 은발의 미녀가 예리한 미모에 처음으로 동요를 드러냈다.

"여, 역시, 그거?"

"그래. 그거다."

평소에는 태평스런 미토도, 자신과 같은 예상을 한 텐짱을 보고 표정이 경련했다.

"본체로 갈아탄다. 이 몸을 맡길게."

텐짱이 비장한 표정으로 선언한 다음, 그 몸이 전지가 끊어진 인형처럼 힘이 빠졌다.

그 몸을 미토가 받아냈다.

"……커넥션 로스트. 마스터의 로그아웃을 확인. 아바타의 조작권을 회복. 자율 모드로 이행합니다. 미토, 지령을 주세요."

미토의 팔 안에서 힘이 빠졌던 텐짱이, 시스템 메시지 같은 것을 국어책 읽기로 중얼거렸다.

"후우, 텐짱이 오는 게 먼저일지, 왕도가 멸망하는 게 먼저일지—."

미토가 마을 처녀의 옷을 벗어 던지고, 「무한수납」에서 꺼낸 성의(聖衣)로 갈아 입었다.

"—너도 도와줘. 그러니까, 이름이 뭐였지?"

"반자율형 용혈 호문클루스입니다. 고유명은 없습니다."

텐짱이라고 불리던 존재가 대답했다.

그녀의 말을 종합하면, 호문클루스인 그녀는 방금 전까지 텐짱이라고 불린 존재에 빙의되어 있었던 모양이다.

"그럼 호문클루스니까『호무호무(임시)』네."

"서브 마스터 미토의 명명을 수락. 본기는『호무호무(임시)』라고 호칭합니다."

미토는 호문클루스에게 적당한 이름을 붙이고, 열어두고 있던 인벤토리에 손을 넣어 장비를 찾았다.

"성지팡이도 성해동갑주도 없단 말이지."

긴 지팡이와 날개옷을 입은 미토가 호무호무를 데리고 첨탑에서 첨탑으로 이동했다.

"전투력은 임금님을 하던 최전성기의 절반 정도 되겠네. 그때도 용신님이 와줘서 어떻게 했을 정도인데— 아니지, 약한 소리는 안 돼!"

미토는 자기 볼을 두드렸다.

"아직, 소환이 안 끝났어! 전에는 늦어버렸지만, 이번에는 어떻게든 막아낼 거야."

기합을 다시 넣은 미토가 공중을 차고 왕성으로 간다.

"—호무호무, 호위를 부탁해."

"지령을 수락. 미토의 호위를 행합니다."

미토는 앞으로 앞으로 나아갔다.

그 앞에 그녀가 기다리는 사람이 있다는 것을 확신한 것처럼.

"이치로 오빠랑 만나기 위해서도, 이런 곳에서 멈출 수는 없어!"

미토가 하늘을 달렸다.

절망적인 파멸을 저지하기 위해서.

# 신

"사토입니다. 게임이라면 싸우는 보람이 있는 강적과 격투를 펼치는 것이 즐겁지만, 리얼에서는 강대한 적과 싸우고 싶다고 생각한 적이 없어요. 역시, 현실은 미지근한 난이도가 제일이죠."

"뭐지?"

파랗게 빛나는 사슬에 묶인 만티코어와 싸우던 나는, 등 뒤에서 강렬한 위기 감지 반응을 느끼고 돌아보았다.

만티코어가 만들어낸 짙은 안개 너머, 마화 떨치기 의식을 하고 있는 쪽에 뭔가가 있다.

이렇게 강한 위기 감지는 처음이다.

아마도, 상당히 위험한 거다.

"―어?"

안개 너머에서 한순간 어두운 보라색의 빛이 보였다.

"펜드래건 경! 한눈팔지 마라!"

쥬레바그 씨의 외침이 귀에 들어오는 것과 거의 동시에, 나는 만티코어의 전갈 꼬리에 맞고 있었다.

반사적으로 받아 흘리려다가, 그것을 관두고 정면으로 맞은 것처럼 위장하여 위기 감지가 느껴지는 방향으로 날아갔다.

"사토!"

헤르미나 양이 내 이름을 외쳤다.

공중에서 몸을 비트는 내 시야에, 의식장의 중심에서 하늘로 뻗은 어두운 보라색 기둥이 보였다.

그 기둥을 중심으로, 복잡하고 정교한 마법진을 내포한 프랙탈 무늬 마법진이 몇 개나 생겨서 파문처럼 퍼졌다.

그것은 내가 착지한 땅에도 퍼져 있었다.

그것에 맞추어 내 위기 감지 범위도 늘어났다.

—이걸 없애야 돼.

착지와 동시에, 마법란에서 선택한 「마법 파괴」를 발동했다.

마법진이 부서지고, 어두운 보라색의 빛이 되어 흩어졌다.

그러나, 그것은 일부뿐이다.

"—재생했어?"

인접한 마법진이 공진하여 내가 파괴한 마법진을 재생시켰다.

마법란에서 「마력 강탈」을 실행하자 마법진이 사라지지만, 옆의 마법진에서 떨어지게 되면 효과가 연쇄되지 않는다. 그리고 흡수를 멈추면, 마법진이 부활했다.

"—우옷."

안개 중심에 있던 무언가가 하늘로 날아올랐다.

따라가려는 내 몸을 분홍색 덩어리가 날려버렸다.

반사적으로 만든 마력 갑옷 덕분에 무사하지만, 초동이 한순간 늦어서— 아니, 저대로였으면 위기 감지 스킬의 감각에 정신이 팔려서 사토의 모습 그대로 날아갔을 거야.

"튼튼하포요네."

부정형을 한 분홍색 마족— 빈틈에 파고드는 성가신 녀석이다.

"전의 그 녀석이랑은 다른가 보네."

"포요? 포요들, 주의 분홍색 시종과 싸운 적이 있나포요?"

괜한 문답을 할 틈은 없다.

나는 미스릴 검으로 분홍색 마족의 마핵을 양단했다.

"포요들에게 참격은 무효— 포요?"

포요 마족이 점성을 잃고서 땅바닥에 무너져 그대로 검은 안개가 되어 사라졌다.

『주인님, 위! 뭔가 나왔어! 하늘도 위험한 느낌!』

전술 대화에서 아리사의 외침이 들렸다.

올려다보니 스파크를 뿜어내면서 회전을 시작한 마법진이 불렀는지, 마법진 위에 두꺼운 구름이 모여 소용돌이쳤다.

구름의 소용돌이가 뚜껑이 되어 버린 왕도에는 태양 빛이 닿지 않고, 불길하며 차가운 바람이 지표에서도 불기 시작했다.

『흑막 짓이야. 내 마법 파괴로는 무리였어. 미아나 아리사의 마법으로 저걸 어떻게 할 수 있어?』

『무리.』

『주인님의 「마법 파괴」로도 무리였어? 내 공간 마법이나 불마법에도 마법 파괴 기술은 있지만, 그것보다는 약해.』

역시 무린가.

『알았어. 모두 집합해서 황금 갑옷으로 갈아입어. 다시 지시를 줄게.』

『오케이! 황금 기사단 출진이구나!』

이번에는 엄청 위험하니까, 가능하면 차례가 없으면 좋겠는데.

나는 그 말을 하지 않고 전술 대화에서 의식을 떼어내, 용사 나나시의 모습으로 변신했다.

『폐하, 들려?』

나는 「원거리 통화」로 국왕에게 말을 걸어서, 시급하게 피난하도록 고했다.

이 정도 이변을 눈앞에서 본 탓인지, 딱히 반론하지도 않고 국왕과 재상을 표하는 광점이 왕성 안으로 전이했다. 영주나 대신들도 차례대로, 국왕 곁으로 이동했다.

다른 사람들도 근위기사들에게 호위를 받아 피난을 시작했다.

"사토 님!"

안개 너머에서 누군가 이쪽으로 왔다.

—엑, 왕녀다.

내가 날아가 버린 걸 보고 걱정되어 온 모양이다.

안개 속에서 그녀를 따라오는 시녀들이나 근위기사도 있는 것 같다.

—이곳에 방치할 수도 없군.

나는 「이력의 손」으로 왕녀 일행을 붙잡아서, 그대로 함께 국왕의 집무실 근처에 있는 포인트로 귀환전이했다.

"여, 여기는?"

""""전하!""""

갑작스런 전이에 놀란 왕녀 일행을 방치하고, 나는 하늘로 날아올랐다.

"용사 나나시!"

"위험하니까 얼른 피난해, 폐하도 걱정할 거야."

"그런 건— 사토 님? 사토 님은?"

내게 반론하려던 왕녀가 주위에 사토가 없는 걸 깨닫고 당황했다.

"아까 만티코어한테 날아가버린 소년? 그는 좀 전에 안전한 장소로 전이시켜뒀으니까 걱정 안 해도 돼."

나는 고도를 올리면서 말하고, 상공의 마법진— 아마도 소환 마법진 근처에 떠오른 사람 형체 곁에 섬구로 이동했다.

◆

—일단 무력화하자.

마법진 옆의 사람에게 날아 차기를 감행했는데, 그를 지키는 어두운 보라색의 구형 장벽에 막혔다.

구형 장벽에서 나온 충격파가 나를 후방으로 날려버렸다.

"뒤에서 치는 것은 다소 전사의 정신에 위배되지 않는가?"

사람의 형체가 돌아보았다.

"추기경?"

트레이드 마크인 터번이 풀려서 인상이 다르지만, 그건 틀림없이 파리온 신국의 호즈나스 추기경이었다. 어째선지 머리칼이 한 줌만 보라색으로 물들어 있었다.

묵색으로 물든 신관복이나 길다란 옷의 소매 자락이 부자연스럽게 나부꼈다.

"자네는? 아까 그 행동을 보니, 우리들의 신이 강림하는 것을 축복하러 왔다, 라는 것은 아닌 모양인데?"

"나는 나나시. 시가 왕국의 용사야."

—신의 강림?

"신이라면, 파리온 신 말야?"

내 물음에, 추기경이 모멸과 조소가 섞인 표정을 지었다.

"내 신은 파리온 따위가 아니다."

내뱉는 어조로, 신의 이름을 부정했다.

그런 그의 얼굴 옆에, AR표시가 팝업됐다. 「마신의 신도」와 「마신의 가호」라는 본 적이 없는 칭호였다.

혹시나—.

"왕도에 마신을 소환하려는 거야?"

"잘 맞췄다."

—진짜냐!

마족이나 마왕의 소환인가 생각했는데, 더 위험하네. 그리고 마법진의 규모로 보니 정말로 가능할 법한 것이 최악이군.

"우신의 간계에 빠져, 달에 봉인된 나의 신의 쐐기를 흔들고, 한때나마의 모습을 이 땅에 초빙한다!"

불행 중 다행이다. 완전 소환이 아닌 모양이네.

그렇지만, 구두가 말했던 내 상위호환 같은 상대하고는 싸우기 싫어.

"미안하지만, 너를 죽여서라도 의식은 저지하겠어."

살인은 피하고 싶지만, 이번만은 그렇게 말할 수도 없다.

"이미 늦었다. 나를 죽이더라도 소환진은 멈추지 않는다. 이 마법진을 표식으로, 내 신은 강림한다. 성배로 만들어낸 『사념 결정』과 신께서 내리신 권능이 이루는 기적이니."

신이 내려준 권능이라면, 유니크 스킬?

AR표시에 보이는 호즈나스 추기경의 상세정보를 열었다.

전에 조사했을 때는 없었던 『신환』이라는 유니크 스킬이 있다.

아까 본 마신 관련의 칭호도 전에는 없었다. 그 밖에도 「심문」, 「고문」, 「유혹」, 「매료」, 「소환 마법」이라는 스킬이 늘어났지만, 그건 아무래도 좋다. 임프를 소환한 것이 추기경일 가능성이 높아졌지만, 그건 새삼스럽고.

"파리온 신국의 추기경— 그 정체는 전생자이자 마왕 신봉 집단 『자유의 빛』의 필두 간부인가."

직업란에 숨겨진 그의 정체를 중얼거렸다.

"그렇군, 『신환』의 대가로 손목을 잃었을 때, 『장신구』를 떨어뜨렸군……."

들어 올린 그의 손은 손목이 끊어져 있고, 하얀 가루— 소금이 되어 흩어졌다.

그가 장신구—「도신의 장신구」를 잃은 결과 내 AR표시에 뜨는 정보가 갱신되었다는 것은, 그가 가진 「도신의 장신구」가 내 AR표시마저 속일 수 있다는 거겠지.

내 마음의 평안을 위해서도, 마찬가지 비법이나 신기가 흔하게 존재하지 않기를 기도하고 싶군.

"한 가지만, 자네 추리를 부정하지. 나는 전생자가 아니야. 이 한 줌의 보라색 머리칼은 경애해야 할 내 신의 성흔. 신의 권능을 나눠 받은 증거다."

"권능을? 누구에게?"

"그건 비밀이야. 『강제』는 강력하니까."

그는 누군가에게 「강제」— 기아스를 걸린 모양이군.

나는 추기경에게 정보를 들으면서, 공간 마법 「원거리 통화」로 국왕에게 협력을 구했다.

『폐하, 도적의 노림수는 마신 소환인가봐.』

『그, 그런!』

『국민을 안전한 장소로 피난시켜. 가능하면 마법진 파괴에 협력을 부탁해.』

『예.』

에치고야 상회의 지배인에게도 연락하여, 안전한 장소로 피난하도록 전달했다.

—우옷.

갑자기 측면에서 반짝반짝하는 빛을 뿌리며 전봇대 사이즈의 투명한 창이 2연속으로 날아왔다.

황급히 회피 행동을 취한 덕분에 피할 수 있었지만, 아슬아슬했다.

마법진에서 전달되는 강렬한 위기 감지 반응에 져서 그쪽에서 느껴지는 위기 감지 반응을 깨닫는 게 늦었다.

─새로운 적?

공격한 방향을 돌아보니, 마찬가지 전봇대 창이 또 하나 추가로 날아왔다.

─으엑.

이번에는 근접 신관이 달린 대공 미사일처럼 내 근처에서 전봇대 창이 파열되고, 유리의 산탄 같은 것이 되어 쏟아져 내렸다.

마력 갑옷을 전개하면서 섬구로 피했다.

"목표를 확인. 제거합니다."

전봇대 창과 마찬가지로 반짝반짝하는 빛을 이끌면서, 은발 미녀가 가늘고 긴 손톱으로 덤벼들었다.

그 손톱을 스토리지에서 꺼낸 성검 클라우솔라스로 받아냈다.

『주인님, 새로운 적? 이쪽에서 루루가 저격할까? 아니면 미아의 의사 정령으로 지원하러 가?』

『─아니, 이쪽은 됐어. 그보다도, 마법진에서 뭔가 나오면 망설이지 말고 공격해줘.』

은발 미녀의 연속 공격을 피하면서, 아리사와 전술 대화 너머로 대화했다.

AR표시를 보니, 은발 미녀는 용혈 호문클루스인 「호무호무(임시)」라고 한다.

지근거리에서 검을 받아내고 나서야 깨달았는데, 그녀에게는 박쥐 같은 형상을 한 은색의 날개와 비늘에 뒤덮인 같은 색 꼬리가 있었다.

"호무호무, 유니크 스킬을 가진 소환자는 또 한 사람 쪽! 그쪽은 내가 쓰러뜨릴 테니까, 호무호무는 그 보라색 머리칼을 막아줘!"

"미토의 지령을 수락. 보라색 머리칼을 막습니다."

멀리서 들리는 목소리 주인은 공중을 차고 하늘을 날아오는 하얀 장의를 입은 검은 머리칼의 여성이다.

몸 주위에 술리 마법으로 만든 걸로 보이는 투명한 무구를 띄워뒀는데, 슈팅 게임 옵션이나 비트 같은 거동으로 검은 머리 여성 옆을 따르고 있었다.

호무호무가 말한 것처럼 검은 머리 여성의 이름은 미토, 알려지기 싫은 내력이라도 있는 건지 베일로 얼굴을 감추고 있었다. 전에 제나 씨나 나나의 자매들이 이야기했던 여성이겠지.

그녀는 레벨 89에 스킬 구성은 마법전 주체 같았다. 칭호도 잔뜩 있었다. 「은자」, 「용사」, 「진정한 용사」, 「왕」, 「왕조」— 왕조?

미토는 숨겨진 이름이 있었다.

—야마토 시가.

시가 왕국을 건국한 용사 야마토 본인인가 보다.

그 밖에도 이름이 있지만, 지금은 신경 쓸 때가 아니다.

"멈춰! 나는 적이 아냐."

"서브 마스터 미토의 지령은 절대입니다."

말귀를 못 알아듣는 호무호무를 허신 스킬과 섬구로 따돌리고, 미토 쪽으로 날았다.

전방에서는 미토와 추기경이 고 레벨끼리 싸우는 것에 걸맞은 격렬한 공방을 펼치고 있었다.

추기경의 손에서 뻗은 어두운 보라색의 촉수를 미토 주변에

떠 있는 무구가 막아내고, 미토는 몇 종류의 마법을 구사해서
추기경을 공격했다.

그 공격 마법은 모두 추기경 주위에 생긴 어두운 보라색의 구
형 장벽에 막히고 있었다.

상급 공격 마법은 견딜 수 없는 것 같지만, 미토가 다음 공격
을 뿜어내기 전에 새로운 구형 장벽이 나타나는 모양이다.

『친애하는 내 신민들이여―.』

왕성 위, 그리고 왕도 몇 군데에서 국왕의 입체영상이 떠올랐다.

국왕이 국민들에게 긴급 사태를 전달하고, 지하 쉘터로 피난
을 지시했다. 도시 핵의 힘인지 마법 도구인지는 모르겠지만,
좋은 준비다. 방송을 들은 위병들이나 국군의 병사들이 피난 유
도를 하느라 뛰어다녔다.

지상은 국왕한테 맡기자.

나는 미토와 싸우는 추기경에게 얼굴을 돌렸다.

미토를 지키는 자동방어의 무구가 나머지 조금까지 줄어들어
있었다.

"《춤춰라》, 클라우솔라스!"

성구를 받은 클라우솔라스가 13장의 얇은 검신으로 갈라져
날아갔다.

클라우솔라스는 미토를 감싸듯 부유하여, 미토를 공격하는
촉수를 갈기갈기 찢어냈다.

"―어? 클라우솔라스?"

"미토! 소환을 꾸미는 건 그 남자다!"

놀라는 미토에게 내가 사실을 전하려고 외쳤다.

"무슨 말을 하는 겁니까! 절 배신할 셈인가요!"

"닥쳐!"

자리를 혼란에 빠뜨리려고 유쾌하게 거짓말을 하는 추기경에게 내가 소리를 질렀다.

망설임을 띤 얼굴로 미토가 나를 보았다. 나를 감정하는 거겠지.

"너는— 이름이 없어? 마소 위장?"

"내 칭호를 봐! 나는 시가 왕국의 용사 나나시!"

공란으로 해둔 이름이 마음에 걸리던 미토에게, 봐야 할 포인트를 고했다. 잘 모르는 단어는 무시했다.

"용사 나나시? —『진정한 용사』!"

"맞아!"

따라잡은 호무호무의 공격을 회피하고 외쳐서 대답했다.

"호무호무, 그 사람은 적이 아냐. 적은 저쪽 촉수 팔이야!"

"타깃 변경 명령을 수락."

호무호무가 추기경에게 공격을 시작했기에 미토의 호위로 배치했던 클라우솔라스를 호무호무의 호위로 돌리고, 미토를 호위할 수 있는 위치에 내가 진을 쳤다.

"미토, 상공의 마법진을 파괴할 수 있어?"

"응, 할 수 있을 거야."

미토가 마법진을 올려다보고, 그녀의 얼굴을 감추고 있던 베일을 들춰 맨 얼굴을 보였다.

그건 나나시의 맨 얼굴과 아주 비슷한 얼굴— 내 소꿉친구를 성장시킨 얼굴과 아주 닮았다.

"―히카루?"

"어, 어째서 네가 그 이름을?"

무심코 흘린 중얼거림에 미토가 격렬하게 반응했다.

AR표시에 뜨는 그녀의 이름을 다시 확인했다.

있다, 틀림없어.

내가 아는 소꿉친구의 본명이다.

그러나, 지금은 느긋하게 서로를 확인할 상황이 아니다.

"설명은 나중에! 마법진의 파괴를 우선해줘!"

"―알았어."

미토가 무영창으로 쓴 마법이 마법진의 한 구석을 지워버렸지만 순식간에 수복되었다.

다시 한 번, 다른 종류의 마법으로 없애고자 한 모양인데, 그것도 최종적으로 같은 상태로 돌아가 버렸다.

"―역시, 상급 마법으로는 무리네. 숨겨둔 수를 써야겠어. 영창하는 동안 그 녀석을 막아줘."

"알았어."

내가 수긍하자, 미토가 영창을 시작했다.

아마도 금주 종류일 것이다. 무영창을 쓸 수 있는 미토가 시간 지연을 하면서까지 일부러 영창을 할 정도다. 다른 건 생각할 수 없다.

"그 금주는 조금 위험할 것 같군요. 들러붙은 성검만 없다면 간단히 방해할 수 있을 것을……."

추기경이 중얼중얼 말했다.

구형 장벽을 꺼내고 있는 상태에서는 이동을 못하는 모양이다.

"내 대원 성취를 위해, 우리들의 신 현현을 위해—."

주문도 없는 것 같고, 촉수 공격이 끊어진 이틈에 나도 행동한다.

스토리지에서 꺼낸 성검 듀란달로 베어봤지만, 구두의 「절대 물리 방어」 방패를 벴을 때와 마찬가지 감촉이 돌아왔다.

안티 피지컬

녀석의 유니크 스킬에서 유래된 능력인지, 구형 장벽에 「마력 강탈」이나 「마법 파괴」는 안 통했다.

물리가 안 되면 마법이지.

나는 마법란에서 「광선」을 골라 추기경의 구형 장벽을 쏘았다.

구형 장벽을 따라 받아 흘려졌지만, 구형 장벽 표면에 미약한 흔들림이 나타났다.

더 강한 마법이라면 돌파할 수 있겠어. 미토가 쓰는 상급 공격 마법으로 파괴되어도 금방 새로운 구형 장벽이 나타났었으니, 파괴 효과가 계속되는 집속 레이저 같은 거라면 확실하게 꿰뚫을 수 있다.

문제는, 구형 장벽을 파괴한 여파로 확실하게 추기경은 죽어버린다는 거다.

추기경한테는 「너를 죽여서라도」라고 말했지만, 아무래도 망설이게 된단 말이지.

"—내 몸을 제물로 바친다. 마계에서 오너라. 마족의 군주들이여."

추기경의 몸 표면에 어두운 보라색 빛이 흘렀다.

유니크 스킬로 마족을 소환할 생각인가?

그 대답은 금세 나왔다. 추기경 근처의 공간에 금이 가더니, 안에서 회색 손이 나타났다.

그건 레벨이 50이나 되는 양 같은 뿔을 가진 도마뱀 머리의 중급 마족이었다.

"호무호무, 돌아가서 미토를 지켜!"

미토의 강화 마법으로 능력이 올라가 있어도, 레벨 40의 호무호무에겐 조금 무거운 짐이다.

추기경의 촉수에 대처하던 호무호무와 클라우솔라스를 미토의 호위로 배치했다.

"그 녀석들은 내가 어떻게 할게."

"과연 용사. 용감하군."

추기경이 유쾌하게 말했다.

"그러나, 더욱 늘어날 텐데?"

그의 몸에 몇 번이나 보라색 빛이 흘렀다. 그것에 맞추어 그의 신발이 하얀 결정과 함께 흘러내리고, 하얀 가루가 흘러넘칠 때마다 바지 자락이 바람에 흔들렸다.

그가 말한 「내 몸을 제물로 바친다」라는 건 이거였나 보군.

"자네는 마계의 군세를 상대로 싸울 셈인가?"

양손을 펼친 추기경의 등 뒤에 무수한 금이 생기고, 거기서 차례차례 마족이 나타났다.

어마어마한 수다.

그가 군세라고 표현한 것도 이해가 된다.

금이 간 곳에서 기어 나온 크고 작은 갖가지 마족이 주르륵 정렬했다.

마치 천사의 군단과 싸우기 위해 집결한 지옥의 군세 같은 박력이다.

쾅쾅 대기를 흔들면서 한 층 커다란 균열이 몇 갠가 생기고, 그곳에서 괴수가 떠오르는 강대한 마족의 모습이 나타났다.

"사, 상급 마족……."

내 뒤에서 호무호무가 두려움과 함께 중얼거렸다.

그렇다, 그녀가 말한 것처럼 저건 틀림없이 상급 마족이다.

독기가 짙어서 검고 흐릿하게 보이는 날개를 펼치고, 유유히 왕도의 하늘을 날았다.

여기에 음유시인이 있다면, 파괴와 살육을 부르는 죽음의 상징이라고 표현했을 지도 모른다.

"요, 용사……."

호무호무가 미토를 안고 후퇴했다.

미토는 영창을 계속하고 있지만, 목소리에 떨림과 두려움의 색이 보였다.

눈앞에 전개된 마족의 대군세는 3대 마왕 중 하나를 쓰러뜨린 왕조 야마토라도 공포에 사로잡힐 정도의 상대인 모양이다.

"큭큭큭— 자네의 동료들은 후퇴를 고른 모양이야."

추기경이 우리를 깔보고 비웃었다.

이것이 선인의 거죽 아래 숨어있던 그의 본성인 모양이다.

"용사 나나시— 자네는, 홀로 맞설 셈인가?"

승리를 뽐내는 표정으로 말하는 추기경의 등 뒤에서, 마족의 군세가 서로에게 지원 마법을 사용해 임전 태세를 갖추고 있었다. AR표시에 나타난 마족들의 공격력이나 방어력이 뛰어 올랐다.

수로 앞서는 상대가 더욱이 강화 마법을 쓴다.

그야말로 절망적인 상황이리라.

그러나—.


"혼자가 아냐."


하늘을 꿰뚫은 파란 광탄이 중앙에 떠오른 상급 마족의 얼굴에 격돌하여 폭산시켰다.

말할 것도 없이 루루의 가속포였다.

"말도 안 된다! 이름 있는 상급 마족을 일격에?"

규격을 벗어난 위력은, 내가 마력을 과잉 충전시킨 특별 성탄을 사용했기 때문이리라.

탄수 제한이 있는 과잉 충전탄을 초탄으로 사용하는 과감함은 아리사의 지시가 틀림없다.

『황금 기사단, 등장!』

전술 대화 너머로 아리사가 외치고, 동료들이 응답하는 목소리가 들렸다.

『난우 인람.』

미아의 목소리가 울리고, 저편에서 날아온 금색 깃털이 중급이나 하급 마족을 찢고 태워 버리며 상급 마족의 움직임을 제한했다.

『탈리호~?』

『랄리호~ 인 거예요!』

그곳에 거대한 화염구가 차례차례 명중하여 상급 마족을 집어삼켰다.

저건 비공정에 탑재된 함수 6연장포의 포탄이다.

왕도의 공원 쪽에서 동료들을 태운 비공정이 다가왔다. 오늘 조종은 아리사가 하는 모양이다.

『리자 씨, 마족이 와! 빨라!』

비행 속도가 빠른 사이비 로켓형 마족이 비공정으로 다가간다.

『―마창용퇴격(魔槍龍退擊).』

함수에 선 리자가 스치는 순간에 마족을 격파했다.

마족이 죽을 때 뿜어낸 촉수가 리자의 발을 휘감아 그녀를 비공정에서 떼어냈다.

『리자 씨!』

『맡겨둬.』

비공정을 따르던 가루다의 날개가 뻗어서 리자를 회수했다.

너무 심장에 안 좋은 싸움은 하지 말자.

"이게 『구두의 고왕』이나 『황금의 저왕』을 쓰러뜨린 공격인가!"

동료들의 활약을 본 추기경이 엉뚱한 감상을 말했다.

"항복할 생각 들어?"

"헛소리를―《열려라》."

추기경 옆에 아이템 박스가 열렸다.

그의 혀가 촉수로 변해 그 안으로 뛰어들더니, 촉수 끝에 생긴 입이 칠흑의 무언가를 삼켰다. 반사적으로 집속 레이저를 쐈지만, 구형 장벽에 막힌 한순간 때문에 늦어버렸다.

한순간 보인 칠흑의 무언가는 「사념 결정의 조각」이라는 이름이었다.

"크으― 그아아아아아아아아아아아아아아아아아아!"

집속 레이저가 지근거리를 통과하여 얼굴 절반이나 어깨를 탄화시켜도 비명을 안 지르던 추기경이, 가슴을 할퀴면서 절규했다.

―독인가?

"내 신을 부르기 위해서라면. 모든 것을 희생하더라도, 후회는 없다."

거친 숨결로 추기경이 말했다.

음독 자살을 하는 건가 싶었는데 아니었나 보다.

"그르우오오OO아아아AA아아AAAA!"

그의 피부가 칠흑으로 물들어가고, 몸의 표면이 불룩거리며 파도치고, 안쪽에서 옷을 찢고 갑주 같은 피부가 드러났다. 곤충이 연상되는 몸에 짙은 어두운 보라색의 보석 같은 결정질의 무늬가 떠올랐다. 어쩐지 흉흉하군.

AR표시에 뜨는 칭호가 「순교자」, 종족명이 「독마」로 변했다.

마왕은 아닌 모양인데, 주위의 상급 마족하고 비교가 안 될 정도의 힘이 느껴진다. 방심할 수 없는 상대로군.

더욱이 몸이 변화했다.

단정한 얼굴은 그대로 목이 늘어나고, 팔다리 몸통 부근에서 돋아난 촉수는 중간에 가지처럼 갈라져 흔들흔들 꿈틀거렸다.

"인간을 그만둔 거야?"

─APWUOSSSS.

추기경이 마족처럼 포효를 질렀다.

아무래도 대화를 못할 정도로 변모해 버린 모양이군.

─APWUOSSSS.

추기경은 지금도 어두운 보라색 파문을 몸 표면에 흘리면서, 차례차례 마족을 불러냈다.

나는 추기경을 살폈다.

아까 그가 삼킨 「사념 결정의 조각」을 토하게 만들면 본래대로 돌아갈까 생각했는데, 맵 검색을 해보니 그의 위장 안에는 이미 존재하지 않았다.

마인 심장에 흡수됐던 고우엔 씨 같은 기적은 일으킬 수 없나 보군.

내가 집속 레이저의 조준을 추기경─ 독마의 이마에 맞췄을 때, 아리사에게 전술 대화로 통신이 들어왔다.

『주인님, 동쪽! 타마가 동쪽을 신경 쓰고 있어!』

─동쪽?

레이더에는 아무것도 안 비친다.

맵을 열자, 저 먼 곳에서 음속 이상의 속도로 접근하는 광점이 있었다.

"마스터의 전령. 『피난하라』입니다."

호무호무가 외치고, 영창을 계속하는 미토를 안은 채 마법진에서 떨어졌다.

위험해—.

『비공정을 마족이랑 마법진에서 떨어뜨려!』

안 돼. 늦는다.

『나나, 체크 항목 생략, 모바일 포트리스 긴급 발동!』

『예스, 마스터.』

비공정이 진로를 바꾸고, 비공정에 탑재된 모바일 포트리스 기능이 발동했다.

다음 순간 눈부신 섬광이 번득이고, 엄청나게 굵은 광선이 오른쪽에서 왼쪽으로 마물들을 쓸어버렸다.

마족들이 한순간에 증발하고, 방어에 성공한 상급 마족들도 빈사 상태로 몸에서 연기를 내고 있었다.

독마의 구형 장벽도 날아가 버리고, 독마 자신도 방어에 쓴 것으로 보이는 탄화된 촉수 너머에서 숯이 되어 있었다. 그의 체력 게이지를 보니, 간신히 생존한 모양이다.

『뭐, 뭐야? 지금?』

<sub>드래곤 브레스</sub>
『용의 숨결이야.』

몇 킬로미터 너머에서 쐈다고 생각하기 어려울 정도의 위력이다.

마왕보다 용이 참전하는 게 피해가 커진다고 다들 말할 만 하네.

『다친 데 없어?』

『응, 이쪽은 괜찮아— 우와아아아아아아아아아아.』

백은색 천룡이 아음속으로 날아오고, 전장 300미터급의 거체가 일으키는 난기류에 비공정이 농락당했다.

—ABWUOZZZ.

천룡은 독마를 턱으로 붙잡아 우리들 눈앞을 지나쳤다.

그리고 용의 송곳니로 독마를 꿰뚫고, 가차 없이 마무리를 지었다.


『주인님! 마법진이!』

『알고 있어!』

아리사가 말할 것도 없이, 당장이라도 뭔가 소환할 것처럼 격렬하게 깜빡이기 시작한 마법진은 깨닫고 있었다.

추기경이 말한 것처럼, 술자가 사라져도 마법진은 안 사라지는 모양이다.

이대로 가면 마신이랑 배틀을 피할 수 없을 것 같다.

나는 한 줌의 희망에 매달려, 영창을 계속하는 미토를 돌아보았다.

"……■ ■ ■ ■ ■ ■ 신위붕마진(神威崩魔陣)!!!""

긴 지팡이를 하늘로 들어 올린 미토의 외침이 울려 퍼지고, 무수한 풍경이 울린 것처럼 소리의 비가 왕도의 하늘에 쏟아져 내렸다.

다음 순간, 미토의 마법이 왕도에 뚜껑을 덮고 있던 마법진을 모조리 파괴했다.

『해치웠나?』

『주인님, 플래그 세우지 마! 아래! 지상의 마법진이 남아있어!』

무심코 중얼거린 다음 순간, 아리사가 태클을 걸었다.

『괜찮아— 봐.』

미아의 말보다 조금 늦게, 지상의 한 구석에서 무수한 빛이 흐르더니 그것이 한 줄기로 모여 마법진을 두들겼다.

지상에서 무수한 유리를 깬 것 같은 소리가 울리더니, 그것에 맞추어 마법진이 부서지고 사라졌다.

『아테나.』

아무래도, 지상의 마법진은 동기 마법을 사용한 시가33지팡이가 지워준 모양이다.

『제법 하잖아.』

『잘난 체.』

아리사가 잘난 태도로 칭찬하자, 미아가 태클을 걸었다.

『마스터, 상공의 구름이 걷혔다고 고합니다.』

나나의 말처럼, 마법진 위에 소용돌이치던 구름이 걷혔다.

나는 구름 사이로 뻗는 빛을 받으면서, 곁으로 온 비공정 갑판에 내려섰다.

『이걸로 한 건 낙찰인가?』

나는 한숨을 쉬었다.

♦

"주인님, 아직이에요!"

"타마가 굉장히 겁먹고 있는 거예요."

비공정 갑판에 착지한 내 앞에 파일럿인 아리사 빼고 모두가 달려왔다.

구름이 걷힌 하늘이 흐려진다.

일식이다. 그것도 기이하게 빨리 해가 달의 그림자에 숨었다.

"사토! 위험해, 정령이 소란스러워, 울 것 같아. 다들 지면으로 도망가고 있어! 위가 무서운가 봐, 위야."

미아가 오랜만에 장문으로 경고하는 말에 재촉을 받아, 태양을 모두 가린 보라색으로 물든 달을 보았다.

──보라색의 달을 배경으로 3개의 검은 선이 보였다.

그 선을 본 순간, 몸의 안쪽 깊숙한 곳을 얼음 기둥으로 파헤친 것처럼, 서늘한 공포에 사로잡혔다.

공포 내성을 최대로 해도, 안 된다.

완전히는 두려움을 씻을 수 없다.

추기경이 말했다. 「이미 늦었다」고.

그리고 이어서 「이 마법진을 표식으로 내 신이 강림한다」라고도 했다.

저 3개의 선은 신이 나타날 조짐인가? 아니면, 신의 소환에 실패한 잔재인가?

너무 멀어서 맵 바깥이지만, 위험한 건 알 수 있다.

"주이~."

"사토."

타마가 내 망토 안에 파고들어 다리를 붙잡으며 떨고 있었다.

미아가 반대쪽 다리에 딱 달라붙었다.

지금은 나랑 이 두 사람밖에, 저 검은 선의 두려움을 깨닫지 못한 것 같다.

"크다……."

3개의 선은 눈으로 봤을 때 폭이 10미터, 높이는 9킬로미터, 사람 모양인가 생각했는데 기이하게 길다랗다…….

처음에 봤을 때는 더 굵은 느낌이었는데, 그건 흑선이 빛을 빨아들인 탓에 그렇게 보인 것 같다.

천천히 내려오는 그것이, 왕성의 상공 500미터 정도에서 활공했다.

그제야 드디어 3개의 선이 맵 안으로 들어왔다.

표시되는 정보는 「정체불명」.

구두를 희롱했던 수수께끼 어린 소녀와 같은 표시다.

"안 돼, 저건 안 돼. 절대, 안 돼."

"돌아가~?"

미아와 타마가 아래쪽에서 호소했다.

불안해하는 두 사람을 떼어내는 건 가엾지만, 저게 움직이면 왕도가 붕괴할 예감이 들었다.

"모두 비공정에 있어. 여기서부터는 내 일이야."

나는 두 사람을 상냥하게 떼어내 리자와 루루에게 맡겼다.

『주인님, 저게 뭐야? 그렇게 위험해?』

『그래, 마왕보다 위험해.』

나는 전술 대화 너머로 아리사의 물음에 대답하고, 비공정 근처에서 하늘을 올려다보는 미토와 호무호무 쪽에 천구로 다가갔다.

"저게 뭔지 알아?"

"응, 알아. 전에 본 거랑 다르지만, 저건 『마신의 찌꺼기』, 부분 소환된 『마신』의 일부야."

미토가 창백한 표정으로 중얼거렸다.

아무래도, 미토도 나와 마찬가지로 두려움을 알 수 있는 쪽인가 보다.

"본 적이 있어?"

"응, 전에 봤을 때는 검은 점액 같은 거였어."

"전에는 어떻게 쓰러뜨렸지?"

"평범하게는 무리. 검도 마법도 안 통해. 텐짱처럼 아신(亞身)의 영역에 있는 자나 신밖에 상처를 낼 수가 없어."

미토가 왕도 상공을 선회하는 천룡을 보았다.

"전에는 텐짱이 불러준 용신님이 쓰러뜨려줬어."

용신은 없다.

내가 죽여버렸다.

"정보 고맙다. 뒤는 맡겨둬."

"어? 맡기라니……『찌꺼기』나『일부』라고 해도 신은 틀림없거든?"

"괜찮아―."

나는 비공정 갑판에서 천구로 떠올랐다.

"―신을 죽이는 건 처음이 아니야."

어안이 벙벙한 미토에게 웃어주고, 3개의 선 쪽으로 갔다.


『아리사, 비공정을 왕도 바깥을 향해서 전속력으로. 여차하면 도망칠 수 있도록 전이 준비를 해둬.』

나는 파일럿인 아리사에게 지령을 내렸다.

『안 돼! 그런 건 안 돼!』

『그런 거예요! 정의의 사도는 도망치면 안 되는 거예요!』

『포치 말이 맞아! 우리가 도망치면 누가 왕도 사람들을 지켜!』

아리사와 포치가 호소했다.

『쓰러뜨리는 건 주인님에게 맡길게. 우리는 도망 못 친 왕도 사람들을 구할 거야!』

『주인님, 저도 아리사의 의견에 찬성이에요!』

『마스터, 유생체들의 보호는 절대적입니다.』

루루와 나나도 찬성인가 보다.

『타마, 무섭지만 힘내~?』

『저도 미력하나마 힘을 다하겠습니다.』

타마와 리자가 이어서 말했다.

『알았어. 왕도의 수호를 맡긴다.』

내가 그렇게 말하자 동료들이 일제히 기쁨의 목소리를 질렀다.

『다만! 절대 무리하지 마! 지시가 있으면 곧장 아리사의 전이로 도망칠 것! 알겠지!』

이번 상대는 장난이 아니니까, 제대로 못을 박아뒀다.

"기다려, 나도 갈래."

3개의 선 쪽을 바라본 내 옆에, 미토가 허공을 차고 뛰어왔다.

"필요 없어. 미안하지만 걸림돌이야."

함께 따라가는 건 너무 위험하니까 조금 팍팍하게 말했다.

"……알았어. 전력은 못 돼도 지원 정도는 하게 해줘."

미토가 무영창으로 사용한 강화 마법이 나를 감쌌다.

굉장하군. 반짝반짝해서 은밀성은 전무하지만, 무기의 전투력도 방어구의 방어력도 3배 가까운 수치가 됐다.

"사토."

바람을 가르고 날아온 가루다가 내 옆에 왔다.

가루다의 머리에는 아리사와 미아 둘이 타고 있었다.

"사랑스런 아리사가, 최강의 신체 강화를 선물할게!"

뜨거운 힘이 몸을 휘돌았다.

아리사의 불 상급 마법 신체 강화다.

"또 하나, 덤으로!"

공간 마법 방어 마법이 부여된 모양이다.

아리사가 미아랑 같이 미토 위로 전이했다.

"어— 꺄아아아."

미토에게 달라붙은 아리사가 호무호무의 손을 붙잡아 넷이 같이 비공정으로 전이해 돌아갔다.

가루다는 내 옆에 떠오른 그대로다.

내 호위라는 걸까?

『주인님, 힘내!』

아리사에 이어서 동료들의 격려가 닿았다.

왕도 교외의 공원에 남겨진 사람들을 구하러, 동료들과 미토를 태운 비공정이 이동했다.

"그럼, 나도 가볼까."

나는 상공에 있는 3개의 선을 향해 섬구로 이동했다.

말이 통하는 상대라면 좋겠는데.


◆


"크다……."

칠흑의 선 3개의 정면 위치에 정지했다.

—응?

3개의 선을 향해, 왕성의 한 구석에서 홍련의 불꽃이 날아왔다.

시가33지팡이의 동기 마법을 통해 사용한 특대 공격 마법 같았지만, 그 화염은 흑선 하나에 명중하자마자 증발하는 것처럼 사라져 버린다.

흑선 하나의 뿌리 부근이 빙글, 소용돌이 모양으로 형태를 바꾸더니—

—위험해.

나는 섬구로 흑선과 왕성 사이에 끼어들었다.

아슬아슬하게 신검을 뽑는 것과 칭호를 「신을 죽인 자」로 바꾸는 것이 늦지 않았다.

흑선이 채찍처럼 왕성을 때리려고 덤벼드는 것을, 몸 앞에 겨눈 신검으로 받아냈다.

신검에 닿은 흑선이 어둠의 불똥을 튀기며 둘로 갈라졌다.

흩어지는 불똥이 흐려져 사라져갈 때, 그 불똥의 본래 색이 보였다. 그것은 짙은, 대단히 짙은 어두운 보라색이었다.

─큭, 무겁다.

나는 천구로 관성에 저항했지만, 그래도 한순간에 왕성에 격돌하기 직전의 장소까지 밀려나버렸다.

아리사나 미토의 강화 마법이 없었다면 진작에 밀려나갔을 거야.

하지만, 이대로는 점점 밀린다.

눈앞의 왕성에는 무노 남작령의 사람들이나 친구들이 있다. 국왕이나 재상도, 버리기에는 교류를 너무 가졌다.

무모한 공격으로 흑선의 주의를 끈 시가33지팡이들은 자업자득이지만, 그래도 버릴 생각은 없다.

나는 자신에게 신체 강화 스킬을 거듭했다.

넘쳐흐르는 힘이 내 몸 안을 내달렸다.

그러나, 그래도 부족하다.

이대로는 밀려나는 건 시간문제다.

─RYWURWAAAAE.

뒤에서 황금의 새 발이 나를 밀어냈다. 가루다.

더욱이 왕성에서 뻗은 파란 빛이 나에게 힘을 준다. 국왕이 도시 핵의 힘을 나에게 썼겠지.

"우오오오오오오오오오오!"

나는 기합 소리를 지르며, 부서질 것 같은 팔로 신검을 지탱하고 흑선에 저항했다.

무한인지 한순간인지 알 수 없는 공방이 끝나고, 찢어진 흑선이 일단 왕성에서 거리를 벌렸다.

"—후우."

어떻게 버텨낸 모양이다.

둘로 갈라진 부분의 흑선도, 찢어졌을 뿐이지 흑선의 본체 쪽으로 돌아가 복원됐다.

신검으로 벴는데도 소멸하지 않다니…….

나는 천구로 왕성에서 떨어져, 2격째를 넣으려고 선회하는 흑선 아랫부분에 다가갔다.


—멸하라.


두근. 심장이 크게 뛰었다.


—우리들의 적을 멸하라.

두근두근. 심장의 고동과 신검의 검은 아우라의 맥동이 겹쳤다.

그 목소리 없는 의사는 신검에서 전달됐다.

―제물을. 양식을.

내 마력이 어마어마한 기세로 신검으로 흘러들었다.

이대로는 싸우기 전에 급속한 마력 결핍으로 쓰러지겠어.

나는 스토리지에서 꺼낸 성검 엑스칼리버의 마력을 빨아올려 감소하는 마력을 보충했다.

마력이 빨려 들어갈 때마다 칠흑의 칼날이 조금씩 뻗었다.

성검의 마력을 모두 쏟아 부었을 때에는 검의 길이가 10미터를 넘었다.

―멸하라.

신검에서 전해지는 의사가 변했다.

―나에게 진정한 힘을.

뇌리에 말이 떠올랐다.

천적의 존재를 알아본 것처럼, 흑선의 아랫부분이 내 쪽으로 돌아섰다.

나는 신검에 등을 떠밀린 것처럼, 그 말을 입에 담았다.


"신검이여―《멸망》을."


그것을 고하지 말아야 했을지도 모른다.

―일식의 하늘에 진정한 어둠이 찾아왔다.

신검에 닿은 빛이 멸망한다.

—칠흑의 하늘에 정적이 찾아왔다.

신검에 닿은 공기가 멸망한다.

그리고—.

신검에 닿은 흑선이 증발하는 것처럼 보라색의 안개가 되어 떨어져 나가고, 신검의 칠흑 칼날에 빨려 들어가듯 사라졌다.

나는 섬구로 흑선을 서둘러 올라가, 눈 깜짝할 사이에 9킬로미터 상공 끝까지 멸망시켰다.

나머지 둘.

◆

다행히 흑선끼리 동료 의식은 없는 건지, 첫 번째가 멸망한 지금도 공중에 떠오른 채 움직임이 없다.

다음은 각개격파를 하면 되겠다.

"뭐야? 생각보다 간단하잖아—."

흑선이 너무나 물러서 맥이 빠지고, 그런 혼잣말을 해버리고 말았다.

그러나, 눈앞에 보인 광경에 내 들뜬 마음이 냉수를 끼얹은 것처럼 식어버렸다.

눈앞에 작게 보이는 왕성 한 구석이, 말끔하게 사라져 있었다.

다행히 왕성 사람들이 모여 있는 천수각은 무사한 모양이지만, 만약 신검의 「성구」를 사용한 장소가 천수각 부근이었다면 돌이킬 수 없는 일이 일어났을 참이었다.

—반성, 반성.

깊게 반성하는 건 나중에 하고, 지금은 사태 수습을 우선하자.

AR표시로 알 수 있는 《멸망》의 범위는 대략 수백 미터 미만이다.

흑선을 지상에 피해가 나지 않는 고공까지 끌어들이고 처리하는 게 좋겠지.

흑선을 사정거리가 긴 「광선」 마법으로 공격하여, 나를 공격해온 참에 《멸망》 상태의 신검으로 지워버린다.

아까부터 공기가 없어서 괴롭지만, 체력 게이지나 스태미나 게이지를 보는 한 1시간이나 2시간은 괜찮겠지. 내 몸이지만 치트라니까.

—음.

시선 끝에서 흑선의 표면이 갈라지고, 털끝이 갈라진 모양으로 채찍처럼 되어서 덤벼들었다.

신검의 《멸망》의 영역을 돌파한 검은 채찍이, 너덜너덜하게 붕괴하면서도 눈앞에 다가온다. 눈에 잘 보이지도 않는 속도로 덤벼드는 그것을 섬구로 피하면서, 공중에서 몸을 뒤틀어 신검으로 베어 난을 피했다.

내가 피한 등 뒤에서, 검은 채찍에 접촉한 첨탑 하나가 적층화된 도시 핵의 수호와 함께 패이고 남은 상부가 떨어졌다.

아무리 그래도 저 공격이 명중하면, 튼튼한 내 몸이라도 커다란 대미지를 입을 게 틀림없다.

돌아온 시선 끝에, 흑선의 본체에서 갈라진 털이 차례차례 떨어져, 검은 채찍으로 변화해가는 게 보였다.

—큭.

종횡무진으로 덤비는 검은 채찍을, 종이 한 장 차이로 피하면서 하나씩 확실하게 신검으로 멸망시켰다.

죽음과 마주보는 댄스를 추는 것처럼, 나는 공중의 발판에 스텝을 밟아, 한계까지 체술을 구사해서 흑선의 공격을 피하며 본체를 모조리 멸망시켰다.

"—후우."

어떻게 둘을 쓰러뜨렸다.

두 번째 시작할 때의 자신을 혼내주고 싶은 기분이다.

세 번째 흑선이 두 번째의 궁지에도 꼼짝도 않고 떠 있는 것이 다행이지만, 저게 연계해서 덤볐으면 무사히 쓰러뜨릴 수 없었을 거다.

—다행, 이라.

그건 그렇고, 저 흑선은 어째서 그냥 떠 있는 거지?

지금 흑선은 MMO-RPG 따위의 논 액티브 몬스터처럼, 다른 흑선이 공격을 받아도 꼼짝도 않고 자기가 공격을 받지 않는 한 반응하지 않는다.

흑선의 소환을 행한 추기경이 죽은 탓에 명령하는 자가 없어서 그런 건지, 애당초 흑선에는 다른 역할이 있는 건지, 너무나도 의문이 많다.

그런 식으로 괜한 걸 생각한 것은 불과 몇 초였지만, 그 몇 초가 문제였나 보다—.

어두운 하늘에, 아침 해가 뜨는 것처럼 하얀 빛이 생겼다.

그 하얀 빛이 집속되어, 한 줄기 하얀 빛 다발이 되어 마지막 흑선에 격돌했다.

빛은 흑선 일부를 양단한 다음에도 기세를 잃지 않고 직진하여 왕도 너머에 있는 곡창지대를 한 줄기의 재와 균열로 바꾸었다.

—천룡이 뿜어낸 「용의 숨결」이다.

내 섬구에 필적하는 속도로 상공에서 급강하한 천룡이 흑선에 덤벼들었다.

천룡은 「모든 것을 파헤친다」고 하는 송곳니로 흑선을 물어뜯어내고, 빛을 두른 거대한 손톱으로 흑선을 찢어냈다.

흑선 아랫부분을 깨물어 붙잡은 천룡이 그 기세 그대로 왕도 밖으로 날아갔다.

천룡이 물어뜯은 나머지 흑선이, 끝 부분을 거대한 턱으로 변화시켜 천룡을 좇았다.

—그렇겐 못하지?

흑선의 타깃이 천룡을 향하는 사이에, 나는 왕도 상공에 있던 흑선 끝에 섬구로 달라붙어 신검에 깃든 《멸망》의 힘으로 지워버렸다.

중반까지는 편했는데, 중간에 타깃이 천룡에서 나로 바뀌었는지 아까와 마찬가지로 검은 채찍 난무와 격전을 펼치는 꼴이 됐다.

두 번째라고 해도, 한순간도 긴장을 풀 수 없는 싸움은 꽤 힘들다.

일격필살의 신검을 가진 게 그나마 구원이다.

내가 3개째 흑선을 멸망시키는 게 끝난 참에, 천룡 또한 물어뜯고 있던 흑선 나머지를 다 찢어낸 참이었다.

천룡을 중심으로, 어두운 보라색 안개가 흩어졌다.

"후우— 이걸로 한 건 낙찰인가?"

나는 한숨 돌리고, 만신창이인 천룡 쪽으로 갔다.

◆

—KUROOOUUUUNN!

전방에서 발사된 천룡의 브레스를 섬구로 피했다.

나는 신검을 스토리지에 수납하고 천룡 쪽으로 갔다.

"그만둬! 나는 아군이야!"

천룡은 내 외침을 무시하고 무차별로 브레스를 뿌려댔다.

대지를 파헤쳐 계곡을 만들고, 산이나 언덕을 날려버린다.

—싸움의 흥분에 취한 건가?

"정신 차려!"

민폐가 되는 천룡의 볼에 섬구 날아 차기를 먹였다.

거대한 용의 송곳니가 부러질 정도로 걷어찼는데, 천룡의 제정신이 돌아오지 않는다.

내 시야에, 백은색 천룡의 비늘에 달라붙은 흑선의 잔해가 보였다.

"저게 원인이군—."

일부는 천룡과 동화했는지 백은의 비늘을 검게 물들이고 있었다. 흑선이 달라붙은 비늘이 빠직빠직 널빤지가 깨지는 것 같은 소리를 울리면서 지금도 현재 진행형으로 깨지고 있었다.

—KUROOOUUUUUNN!

흑선에 침식당한 천룡이 비통한 외침을 질렀다.

용어를 이해하는 나도 의미를 이해 못하니까 틀림없이 비명이겠지.

꼬리를 휘두르며, 몸을 비틀어 일으킨 천룡이 하늘로 날아올랐다.

—위험해.

착란에 빠진 천룡이 왕도 쪽에 고개를 돌렸다.

초가속해서 왕도의 거리에 돌진하려는 천룡을 어떻게든 따라잡아서, 거대한 꼬리를 붙잡아 멈추고 공중을 발판 삼아 대차륜처럼 원을 그리며 천룡을 왕도 밖으로 내던졌다.

내 생각에도 취급이 좀 심하지만, 이건 필요한 조치다.

이런 거체가 왕도에 낙하하면 어느 정도 희생이 생길지 알 수가 없어.

호쾌한 소리와 흙먼지를 일으키며, 천룡의 등이 왕도의 곡창지대를 황무지로 바꾸며 계곡 같은 깊은 골을 만들었다.

농가 여러분 미안해요. 나중에 본래대로 되돌릴 테니까 지금은 좀 봐줘요.

"그러, 면—."

나는 스토리지에서 신검을 꺼냈다.

흑선의 본체를 멸망시키고 만족했는지, 수상한 맥동은 사라지고 《멸망》 상태는 해제되어 있었다.

검은 아우라는 여전히 내 몸에서 마력을 빼앗으려고 하지만, 기합을 넣으면 단시간 제어가 가능하겠어.

나는 천룡이 물어뜯은 흑선의 조각을, 맵으로 마킹해서 신검으로 순서대로 소멸시켰다.

이런 걸 남겨두면 무슨 일이 일어날지 모르니까.

그 중 하나가, 살아남은 「돌연변이 큰 쥐」에 닿았다.

—다음 순간.

꿀렁하고 쥐가 뒤집히더니, 마핵이 노출된 상태로 슬라임처럼 부정형이 되어 움직이기 시작했다.

주변 잔해나 마물의 시체를 흡수하여 거대화한다. 본래는 레벨 10에서 20이었던 돌연변이 큰 쥐가, 거대화를 끝냈을 때는 레벨이 50까지 올라가 있었다.

붉은 밧줄의 마물 퇴치가 끝나기 전이었다면 위험했다.

나는 「이력의 손」으로 쥐 슬라임을 공중으로 쏘아 올리고, 아래쪽에서 「집광」과 「광선」의 콤보 마법을 때려 박아서 놈의 방어 장벽과 몸을 잘게 썰어버렸다.

흑선의 본체만 아니면 보통 공격도 통하는 모양이다.

나는 공중에서 떨어지는 마핵을 노려보았다.

흑선이 노출된 마핵에 숨어 있었다.

나는 땅에서 뛰어 올라, 떨어지는 마핵과 함께 흑선을 신검으로 베어 소멸시켰다.

그런 식으로 뒤처리를 하면서, 왕도 밖에서 작은 산을 무너뜨리며 날뛰고 있는 천룡 쪽에 천구로 다가갔다.

AR표시로는 천룡의 상태가 「폭주」, 「침식: 마신의 찌꺼기」가 되어 있었다.

UNKNOWN이었던 흑선의 정체는 미토가 말한 것처럼 「마신의 찌꺼기」가 틀림없는 모양이다.

나는 맵을 열었다.

천룡을 침식하는 흑선은 27군데. 그 중에서 흑선의 잔해가 대량으로 달라붙은 것은 머리와 꼬리, 역린 세 군데였다.

—그렇다면.

좀 거친 방법이지만, 눈감아줘.

나는 신검을 한 손에 들고 천룡에게 육박했다.

제정신을 잃은 천룡이 백은의 비늘에 휩싸인 거대한 꼬리를 휘둘렀다. 원심력으로 힘이 늘어난 꼬리가 음속을 넘는 속도로 공격해온다.

천룡의 비늘은 성검마저도 튕겨낸다고, 왕조 야마토의 그림책에 적혀 있었다.

그 비늘은, 그 「황금의 저왕」의 마검마저도 막아냈다고 했다.

그러나 신검 앞에서는 종잇장이나 마찬가지.

천룡의 꼬리를 절단하고, 꼬리에 휘감겨 침식하려던 대량의 흑선을 소멸시켰다.

—KUROOOUUUUNN!

나는 비명을 지르는 천룡의 등을 달려, 그 몸을 파헤치며 흑선을 지워버렸다.

조금 난폭하지만, 느긋하게 보고 있으면 온몸을 침식당해서 장난이 아니게 된다. 그야말로 마왕 이상의 피해가 발생할 거야.

너무 거친 것에 내심 사과하며, 나는 마음을 굳게 먹고 계속했다.

용의 피에 물들면서도, 불과 몇 초 뒤에 대부분의 흑선을 지울 수 있었다.

—남은 건 역린이랑 머리 부분.

이건 몸과 함께 파헤칠 수는 없다.

흑선을 붙잡아 떼어내는 수밖에 없겠지. 그러나, 섣불리 만지면 나까지 침식될 것 같다.

나는 신검을 들지 않은 손의 표면에 「성광 갑옷」을 형성했다.

그리고, 그대로 붙잡으려다 멈췄다.

—상대는 일부라지만 신이다. 섣불리 행동하면 파멸로 이어질 것 같았다.

나는 자신의 자만을 경계하고, 조금 떠올린 게 있어서 성광 갑옷을 변질시켰다.

마검의 구성 소재를 바꾸어 성검을 만들 수 있다면.

그리고, 마인에 성인 같은 아종이 있다면.

신의 힘도 마찬가지로, 재현할 수 있지 않을까?

나는 신검의 힘을 빌려, 성광 갑옷을 신기로 물들였다.

파랗던 성광 갑옷의 빛이, 서서히 신검처럼 칠흑으로 색이 바뀌었다.


—마치 흑선과 같은 색.


괜한 생각은 말자, 사토.

나는 신기를 두른 손으로 천룡의 머리 부분에서 튀어나온 더듬이 같은 흑선을 붙잡아 뽑아냈다.

한층 커다란 천룡의 비명이 들렸지만, 지금은 신경 쓸 때가 아니다.

뽑아낸 흑선을, 반대쪽 손에 든 신검으로 소멸시킨다.

그리고 마지막으로 천룡의 역린에 달라붙은 흑선을 떼어냈을 때, 실수로 역린까지 떼어내 버렸다.

그게 엄청나게 아팠는지, 천룡이 한 번 비통하게 소리치고 기절해버렸다.

역린에서 떼어낸 흑선을 신검으로 소멸시키며, 내심 천룡에게 사과했다.


"후우, 지쳤다."

나는 칼집에 넣은 신검을 스토리지로 수납하고, 메뉴를 열었다.

남은 흑선이 없는 것을 맵으로 확인하고, 그러는 김에 AR표시에 나타나는 로그를 보았다.

〉「마신의 찌꺼기」를 쓰러뜨렸다.

〉「마신의 찌꺼기」를 쓰러뜨렸다.

〉「마신의 찌꺼기」를 쓰러뜨렸다.

〉칭호 「신의 사도」를 얻었다.

〉칭호 「금기를 범하는 자」를 얻었다.

〉스킬 「을 얻었다.

〉칭호 「고문왕」을 얻었다.

〉칭호 「가학자」를 얻었다.

〉칭호 「천룡의 천적」을 얻었다.

좀 본의 아닌 칭호가 있었지만, 이제 와서 시스템을 관장하는 누군가에게 태클을 걸진 않는다.

새삼스럽게 추기경이 깃들이고 있던 「신의 조각」을 신검으로 소멸시키지 못한 게 떠올랐지만, 그때는 발동 직전의 마법진 쪽이 우선도가 높았으니까 어쩔 수 없지.

조금 분하지만, 지나치게 최선을 고집하면 마음이 병든다. 나쁘지 않은 정도로 납득해두자.

그런 실수는 제쳐두고, 셋 있던 「마신의 찌꺼기」를 쓰러뜨린 탓인지 레벨이 312가 됐다.

이름 없는 스킬 획득 표시는 버그였는지 스킬 일람에는 실려 있지 않았다. 앞뒤의 로그를 보고 추정하면, 신기를 두른 능력이 명칭 미등록의 숨겨진 스킬 같은 거였다고 생각한다.

"—어이쿠, 그런 건 나중에 하고."

정신적 육체적인 피로로 기절할 것 같으면서도, 나는 상급 체력 회복약이나 치유 마법을 구사해서 천룡의 상처를 고쳤다.

통으로 사용한 상급 마법약의 효과가 근사해서, 절단된 꼬리가 이어지고, 떨어진 비늘이나 전투를 하며 부러진 뿔과 손톱이 재생됐다.

부러진 송곳니는 본래대로 돌아가지 않았지만, 흑룡 말로는 송곳니는 새로 자란다고 하니까 괜찮겠지.

지친 탓인지 어쩐지 사고가 엉성하다.

이 정도로 피로해진 건 이세계에 오고 나서 처음일지도 모른다.

그리고…… 아까부터 왼손에 감촉이 없다.

나는 왼손의 상태를 확인하려고 나나시 장비의 장갑을 벗었다.

"이게, 뭐야?"

장갑 안에서 나타난 왼손을 보고 나는 말을 잃었다.

그 손은 사람의 피부색을 잃고서, 칠흑으로 물들어 있었다…….

# 에필로그

"사토입니다. 인간 세상 만사는 새옹지마라는 말이 있습니다만, 행복한 다음에 불행이 오는 것은 좀 그만뒀으면 좋겠어요. 역시, 마지막은 해피엔 딩이 좋잖아요."


"신기를 두른 후유증인가?"

나는 광택이 없는 칠흑으로 물든 왼손을 내려다보았다.

중2병을 앓고 있을 무렵이라면 「진정해라! 내 왼팔이여!」라며 소 란을 피우고 대환영이었겠지만, 지금은 그저 당혹스러울 뿐이다.

일단, 손가락은 문제없이 움직이지만 손의 감각이 전혀 없다.

검게 물들어 있는 건 팔꿈치와 손목 중간 정도까지다.

그러나, 보고 있으니 경계가 슬금슬금 칠흑으로 침식된다.

―안 좋다.

팔에 하급 엘릭서를 뿌려봤지만 나을 기색이 없다.

아리사용 엘릭서에 손대는 건 최후의 수단이다.

"약은 안 되나……."

이래서는 예쁜 언니들 가게에 갔을 때도 이래저래 즐길 수가 없잖아…….

―잘라내면, 새로운 팔이 돋아나지 않을까?

지친 탓인지, 사고가 공회전하면서 바보 같은 감상이나 발상이 떠오른다.

보통은 절대 선택하지 않겠지만, 이때 나는 하늘에서 지혜를 내려 받은 것처럼 그것이 명안이라고 느꼈다.

나는 스토리지에서 성검 듀란달을 꺼냈다.

오른손에 든 듀란달로 검은 왼손을 콩콩 두드렸다.

금속 같은 딱딱한 감촉이 들었다.

나는 결심하고서, 칠흑과 피부색 경계 부분을 노려서 듀란달을 왼팔에 내리쳤다.

키잉 가벼운 소리가 나고 둘로 갈라졌다.

ㅡ성검 듀란달이.

신이 내린 성검이 부러지다니, 얼마나 단단한 거야?

나는 지친 마음에 말없이 태클을 걸었다.

성검이 부러진 부분에서 마력이 새어, 바람이 되어 주위에 휘몰아쳤다.

나는 늘 발동하고 있는 「이력의 손」으로 날아가버린 칼날을 붙잡고, 손에 든 검에서 마력이 새지 않도록 제어를 강화했다.

나는 회수한 부러진 칼날을 칼집에 넣고, 듀란달의 남은 검신도 넣었다.

전에 성구를 시험했을 때는 「황금의 저왕」과 싸울 때 생긴 작은 상처를 수복했었다.

나는 에라 모르겠다 싶어서 성구를 읊어보기로 했다.

"《영원하라》 듀란달."

파란 빛이 칼집에서 넘쳤다.

빛이 잦아든 다음, 칼집에서 뽑은 듀란달은 부러지기 전의 모습으로 돌아와 있었다.

기대를 안 했다면 거짓말이지만, 설마 부러진 칼날이 이어질 줄은 몰랐네.

과연 안정적이군. 앞으로도 의지가 되겠어.


나는 다시 한 번 팔의 절단을 시도했다.

아까 베려던 부분을 만져보니, 피부색이지만 감촉은 검은 부분이랑 다를 바 없었다.

나는 나나시 장비의 소매를 걷어 팔꿈치와 어깨 중간 부근, 이른바 2두근 부분을 오른손으로 만져 부드러운 것을 확인하고서 듀란달로 베었다.

"─큭."

빨간 피가 흐르고, 팔이 땅으로 낙하했다.

고통 내성 덕분에 아픔은 없지만, 보고서 기분 좋은 건 아니다.

떨어지는 팔을 스토리지로 회수하고, 「이력의 손」으로 상처를 막았다.

팔의 절단면에서 뚝, 뚝 몇 방울의 피가 땅에 떨어졌다.

─다음 순간.

쑤우우우욱. 공기와 땅을 흔들며 녹색의 덩굴 다발이 지상에서 하늘로 뻗었다.

처음에는 식물형 마물이 나타난 건가 싶어 거리를 벌렸는데,

방금 그건 높이 10미터쯤까지 뻗은 감자의 줄기와 잎이었다.

스케일이 이상한 점을 빼면 아주 평범한 식물이다.

혹시, 내 피가 원인인가?

시간이 생기면 실험을 해봐도 되겠지만, 지금은 그럴 때가 아니다.

나는 상급 마법약의 통을 꺼내 팔을 집어넣었다. 상급 마법약을 나눠둔 병이 남아 있질 않았으니까.

상급 마법약에 내 피가 섞였다.

좀 아깝지만, 이 통은 나중에 파기해야겠군. 약 같은 거야 또 만들면 되고.

이윽고 팔의 재생이 시작됐다. 미궁 상층에서 다리를 잃은 자리곤 때랑 마찬가지로, 뼈가 돋고 근육과 힘줄이 뻗었다.

옛날에 애니메이션에서 본 백골에서 인체가 재생되는 장면 같았다.

첨벙. 통에서 뽑아낸 팔이 끝까지 제대로 재생된 것을 확인했다.

"후우, 지쳤어……."

밝은 햇살이 나를 비추었다.

일식이 끝난 모양이군.


◆


"텐짱!"

"마스터에게서 응답이 없습니다."

왕도 쪽에서 긴 지팡이를 타고 날아오는 미토와 자기 날개로 날아온 호무호무의 목소리를「엿듣기」스킬이 포착했다.

두 사람의 방향에서 몇 갠가 반짝이는 것도 날아왔다.

클라우솔라스다. 미토의 호위 임무를 마치고 돌아온 모양이다.

내 눈앞에서 하나의 칼날로 돌아온 클라우솔라스를 스토리지에 수납했다.

"텐짱!"

『……우, 우웅…….』

천룡이 의식을 되찾았는지 용어로 중얼거리는 게 들렸다.

"텐짱, 괜찮아?"

"마스터?"

『―헉.』

천룡이 벌떡 고개를 들었다.

『미토! 도망치자! 그 녀석이! 그 녀석이 온다!』

천룡이「그 녀석」이라고 할 때 나를 찾는 것 같았지만, 분명히 기분 탓일 거야.

"어? 잠깐만, 텐짱?"

천룡이 양손으로 미토와 호무호무를 붙잡았다.

『얼른 도망치지 않으면 그 녀석이, 또 역린을 뜯어낼 거야아아아아아아아!』

"기, 기다려 보라니까!"

천룡이 외치면서 하늘 저 너머로 날아갔다.

"소란스런 녀석이네……."

나는 천룡이 날아간 쪽을 올려다보면서 중얼거렸다.

미토의 정체가 내가 아는 그 녀석 본인이라면, 내가 스즈키 이치로라는 것을 밝히고 이것저것 얘기를 하고 싶다.

그러나, 지금은 달리 우선할 게 있다. 미토에게 마커를 붙여 두면, 나중에 얼마든지 만나러 갈 수 있겠지.

『주인님!』

비공정을 탄 동료들이 왔다.

나는 피투성이 통과 이상 성장한 식물을 스토리지에 수납하고, 비공정 갑판에 천구로 이동했다.

『버, 벌써 끝났어? 어쩐지 굉장한 일이 났었는데, 괜찮아? 다친 데 없어?』

『그래, 괜찮아.』

괜한 말을 해서 걱정을 끼칠 필요도 없겠지.

나는 비공정 갑판에 착지했다.

『나나, 비공정을 왕도로 돌려줘. 일단 인명구조다!』

『예스 마스터.』

농지 회복도 필요하지만, 일련의 사건으로 잔해 아래 남겨진 사람들이나 큰 부상을 입은 사람들을 돕는 게 먼저다. 인명구조가 끝나면 흙 마법 「농지 경작」을 써서 단숨에 농지를 수복할 생각이다.

왕도에 도착할 때까지 「유도 화살」을 2연사해서 미처 못 쓰러뜨린 붉은 밧줄의 잔당을 처리하고, 국왕에게 「마신의 찌꺼기」

를 퇴치했다고 전달했다.

천룡의 부러진 송곳니나 전투 중에 흩어진 비늘 따위의 부위
는, 방치하면 새로운 재앙의 씨앗이 될 것 같으니까 맵 검색으
로 회수했다.

"주인님, 저거!"

왕도 상공에, 국왕의 입체영상이 또 다시 나타나 왕도의 위기
를 용사 나나시가 해결했다고 보고했다.

그 탓에, 왕도에 도착해 구조 활동을 하는 우리들에게 왕도
사람들이 손을 흔들고 큰 소리로 감사의 말이나 만세를 외치는
사람들이 많았다.

"니헤헤~?"

"다들, 웃는 거예요."

"타마랑 포치랑 모두가 열심히 한 덕분이야."

내가 타마와 포치의 머리를 쓰다듬으며 동료들을 칭찬했다.

이렇게 눈에 보이는 감사의 성원은 모티베이션으로 이어진
다. 칭찬을 해주자.


"자, 구조활동 다시 시작하자! 아직 우리들의 도움을 기다리
는 사람들이 잔뜩 있어."

"네잉!"

"라져인 거예요!"

아리사가 기합이 들어간 소리로 말하자, 동료들도 척 포즈로
마음을 전환했다.

비공정에서 「이력의 손」을 뻗어 인명구조를 하고 있는데, 갑판에서 모래 소인들에게 구조를 지시하고 있던 미아가 나를 불렀다.

미아가 눈짓한 방향에는 골목 한 구석에서 어깨를 늘어뜨린 사람이나 어두운 표정으로 땅바닥을 보는 사람들이 있었다.

"우리를 보고 모두가 웃어주는 건 아냐."

그런데 미아가 붕붕 고개를 옆으로 젓고 말했다.

"독기."

"—분명히 굉장하네."

독기시를 쓴 눈동자에 미궁도시급의 짙은 독기가 보였다.

마신의 찌꺼기가 날뛴 탓일까?

이대로는 「독기 중독」을 일으키는 사람이 속출할 수 있다.

내가 평소에 억눌러두는 정령광을 전개하자, 정령광에 닿은 독기가 서서히 흐려졌다.

이거라면 인명 구조를 하는 동안 독기도 클린해질 거야.

"타마 대원, 2시 방향에 다친 사람을 발견!"

"아이아이 서~."

"포치 대원, 정면 폐옥에 남겨진 사람이 있어."

"라져인 거예요!"

"나나, 11시 방향에 쓰러진 마차 뒤에 우는 아이야!"

"예스, 아리사."

"미아, 모래 소인들로 길을 막고 있는 잔해를 치워버려. 리자 씨랑 루루는 모래 소인들의 지원을 부탁해."

"응, 맡겨둬."

"알겠습니다!"

"응, 열심히 해."

아리사의 지휘로 동료들이 구조 활동에 전념했다.

나는 바쁜 아리사 대신 비공정을 조종하면서, 동료들이 손댈 수 없는 장소를 중심으로 「이력의 손」을 써서 구조 활동을 했다.

"주인님, 저거 넬 아냐?"

"티파리자 씨도 같이 있어요."

"에치고야 상회가 식사 배급을 하는 모양이네."

맵을 보니 왕도의 십 수 곳에서 식사 배급을 하고 있었다. 내가 지시를 내리기 전에 자주적으로 행동해주니 참 듬직하다.

우리도 교대로 식사를 하고, 구조 활동을 계속했다.

비공정이 가장자리부터 순서대로 소용돌이를 그리는 궤도로 왕도를 돌며, 귀족가에 도착했을 무렵에는 해가 저물어 버렸다.

"아! 카리나인 거예요!"

"무노 저택은 괜찮은 모양이네."

붉은 밧줄이 날뛴 걸로 보이는 근처 저택에서, 카리나 양이 잔해의 철거를 돕고 있었다. 에리나와 신입 아가씨도 함께다.

내가 「이력의 손」으로 그녀들의 작업을 조금 돕자 「용사님!」 하고 기쁘게 외치는 카리나 양에게 손을 흔들어주고 다음 장소로 이동했다.

오유고크 공작 저택이나 비스탈 공작 저택도 왕성 가까운 위치에 있으니 나름대로 피해가 있었지만, 부상자는 남아 있지 않았다.

왕성에 도착한 우리는 천수각에서 깊숙하게 고개 숙여 인사하는 국왕이나 재상에게 손을 흔들고, 왕성 주변의 구조 활동을 도왔다.

1각 정도 지나 구조 활동이 일단락되고, 교대로 휴식을 취했다.

그러고 보니 회수를 깜빡 했던 추기경의 「도신의 장신구」는, 아까 잔해 아래 묻혀 있는 걸 회수했다. 황토색의 팔찌 「도신의 장신구(위작)」이 3개 있었다. 3중으로 효과를 거듭하여 내 AR 표시를 속인 모양이다.

"사토."

미아가 터덜터덜 내 곁으로 왔다.

"벚꽃 보주."

요정 가방에서 꺼낸 벚꽃색 보주를 나에게 내밀었다.

그건 벚꽃 드라이어드에게 받은 것이다.

"피워줘."

"나무의 부담이 안 될까?"

"괜찮아, 봉오리."

봉오리가 부풀었으니 괜찮은가 보다.

나는 비공정을 왕벚으로 가까이 댔다.

나도 내가 가지고 있던 「벚꽃 보주」를 꺼냈다.

"같이 하자."

"응."

둘이서 벚꽃 보주에 마력을 주입했다.

『보르에난 숲의 미사날리아가, 시가 왕국의 벚꽃에 바란다. 가련한 꽃을 피워, 재앙의 어둠에 가라앉은 사람들에게 미소를 전하기를.』

벚꽃색의 빛이 우리들에게서 뻗어 왕벚을 물들였다.

그 빛이 소용돌이치듯 하늘로 날아올라 왕도에 퍼졌다.

"우와!"

"뷰리포~."

"마른 나무에 꽃을 피운다, 인 거예요!"

벚꽃색 빛이 물러나자, 그곳에 가련한 꽃이 만개한 벚꽃의 대수(大樹)가 있었다.

"주인님, 봐주세요! 굉장해요!"

식사 배급용 주먹밥을 만들던 루루가 나를 불렀다.

"마스터."

"주인님—."

나나와 리자도 나를 부른 다음, 한 마음으로 벚꽃을 보았다.

그때부터 아무도 말을 안 했다.

그 마음은 잘 이해된다. 달빛에 비친 왕벚이 흐드러지게 핀 모습은, 숨을 삼킬 정도로 절경이었으니까.

"사토."

황홀한 표정의 미아가 내 팔에 머리를 기댔다.

"좋은 벚꽃이야……."

나는 동료들과 벚꽃을 올려다보며 말했다.

오늘은 벚꽃과 달을 즐기면서 꽃놀이 술이라도 마실까?

## ■작가 후기

안녕하세요? 아이나나 히로입니다.

이번에 「데스마치에서 시작되는 이세계 광상곡」 제17권을 집어주셔서, 정말로 고맙습니다!

이렇게 권수를 거듭할 수 있는 것도 독자 여러분의 응원 덕분입니다. 앞으로도 작품을 재미있게 만들어 갈 테니, 앞으로도 변함없는 지지를 부탁드립니다.

어디, 그러면 본권의 볼거리를 논해볼까요.

본권은 왕성에 있는 「피지 않는 왕벚」을 축으로, WEB판을 재구축했습니다.

WEB판에서 그다지 활약을 못했던 벚지기나 왕녀 전하 같은 사람들도, 서적판에서는 이래저래 등장이 늘어났습니다. 물론, 서적판 오리지널인 사람들이나 주인공 사이드의 애들도 지지 않는 활약을 하니 기대해 주세요.

이러면 알기 어려우니까, 조금만 스포일러를 섞으면서 설명하죠.

전권에서 시가8검들과 교류하고 비스탈 공작령의 내분에 휘말렸던 사토 일행이었지만, 본권에서는 동료들과 함께 뱀 조련사를 보거나, 분수 구경을 하거나 하며 느긋하게 왕도 구경을 즐기게 됩니다.

미궁도시 편에서 충분한 전투 능력을 얻은 동료들은 왕도에서 새로운 자신과 만나게 되겠죠.

취미가 다양한 아리사를 필두로, 요리를 좋아하는 루루, 음악을 좋아하는 미아, 아이를 좋아하는 나나, 회화를 좋아하는 타마, 그림책을 좋아하는 포치, 수행을 좋아하는 리자.

자기 취미를 끝까지 파고드는 자, 새로운 길을 발견하는 자, 취미를 초월하는 자, 사토는 물심양면으로 그녀들의 즐거움을 지탱합니다. 당연히 자신의 취미도 허술히 하지 않고요.

물론 취미뿐이 아닙니다.

국왕에게 서훈을 받고, 왕벚 아래서 새로운 만남이나 재회가 그를 기다립니다.

그 만남이 좋은 것이 될지, 새로운 파란의 계기가 될지, 그것은 본편을 봐주세요. 지금까지의 권들과 마찬가지로 마지막까지 다 읽으신 다음에 다시 한 번 처음부터 읽어보면, 처음하고는 이래저래 다르게 보이니까 괜찮으시다면 꼭 한번.

연말의 왕도 최대 이벤트인 「마화 떨치기 의식」은 아무 일 없이 무사히 끝날까요? 사토 일행이 느긋하게 해넘이 국수나 첫 참배를 즐길 수 있을까요? 각 부분에 뿌려진 플래그를 회수하면서 보시면 좋겠습니다.

너무 스포일러를 쓰면 흥이 식으니까, 제17권의 내용에 대해서는 이쯤에서 마무리할까 생각합니다.

물론, 이런 느낌으로 이래저래 집어넣은 결과, 시리즈 중에서도 손꼽히는 17만자 오버라는 볼륨이 되어버렸습니다. 꼭 데스마치 세계를 듬뿍 즐겨주세요.

　그러면 늘 하는 인사를!
　담당 편집자 A 씨와 I 씨 두 분의 적절한 지적이나 개고 조언으로, 알기 어려운 부분이나 장황한 부분이나 중복된 부분이 해소되고, 장면의 매력이나 현장감이 올라갔습니다. 앞으로도 오래도록 지도편달을 잘 부탁드립니다.
　또한, 매번 멋진 일러스트로 데스마치 세계를 선명하게 표현해주시는 Shri 씨에게는 아무리 감사해도 모자랍니다. 이번 표지의 루루나 시스티나 왕녀의 삽화도 멋졌어요.
　그리고, 카도카와 BOOKS 편집부 여러분을 비롯하여 이 책의 출판이나 유통, 판매, 선전, 미디어믹스에 연관된 모든 분께 감사드립니다.
　마지막으로 독자 여러분에게 최대한의 감사를!!
　본 작품을 마지막까지 읽어주셔서, 정말 고맙습니다!

　그러면 다음 권, 왕도 유유자적 편에서 만나요!

아이나나 히로

이야호! 불초 역자가 돌아왔습니다!

발꿈치 뼈가 박살난지도 어언 3개월. 드디어 목발을 졸업하고 걸을 수는 있게 됐지만 통증 때문에 아직도 정상 걸음이 아닙니다. 오와, 진짜 오래 가네요. 지금 페이스로 봐서는 제대로 된 걸음걸이로 돌아오는 것도 한 달은 더 걸릴 기세입니다. 천천히 걸을 때는 거의 정상과 비슷하게 걸을 수 있지만 속도를 조금만 내도 아파요. 칫. 그래서 외출할 때는(일주일 168시간 중에서 1시간쯤은 저도 집 현관 바깥에 있습니다!) 목발 하나 가지고 나가서 간달프 스타일로 지팡이처럼 짚으며 환자라고 유세를 떨고 있습니다. 의사 선생님이 붓기가 1년은 갈 거라고 했으니 적어도 2020년 한 해는 발에 부담이 가는 일은 되도록 삼가야겠군요.

이미 다친 걸로 후기에 꽤 많이 우려먹었습니다만, 징하게 한 가지만 더해볼까 합니다. 좀 더 쾌적한 게이밍을 위해서 그래픽 카드를 샀습니다.

다친 날 새벽에요. 그렇습니다 여러분! 그걸! 사놓고서! 한 3주 동안 뜯어보지도 못했어요! 젠장…….

왜 그 남편과 와인 수집이 취미라는 빛의 CEO께서 악력을 뽐내며 발표하신 그겁니다. 가격이 드디어 살 만큼까지 떨어진 타이밍에 딱 질렸거든요. 그리고 나서 또 좀 지나니까 다시 좀 더 올랐고. 다쳐서 잠깐 시야가 깜깜해질 정도인데 사실 거기까지 생각할 정신은 없었죠. 다친 당일은 근처 정형외과에 가서 엑스레이 찍고서 수술 필요하다는 얘기를 들었고, 다음 날에 수술이 가능한 근처 큰 병원으로 가서 진료를 받고 그 날 바로 입원을 했죠.

그리고오~ 발송된 그래픽 카드는 병상에 누운 상태로 배송 완료가 뜬 겁니다. 그래요. 약 2주 입원의 첫날에요.

결국 동생한테 고이 모셔두라고 하는 수밖에 없었습니다. 조립 같은 거 해본 적 없는 놈이라 맡겼다가 뒷감당을 못하거든요. 결국 2주일 뒤에 퇴원을 하긴 했습니다만, 얼마 동안은 어수선하잖아요. 그래서 또 며칠을 방치했다가 안정이 되고 나서야 간신히 조립을 할 수 있었습니다.

자꾸 A당 쓰는 거 아니라고 하는 사람들 있는데 하드코어하게 오버 클럭이라도 하지 않는 한 사실 A당이나 N당이나 딱히 별로 차이 없습니다. 60프레임 방어에 주력해서 쾌적한 게이밍을 바란다면 사실 진짜 별 차이 없습니다. 써보니까 괜찮기만 하구만 뭘.

그래서 모니터를 질렀습니다.

……음? 뭔가 결론이 이상하다고요? 어허, 제가 아무래도 좀 쓰는 모니터가 벌써 몇 년 된 거라 프리싱크 지원을 안 한단 말입니다. 그냥 수직동기화 쓰면 가끔 생기는 프레임 드랍 짜증나요. 게임은 쾌적한 게 제일입니다. 허허허허. 마침 세일을 하기

에 프리싱크 지원 모니터 저가형을 질러버렸죠. 24인치 FHD 모니터에 할인이 겹쳐서 나온 거라 싸게 샀어요.

1ms면 어떠하리 5ms면 어떠하리.
어차피 피지컬이 따라주지 못하는데.
75Hz면 어떠하리 144Hz면 어떠하리
어차피 컴사양이 받쳐주지 못하는데.

그리고 저는 듀얼 모니터를 쓰니까요. 울트라와이드 모니터도 바꿔버릴까 합니다! Yeah~! 마침 이미 걸려있던 할부도 이번 달에 끝이란 말이죠! 내가 모니터 하나도 못 지르는 사람이 아냐! 물론 고민은 많이 하지만.
그럼 다음 권에서 또 봬요!

# 데스마치에서 시작되는 이세계 광상곡 17

초판 1쇄 발행 2020년 4월 10일

**지은이_** Hiro Ainana
**일러스트_** shri
**옮긴이_** 박경용

**발행인_** 신현호
**편집부장_** 윤영천
**편집진행_** 김기준 · 김승신 · 원현선 · 권세라 · 유재슬
**편집디자인_** 양우연
**국제업무_** 정아라 · 전은지
**관리 · 영업_** 김민원 · 조은걸 · 조인희

**펴낸곳_** (주)디앤씨미디어
**등록_** 2002년 4월 25일 제20-260호
**주소_** 서울시 구로구 디지털로 26길 111 JnK디지털타워 503호
**전화_** 02-333-2513(대표)
**팩시밀리_** 02-333-2514
**이메일_** lnovelpiya@naver.com
**ㄴ노벨 공식 카페_** http://cafe.naver.com/lnovel11

DEATH MARCH KARA HAJIMARU ISEKAI KYOSOKYOKU Vol. 17
©Hiro Ainana, shri 2019
First published in Japan in 2019 by KADOKAWA CORPORATION, Tokyo.
Korean translation rights arranged with KADOKAWA CORPORATION, Tokyo.

ISBN 979-11-278-5495-9 04830
ISBN 979-11-278-4247-5 (세트)

**값 9,000원**